FORCES D'ÉLITE – 2

AU PROCHAIN VIRAGE

Du même auteur
aux Éditions J'ai lu

FORCES D'ÉLITE

1 – Au cœur de l'enfer
N° 10727

Julie Ann
WALKER

FORCES D'ÉLITE – 2

Au prochain virage

Traduit de l'anglais (États-Unis)
par Guillaume Le Pennec

J'ai lu

Titre original
IN RIDES TROUBLE

Éditeur original
Sourcebooks Casablanca, an imprint of Sourcebooks, Inc., Illinois

À mon agent d'enfer, Nicole Resciniti.
Tu m'as offert la possibilité de poursuivre mes rêves
en restant à mes côtés tout au long du chemin.
Tous les mots du monde ne suffiraient pas
à exprimer ma gratitude.
Je me contenterai donc de dire
une seule chose : tu es la meilleure.
Ce livre est le tien autant que le mien.

Remerciements

En premier lieu, je voudrais offrir un grand baiser littéraire à mon merveilleux mari pour son soutien, ses encouragements et son approbation enthousiaste – même si parfois son regard se fait lointain – quand je me lance dans d'interminables tirades sur le moindre détail de ma carrière d'écrivain. Je n'aurais rien pu faire sans toi, mon chéri. Tu es mon roc et mon inspiration. (Si vous voyez ce que je veux dire.)

Ensuite, j'aimerais saluer Sean Flynn pour son remarquable article « Pirates in Paradise » paru dans le numéro de mai 2010 de l'édition américaine du magazine *GQ*. Cet article était si bien écrit et si riche en informations qu'il m'a inspiré le sujet de ce livre. Vous êtes un grand, Sean. Aucun doute là-dessus.

Et enfin, merci à tous nos combattants, hommes et femmes, ceux qui portent l'uniforme comme ceux qui n'en portent pas. Vous protégez notre liberté et notre mode de vie pour que nous ayons une chance de vivre le rêve américain.

« Plongez les yeux dans ceux d'un soldat et vous saurez ce qu'il a vu de la guerre. »

William HENRY

Prologue

Frank « Boss » Knight gara son Hummer devant la pauvre bâtisse en préfabriqué et leva les yeux vers l'enseigne en bois peinte à la main fixée au-dessus de la porte : « Les Bécanes Boostées de Becky ».

— Une chose est sûre : on va changer le nom.

— Quoi, trop d'allitérations à ton goût ? plaisanta Bill Reichert depuis le siège passager.

Il défit sa ceinture et ouvrit la portière. Une bourrasque hivernale glacée s'engouffra à l'intérieur du véhicule, incitant Frank à saisir son bonnet noir sur le tableau de bord. Il l'ajusta prestement sur son crâne et ses oreilles avant de remonter la fermeture Éclair de sa parka jusqu'au menton.

Si ce plan s'avérait viable, s'habituer aux hivers de Chicago demanderait sans doute un temps d'adaptation. Cela dit, ces températures arctiques seraient un petit prix à payer en échange d'une couverture solide et sérieuse pour sa nouvelle entreprise de sécurité. Et l'idée de rejoindre la petite sœur de Bill dans son affaire de Harley customisées en se faisant passer pour des mécaniciens et des fous de motos constituait une couverture géniale pour les types qu'il avait recrutés au sein des diverses branches de l'armée. D'autant plus que la plupart d'entre eux étaient massifs, tatoués et – une fois la coupe militaire réglementaire devenue un lointain souvenir – assez chevelus pour avoir l'air d'une bande de Hell's Angels.

Il sortit du Hummer et rentra la tête dans les épaules pour affronter les gifles glaciales du vent. Les mains calées au fond des poches, il se dirigea péniblement vers la porte d'entrée en empruntant le chemin que quelqu'un avait déblayé dans l'épaisse couche de neige.

De son pouce ganté, Bill appuya sur la sonnette. Cinq secondes plus tard, un bruit familier se fit entendre derrière la porte métallique et les poils se dressèrent sur la nuque de Frank.

Comment sait-on qu'on fait ce métier depuis trop longtemps ? Quand on reconnaît le cliquetis de la chambre d'un calibre 45 à un mètre de distance.

— Qui c'est ? demanda une voix grave et méfiante depuis l'autre côté du panneau.

— T'avais pas dit qu'elle était au courant de notre visite ? siffla Frank par-dessus l'épaule de Bill.

— Si, répondit celui-ci avec un sourire. Mais elle sait aussi qu'on n'est jamais trop prudent dans ce quartier.

Difficile de prétendre le contraire. Les graffitis et les tags qui recouvraient la moindre surface verticale sur six pâtés de maisons à la ronde faisaient savoir qu'ils se trouvaient au cœur du territoire d'un gang. Les Seigneurs du Vice régnaient sur cet endroit et tenaient à ce que tout le monde soit au courant.

— Ouvre cette putain de porte, espèce de macaque ! On se caille les parties ici ! lança Bill en élevant la voix pour couvrir les stridulations du vent.

Là aussi, difficile de prétendre le contraire. Frank aurait été bien en peine d'expliquer à ses bijoux de famille pourquoi il n'avait pas mis un caleçon en Thermolactyl ce matin, préférant enfiler son pantalon à même la peau.

Grosse erreur. Énorme, même.

Le genre qu'il ne referait pas de sitôt.

La porte d'entrée s'ouvrit avec un grand bruit métallique et ils se retrouvèrent face à un rouquin gigantesque qui aurait paru plus à sa place sur un ring vêtu d'un masque et d'un justaucorps et prêt à abattre une chaise pliante sur le dos de son pauvre adversaire.

Frank pouvait presque entendre le présentateur hurler « préparez-vous, ça va castagner ! ».

Bill s'avança sur le seuil et fit signe à Frank de le suivre.

— Manus, dit-il, je te présente Boss. Boss, voici Manus. Ses frères et lui assurent la sécurité de ma sœur.

Frank attendit que Manus ait rangé son pistolet avant de s'avancer prudemment à l'intérieur du petit vestibule carrelé. Les murs étaient recouverts de plaques minéralogiques rouillées et, une fois la porte refermée derrière lui, des effluves d'huile de moteur et de métal chauffé lui agressèrent les narines.

Un grand sourire apparut sur le visage constellé de taches de rousseur de Manus.

— C'est toi le mec qui veut s'associer à Becky ? Investir du fric et apprendre à monter des bécanes ? demanda-t-il en serrant la main à Frank.

Ouais, c'était le prétexte qu'ils avaient invoqué pour venir jeter un coup d'œil sur place...

— Je n'ai encore rien décidé, répondit-il sans s'engager.

Le sourire de Manus s'élargit encore un peu plus.

— Ça, c'est parce que t'as pas encore vu les motos de Becky, s'enorgueillit-il. Un seul coup d'œil dessus et tu voudras lui filer toutes tes économies et apprendre tout ce qu'elle sait.

Frank haussa une épaule comme pour dire « on verra » et se tourna vers Bill qui ouvrait la seconde porte, en verre celle-là.

Ses oreilles furent immédiatement assaillies par un puissant vacarme. Les pulsations bruyantes d'un morceau de hard rock rivalisaient avec les gémissements aigus du métal en cours de façonnage. Il résista à l'envie de se fourrer les doigts dans les oreilles et suivit Bill à l'intérieur du garage en contournant au passage quelques appareils visiblement high-tech.

Et puis il oublia complètement ses tympans malmenés.

Son regard venait de se poser sur la plus belle et la plus incroyable moto qu'il eût jamais vue, sanglée sur une plate-forme élévatrice. La peinture bleu électrique qui décorait le réservoir et les garde-boue chatoyait de reflets iridescents sous la lumière crue venue du plafond. L'engin arborait un double pot d'échappement très élaboré, un guidon hyper-rehaussé et une fourche avant si ouvragée qu'on frôlait le fantasque.

Bref, une œuvre d'art.

À côté, le travail de restauration que Frank avait effectué sur sa Harley-Davidson FL de 1952 lui faisait l'effet d'un boulot d'amateur.

Et à l'instant même où il songeait que rien ne pourrait l'impressionner plus que cette machine, le fracas métallique s'apaisa et une jeune femme émergea de derrière la moto, une ponceuse dans une main et un serre-joint dans l'autre.

Frank faillit en avaler sa langue.

Ça ne pouvait pas être...

Et pourtant si. Car à l'instant où elle les aperçut, la jeune femme poussa une exclamation de joie, éteignit d'un geste la musique qui jaillissait des haut-parleurs d'un gros radiocassette vieillot et laissa tomber ses outils sur la plate-forme pour sauter dans les bras de Bill. Elle le serra très fort contre elle et l'embrassa sur la joue avec un « smack » sonore qui parut d'autant plus retentissant dans le silence soudain de l'atelier.

Rebecca « Rebelle » Reichert, la petite sœur de Wild Bill.

Et petite était le terme approprié. Frank était prêt à manger ses bottes de moto pour le dîner si cette fille dépassait le mètre cinquante cinq.

Il n'aurait pas su dire à quoi il s'était attendu de la part d'une femme dirigeant son propre atelier de choppers. Mais en tout cas pas à ces longs cheveux blonds rassemblés en queue-de-cheval, ces yeux marron expressifs aux cils soyeux et ce visage de jolie fille nature qui se trouvait constituer sa faiblesse personnelle en matière de femmes.

Il y avait quelque chose dans ce look tout en simplicité à l'américaine qui le mettait systématiquement à genoux.

Bref, il était scié.

Bill finit par la reposer par terre et elle vint se poster devant Frank, ses mains fines et couvertes de cambouis posées sur les hanches de son jean. Pour une raison inexplicable, il se crut obligé de redresser le dos. Sans doute parce qu'elle avait dans le regard la même lueur implacable que l'intraitable sergent instructeur de Frank à l'époque où il avait commencé sa formation en tant que troufion.

Elle inclina la tête et sa queue-de-cheval glissa le long de son épaule telle une corde lisse et dorée.

— Bon... Vous devez être l'indomptable Frank Knight. Billy m'a très peu parlé de vous.

Et cette voix. Douce et rauque. Le genre qu'on ne s'attendait à entendre que dans le secret des alcôves.

— Tout le monde m'appelle Boss, parvint-il à grogner.

— Je pense que je vais m'en tenir à « Frank », répondit-elle avec un clin d'œil.

Pour une raison inconnue, un tic nerveux s'empara de la paupière de Frank.

— Après tout, poursuivit-elle, il ne peut y avoir qu'un seul patron par ici, et c'est moi. Alors comme ça, je crois comprendre que vous voulez tenter votre chance dans la création de bécanes ?

— C'est ce que j'envisage.

Il ne put s'empêcher de noter la jolie courbure du bout de son nez ou la façon dont ses petits seins déformaient le tissu de son tee-shirt à manches longues taché de peinture.

Bon Dieu, mec, reprends-toi !

Elle hocha la tête et lui passa devant pour se diriger vers l'entrée.

— Dans ce cas, allons jeter un coup d'œil à la bécane que vous avez apportée, histoire de voir si vous avez le moindre talent.

Pendant une fraction de seconde, Frank s'autorisa à admirer sa démarche chaloupée avant de se forcer à fixer un point au-dessus de sa tête tandis qu'il lui emboîtait le pas au milieu des machines. Bill était juste derrière lui, ce qui l'aidait à rester concentré, si l'on peut dire. Il n'avait absolument aucune envie d'être surpris en train de mater la petite sœur de son collègue.

Le genre de faux pas qui pourrait avoir des répercussions catastrophiques. Surtout pour qui ne voulait pas recevoir le quarante-cinq fillette de Bill dans le derrière.

Du côté des portes vitrées, Rebecca saisit un épais bleu de travail de couleur rose suspendu à un crochet. Elle l'enfila en sautillant d'un pied sur l'autre et remonta la fermeture Éclair jusqu'en haut. Après quoi elle enfila le bonnet mauve pétard suspendu à un autre crochet.

Elle était ridicule. Et féminine. Et carrément mignonne.

Frank serra les dents en prenant soin de se rappeler trois choses. Un, elle était beaucoup trop jeune pour lui. Deux, si tout se passait bien, et malgré ce qu'elle pensait à présent, il allait devenir son patron. Et trois, il avait promis de ne pas…

— Quelle somme vous prévoyez d'investir ? demanda-t-elle en interrompant le fil de ses pensées.

Elle poussa les portes et s'avança dans le vestibule.

Autant que nécessaire.

— On en reparlera dans un instant, dit-il.

Il retint son souffle en attendant de voir comment elle allait réagir devant sa réponse et son ton autoritaire. Une forme de test pour déterminer s'ils avaient bon espoir de pouvoir travailler ensemble.

Elle le dévisagea pendant une longue seconde et ses yeux marron parurent sonder l'intérieur de son crâne. Puis elle haussa les épaules :

— Comme vous voudrez.

Lorsqu'elle ouvrit la porte menant vers l'extérieur, Frank fut de nouveau contraint de rentrer la tête dans les épaules pour faire face au vent glacé. Tous les trois s'avancèrent dans la neige jusqu'à la petite remorque fermée attachée à l'arrière du Hummer. De ses doigts déjà engourdis de froid, Frank sortit les clés de sa poche. Il avait à peine ouvert la remorque que Rebecca se hissait à l'intérieur, sans attendre d'y être invitée.

Bill et Frank ne purent que la suivre et la regarder faire le tour de la moto restaurée pour finir par s'accroupir au niveau du pot d'échappement.

— T'as fait tout le boulot toi-même ? demanda-t-elle avec la familiarité de l'expert s'adressant au novice.

La moto dont il était si fier trente minutes plus tôt lui semblait désormais moche et dénuée d'imagination par rapport à celle qu'il avait vue dans le garage.

— Oui, admit-il.

Il n'en revenait pas de se sentir aussi nerveux. Comme si c'était elle qui pouvait décider qu'elle ne voulait pas travailler avec lui.

— Tes soudures sont complètement merdiques, annonça-t-elle en faisant courir un doigt le long de l'une d'entre elles dont il était jusqu'à cet instant franchement satisfait. Mais t'es bon mécanicien, ça se voit. Et c'est ce dont j'ai vraiment besoin en ce moment, de mécanos qui se démerdent.

Elle se redressa et lui fit un clin d'œil avant d'ajouter :

— Et puis, ça pourrait être cool d'avoir tous les jours sous les yeux un beau mec grand et fort dans ton genre. Un truc classe à regarder dans les moments où ma muse me laisse tomber.

Il ouvrit la bouche… mais aucun son n'en sortit. Il ne put que la dévisager, les yeux écarquillés tel un hibou frappé de stupeur.

Bon Dieu, était-elle en train de flirter avec lui ?

La nécessité de trouver quelque chose à répondre lui fut heureusement épargnée – *merci mon Dieu !* – quand Bill intervint :

— Arrête, Becky, grommela-t-il. Ce n'est pas le bon moment et Boss n'est clairement pas le bonhomme pour ça.

Elle haussa les sourcils et se tourna vers Frank, un air interrogateur sur le visage.

— Ah non ?

Il avait enfin retrouvé l'usage de la parole.

— Non.

Il accompagna sa dénégation par un geste emphatique de la tête tout en tâchant de ravaler ses poumons qui avaient trouvé le moyen de lui remonter dans le gosier.

— Bon, vous n'allez pas reprocher à une innocente jeune fille de tenter sa chance, répondit-elle comme si ce refus la laissait totalement de marbre.

Elle lui tendit la main.

— C'est d'accord, cher partenaire. Enfin, quand je saurai exactement combien tu comptes investir.

— Bill te recontactera pour tous les détails, dit-il.

Une nouvelle dérobade. Il lui serra brièvement la main, plus pressé de quitter les lieux qu'il n'aurait bien voulu l'admettre.

De nouveau, Rebecca inclina la tête sur le côté. Ce petit geste qui faisait glisser sa queue-de-cheval le long de son épaule. Elle l'observa pendant un long moment et il songea que son palpitant en folie lui serait sans doute ressorti par la bouche si ses poumons n'avaient pas déjà bloqué le passage.

Puis elle haussa les épaules.

— Très bien. Joue-la mystérieux si c'est ton truc. Je m'en fous pas mal tant que le fric est là.

Et sur ces mots, elle sauta à bas de la remorque. Frank fit un pas en arrière pour la regarder repartir dans la neige jusqu'à la porte de son atelier. Il attendit qu'elle soit rentrée pour se tourner vers Bill :

— Tu es sûr qu'elle est fiable ? Elle me paraît un peu impulsive.

Impulsive, arrogante, audacieuse et... bien trop mignonne pour son propre bien.

Bill sourit, les bras croisés.

— Malgré ce que son attitude peut suggérer, Becky est tout à fait fiable. On pourra compter sur elle pour garder le secret. Tu as ma parole.

— Et d'un point de vue hiérarchique ? Comment elle va réagir en comprenant que c'est moi qui commande ?

Bill posa une pogne épaisse sur l'épaule de Frank.

— Tu géreras ça très bien, Boss. Je n'en doute pas.

Frank aurait aimé partager la même certitude. Car s'il y avait une chose pour laquelle il était doué, c'était bien de repérer les problèmes à des kilomètres.

Et Rebecca Reichert ?

Elle avait le mot PROBLÈME tatoué en majuscules en travers du front...

1

Trois ans et demi plus tard...

Des pirates.

Waouh. Pas le genre de truc qu'on voit tous les jours.

Telle fut la première pensée de Becky en se courbant pour passer la porte basse du *Serendipity*, un catamaran de trente-huit pieds de long, et émerger sous le soleil brûlant de l'équateur. Sa deuxième pensée, plus appropriée sans doute, fut *oh merde !*

Eve – sa vieille amie et la propriétaire du *Serendipity* – tituba en arrière de surprise, un regard d'horreur braqué sur les trois hommes crasseux et pieds nus qui brandissaient leurs antiques AK-47 avec l'air de savoir s'en servir. Quatre autres individus, tout aussi maigres et échevelés, se tenaient sur un skiff branlant relié par des cordages à la poupe du *Serendipity*.

D'accord... Visiblement, elles avaient joué un peu trop fort leurs morceaux préférés, au point que les décibels avaient couvert le bruit rauque du vieux moteur de l'esquif des pirates arrivant derrière elles.

— Eve… murmura Becky malgré la sucette Dum Dum à la cerise qu'elle avait dans la bouche. Reste calme, d'accord ?

Son cœur battait la chamade contre sa cage thoracique et des fourmis invisibles rampaient par centaines sur son front.

Ouais. Garder son calme était essentiel. Le calme éviterait à une fille de se retrouver au fond des abysses coincée sous un coffre au trésor ou écrasée sous le corps d'un homme en sueur qui ne connaissait pas le sens du mot « non ».

Comme Eve ne répondait pas, Becky jeta un coup d'œil à son amie et remarqua que la pauvre avait un teint violet digne d'une aubergine.

— Eve, respire ! souffla-t-elle avec dans la voix toute l'urgence qu'elle pouvait se permettre sans risquer de faire réagir un pirate déjà nerveux qui n'attendait sans doute qu'une occasion de presser la détente.

La gorge desséchée d'Eve émit un borborygme et sa poitrine se gonfla sous l'effet d'une respiration tremblante.

Bon. Problème numéro un : Eve menaçant de s'effondrer, asphyxiée. Réglé.

Problème numéro deux : être prises en otage par des pirates. Là, il allait falloir faire preuve d'un peu plus de créativité.

Elle se triturait la cervelle à la recherche d'une porte de sortie quand elle entendit, provenant de la cabine, le chanteur Jimmy Buffett qui susurrait : « *Yes I am a pirate. Two hundred years too late*[1] ».

Sérieusement, Jimmy ? T'as pas mieux à me chanter, là ?

---

1. « Oui je suis un pirate. Deux cents ans trop tard » (*N.d.T.*)

En temps normal, elle aurait été la première à apprécier toute l'ironie de la situation. Malheureusement, les circonstances étaient loin d'être normales.

Le plus jeune et le plus petit des pirates – il avait un bandeau sur l'œil… *sans blague ? !* – lui décocha un regard peu amène et elle leva les mains en l'air, paumes visibles, dans un geste universel qui signifiait « je ne suis pas armée et je vais coopérer ». Mais ce bref coup d'œil fut tout ce qu'il lui concéda avant de reporter son attention sur Eve.

Becky se tourna à son tour vers son amie et… oh non. Oh merde.

— Eve… Doucement, tout doucement, je vais te demander de poser le couteau sur le pont et de l'écarter avec ton pied.

Elle avait pris soin d'employer une intonation tranquille et paisible. Les pirates gagnaient leur croûte en rançonnant les bateaux et leurs occupants. Si elle parvenait à empêcher Eve de faire une bêtise – comme, disons, se jeter sur des pirates lourdement armés en brandissant un simple couteau – elles avaient de bonnes chances de s'en sortir vivantes.

Malheureusement, Eve semblait avoir cessé de l'écouter.

— Eve ! insista Becky. Pose le couteau. Lentement. Et écarte-le loin de toi.

Cette fois, elle fut entendue.

Eve baissa les yeux vers la lame longue et fine qu'elle tenait entre ses doigts crispés. À en juger par la brève lueur de confusion qui passa dans son regard, il était évident qu'elle n'avait pas eu conscience d'avoir toujours à la main le couteau dont elle s'était servie pour découper la bonite pêchée pour leur déjeuner. Mais elle comprit bien vite ce qui risquait de se passer, et son expression abasourdie se fit soudain terriblement désespérée.

Becky renonça à ses tentatives pour rester mesurée.

— N'y pense même pas ! aboya-t-elle.

Deux des hommes sur le pont tournèrent vers elle leurs têtes hirsutes. La crosse en bois de leur arme automatique vint se caler au creux de leur épaule malingre tandis que l'œil noir et malfaisant des canons de kalachnikovs se braquait sur le cœur battant de Becky.

— On se pointe pas avec un couteau dans une baston où les autres ont des flingues… Tout le monde sait ça, murmura-t-elle en levant plus haut les mains.

Sa gorge lui semblait soudain plus sèche que les dunes du Sahara. Du coin de l'œil, elle vit Eve se pencher lentement en avant. Le bruit de la lame heurtant le bois du pont parut merveilleusement doux aux oreilles de Becky.

— Écoutez les gars…

Elle s'adressa au groupe et se sentit infiniment reconnaissante en voyant s'abaisser les fusils aussi anciens que redoutables. C'était le truc avec les AK, lui avait un jour dit Billy : ils vous tressautaient entre les mains comme un jeune mustang et n'étaient pas plus compliqués qu'un exercice de maths niveau maternelle mais ils étaient capables de tirer même avec le canon plein de sable. Difficile de critiquer les Russes sur la fiabilité de leurs armes. Ce qui, dans la situation présente, n'était pas à l'avantage de Becky. Vraiment pas.

— Ces eaux appartiennent aux Seychelles, dit-elle. Vous n'avez pas d'autorité ici.

— Non, non, non, répondit le petit pirate au bandeau dans un anglais à l'accent marqué. Nous seule autorité sur l'eau. Nous pirates somaliens.

— Mon Dieu… s'étrangla Eve en portant une main tremblante à sa gorge.

Becky vit ses yeux se révulser.

— Ne t'avise pas de t'évanouir, Evelyn Edens ! ordonna-t-elle.

Son cerveau menaçait d'exploser à la simple pensée de ce qui pourrait advenir d'une belle jeune femme inconsciente entre les mains de pirates somaliens au milieu de l'océan Indien.

Eve tituba mais parvint à rester debout sur le pont qui oscillait doucement.

Bon, ça irait.

— Nous n'avons pas d'argent. Et nos familles non plus, déclara Becky.

Ce qui était vrai, du moins en ce qui la concernait. Eve, par contre, était riche comme Crésus. Par chance, les pirates n'avaient aucun moyen de le savoir.

— Vous n'aurez pas de rançon intéressante avec nous. Ça vous coûterait plus cher de nous loger et de nous nourrir que ce que vous pourriez recevoir de nos familles. Et ce bateau a plus de vingt ans. Il ne vaut pas le coût en carburant pour le ramener jusqu'en Somalie. Laissez-nous partir et on oubliera l'incident.

Le jeune pirate secoua la tête.

— Non, non, non, dit-il.

Apparemment, les termes négatifs de son vocabulaire allaient toujours par trois. Une lueur d'excitation brillait dans son unique œil noir, et Becky remarqua qu'un faux diamant assez kitsch avait été collé au centre de son bandeau. Elle pensa au pirate Willy le Borgne dans *Les Goonies*.

De mieux en mieux ! songea-t-elle.

— Vous américaines. Amérique paie beaucoup argent.

Son sourire réjoui laissait voir des dents jaunies et plantées de travers. Waouh ! Becky aurait parié son arc à souder préféré que ces quenottes n'avaient jamais vu une brosse à dents ou un tube de dentifrice.

Becky lâcha un reniflement méprisant ; elle n'avait pas pu s'en empêcher. Ce petit gars se faisait des illusions.

— Vous n'êtes peut-être pas au courant, mais la politique du gouvernement américain est de ne jamais négocier avec les terroristes.

Willy le Borgne éclata de rire en rejetant la tête en arrière, ses côtes douloureusement visibles sous l'épiderme sombre de son torse.

— Nous pas terroristes. Nous pirates somaliens.

Bonnet blanc et blanc bonnet.

— C'est pareil, murmura-t-elle.

Elle jeta un coup d'œil aux autres hommes qui affichaient l'expression vigilante mais légèrement lointaine de ceux qui ne comprenaient pas un mot de ce qui se disait.

D'accord, Willy était le seul à parler anglais. Elle n'arrivait pas à savoir si c'était une bonne ou une mauvaise chose.

— Pas terroristes ! s'écria-t-il en postillonnant. Pirates !

— D'accord, d'accord, répondit Beck sur un ton d'apaisement en ravalant ses commentaires sarcastiques. Vous êtes des pirates, pas des terroristes. Compris. Ça ne change rien au fait que notre gouvernement ne vous offrira rien d'autre qu'une grosse volée de plombs. Et nos familles n'ont pas d'argent pour vous payer.

— Oh, ils paient, rétorqua Willy en exposant ses dents couleur d'urine. Ils paient toujours.

Ce qui, malheureusement, était sans doute vrai. Les gens trouvaient toujours l'argent – en y mettant tout ce qu'ils avaient et souvent aussi des sommes qu'ils n'avaient pas – quand la vie d'un proche était en jeu.

Il vint se poster à côté d'elle et la détailla de la tête aux pieds ; elle sentit un frisson de dégoût lui remonter l'échine.

— Alors on va vers Somalie maintenant, annonça-t-il.

Becky aurait préféré avaler sa langue plutôt que d'admettre à voix haute la pensée qui lui vint. Parce que, pendant trois ans et demi, le grand couillon l'avait soigneusement tenue à distance bien qu'elle fût légèrement amoureuse… d'accord, franchement amoureuse… de lui. Mais impossible de nier la vérité : elle aurait voulu que Frank soit là.

Car, conformément à ce qu'il lui avait prédit, elle avait réussi à se fourrer dans un énorme pétrin dont elle n'avait aucune chance de s'échapper. Et elle détestait l'idée de lui avoir donné raison.

Salle de briefing à bord du destroyer USS Patton *de la marine américaine, six jours plus tard…*

Parfois, Frank détestait qu'on lui donne raison.

Pour la énième fois, il parcourut les plans détaillant le sauvetage de Becky et Eve. Il refusait que cette opération connaisse le moindre hic. Pas avec la tête de Becky posée sur le billot.

— Bon, Bill, dit-il, il semble que ta petite sœur ait fini par se fourrer dans un énorme pétrin. J'ai toujours su que ça arriverait.

Ses rangers couleur sable appuyées sur le bord de la table, Bill feuilletait d'un air placide un exemplaire écorné des *Raisins de la colère* comme si sa sœur n'était pas aux mains d'une bande de pirates somaliens armés jusqu'aux dents.

Incroyable.

Mais c'était Bill tout craché. Ce salopard était l'image même de la sérénité, en toutes circonstances, même plongé jusqu'aux couilles dans les entrailles électroniques d'une bombe artisanale. Raison pour laquelle, deux heures après avoir pris la décision d'ouvrir sa boîte privée, Frank avait recruté Bill auprès de la section Alpha. Le commandant de ladite section ne lui avait toujours pas pardonné ce coup bas, mais Frank s'en moquait pas mal. Une seule chose comptait à ses yeux : dans la communauté des forces spéciales, tout le monde savait qu'en matière de trucs qui font « boum » nul n'arrivait à la cheville de Wild Bill Reichert.

Et Frank avait décidé de n'accepter que les meilleurs – l'élite de l'élite – au sein de Black Knights Inc.

— C'est pas comme si elle avait fait exprès de croiser la route de pirates somaliens, Boss, murmura Bill avant d'humecter son doigt pour tourner la page de son livre.

— Je me fiche de savoir si elle l'a ou non fait exprès, répondit Frank. (Il frôlait l'anévrisme rien qu'à l'idée de Becky livrée à ces brutes féroces.) Le fait est qu'elle aurait dû avoir assez de jugeote pour ne pas naviguer dans ces eaux, termina-t-il.

— Les eaux seychelloises sont considérées comme sûres. Les écumeurs des mers n'avaient jamais attaqué un navire aussi près de l'île de l'Assomption. On peut donc raisonnablement imaginer que ces femmes se sentaient parfaitement en sécurité, intervint Jamin Agassi d'une voix éraillée.

Frank tourna la tête vers l'une des plus récentes recrues de Black Knights Inc. et, une fois de plus, il fut pris d'une bouffée d'inquiétude. Comment faire confiance à un type qui employait des mots comme « seychelloises » et « écumeurs des mers » ?

Sans compter que le surnom d'« Angel » que lui avait donné Becky sous prétexte qu'il avait des traits tellement parfaits que c'en était presque surnaturel n'arrangeait en rien les choses. Évidemment, les opérations chirurgicales qu'il avait subies après avoir quitté le Mossad israélien et avant que l'Oncle Sam décide de le dissimuler dans les rangs des Black Knights de Frank avaient sans doute quelque chose à voir avec la perfection de son visage.

Beau gosse à la noix.

Ce qui ne faisait que rappeler à Frank tous ces satanés beaux mecs qui bossaient pour lui. Ceux qui étaient déjà en mission quand la demande de rançon de Becky était arrivée, l'obligeant à faire le trajet jusqu'à l'USS *Patton* uniquement flanqué de Bill et du PDN (acronyme militaire chaleureux pour désigner le « putain de nouveau »).

— D'accord, les eaux *seychelloises* n'avaient pas connu d'attaque d'*écumeurs des mers* avant. Mais des navires militaires venus d'un peu partout dans le monde ont renforcé leurs patrouilles et sécurisé les voies commerciales autour du goulot d'étranglement du golfe d'Aden. Tout bonhomme doté d'un minimum de matière grise te dira que ça n'a fait que repousser les pirates plus au sud de la corne de l'Afrique. Logiquement, ce n'était qu'une question de temps avant que les Seychelles et Madagascar connaissent leurs premiers actes de piraterie.

Et tac ! Ne pas avoir le vocabulaire le plus étendu du monde ne voulait pas forcément dire qu'on était un imbécile. Frank savait une chiée de trucs sur un paquet de conneries, même si son franc-parler et son usage généreux, dans ses bons jours, de termes plus adaptés aux poissonniers qu'aux enfants de chœur laissaient penser le contraire.

— C'est pas vraiment leur faute, tu sais, fit tranquillement remarquer Bill sans détourner les yeux du livre dont il tourna une autre page.

— Mais bien sûr que si !

Frank leva les bras au ciel puis grimaça comme ce mouvement soudain réveillait une méchante douleur dans son épaule mal en point. Bon sang, ça craignait vraiment de vieillir.

— Ta sœur n'avait pas besoin de prendre ce congé à la con à l'autre bout du monde dans ces eaux potentiellement infestées de pirates. Si elle avait envie de sable et de soleil, je connais de très belles plages en Floride et en Californie. En territoire américain ! insista-t-il.

Il fit pivoter plusieurs fois son épaule puis récupéra son fidèle flacon d'ibuprofène dans la poche à fermeture Éclair de son short en toile.

Ces derniers temps, il ne se déplaçait jamais sans ses antidouleurs.

Chienlit.

Un constat amer qui le poussait à se demander si la prochaine étape impliquerait la prise régulière de psyllium et de petites pilules bleues. Rien que l'idée le mettait en rogne.

— Je ne parlais pas de Becky, expliqua Bill. Même si tu sais aussi bien que moi qu'un simple petit week-end en balade sur une plage de Floride ou de Californie ne lui aurait pas suffi. Elle avait besoin de s'isoler, de partir *loin*, pour se vider la tête.

Bon Dieu ! Pourquoi étaient-ils tous contre la décision de Frank d'empêcher Becky de risquer sa vie en devenant un agent de terrain ? Avaient-ils perdu la boule ?

Visiblement oui. Parce que avant qu'il découvre le pot aux roses et mette son veto, quelques-uns des Black Knights avaient formé Becky – après qu'elle les eut honteusement flattés, sans doute – à des activités aussi douteuses que le piratage informatique, le tir de précision, le maniement des explosifs, les techniques d'investigation du FBI... et Dieu seul savait quoi d'autre. Une trahison pour laquelle Frank mijotait encore des formes particulièrement créatives de vengeance contre ses hommes.

Becky était censée leur fournir une couverture officielle, rien de plus. Point final.

Bien entendu, elle en était venue à représenter beaucoup plus à ses yeux. Sa bête noire et son fantasme inavouable réunis en une seule et unique personne.

— Quand je disais que ce n'était pas leur faute, je parlais des pirates, reprit Bill.

Quoi ?

Frank se figea, deux cachets d'antidouleurs à mi-chemin de sa bouche.

— Qu'est-ce que tu veux dire ? Bien sûr que ces pirates sont en faute.

— Je ne vais pas prétendre qu'ils sont tout blancs, mais ça fait vingt ans que la Somalie n'a plus de gouvernement fonctionnel, expliqua Bill en posant un doigt rugueux sur son livre pour marquer sa page. Résultat, son industrie de la pêche a été pillée par les étrangers. Sans oublier le tsunami de 2004 qui a balancé des tonnes de déchets toxiques sur les côtes du pays.

— La mer vert-morve, la mer serre-burettes, murmura Angel.

C'est quoi son délire ? se demanda Frank.

Bill tourna vivement la tête, une expression stupéfaite sur le visage.

— Tu cites *Ulysse* ?

Angel haussa les épaules.

— Ça m'a semblé approprié.

D'accord, donc ils étaient en train de parler d'un bouquin ? Là, maintenant ?

— Bon, on peut revenir à notre affaire, bordel ? rugit Frank, incrédule.

— Oui, dit Angel. Ce que veut dire Bill, c'est qu'à cause de la pollution et de la pêche non régulée, les premières manifestations de piraterie le long des côtes constituaient une forme d'autopréservation. Des gens ordinaires protégeant leur unique ressource économique : la mer.

— Exactement, approuva Bill avec un signe de tête à l'intention de l'ancien du Mossad.

Frank avala les comprimés qu'il avait à la main sans prendre la peine de les faire passer avec une gorgée d'eau.

— Génial ! Carrément génial ! De tous les Black Knights potentiellement dispos entre deux missions, il a fallu que je tombe sur Platon et Aristote. Et je vous préviens que si vous continuez à opiner du chef à chaque fois que l'autre dit un truc, je vais finir par vous offrir des tenues coordonnées.

Il aurait éventuellement pu comprendre qu'Angel soit en mesure de se dissocier du contexte assez longtemps pour adopter une vue d'ensemble dépassionnée sur la situation. Mais Bill ? Sa petite sœur était aux mains de pirates somaliens depuis presque une semaine !

— Ce qui ne veut pas dire que je ne les enverrai pas *ad patres* et vers les bras grands ouverts d'Allah s'ils touchent à un cheveu de ma sœur, ajouta Bill.

En voyant le sourire sinistre et menaçant qui s'était dessiné sur ses lèvres, Frank marqua un temps d'arrêt.

Les gens trouvaient souvent qu'il faisait peur avec son tempérament impétueux, mais le calme avec lequel Bill évoquait l'idée de tuer les pirates juste après son discours compatissant sur le traitement injuste dont ils avaient été victimes ? Ça, c'était à vous glacer le sang !

C'était la différence entre tenir une grenade dégoupillée au creux de la main et marcher sur un sac de détritus au bord de la route à Kandahar. La première allait exploser, aucun doute là-dessus, donc on la balançait aussi loin que possible avant que ça pète. Le second paraissait complètement inoffensif jusqu'au moment où il vous réduisait brusquement en charpie sanguinolente.

Pour tout dire, Frank était heureux que ce bon vieux Billy soit de *son* côté.

— Et toi ? demanda-t-il en se tournant vers Angel. T'as un problème avec le fait de tuer de pauvres pirates somaliens si on doit en arriver là ?

Le mystérieux Israélien haussa un sourcil parfaitement dessiné.

— Pas le moindre.

Bien. Au moins il pouvait compter…

À cet instant, la porte de la salle de briefing s'ouvrit à la volée et le commandant John L. Patterson entra dans la pièce.

— Pourquoi tu continues à écrire ces petits mots ? demanda Eve.

Becky referma son carnet à spirales et glissa son feutre entre les anneaux de la reliure. Puis elle tendit le cou pour s'assurer que Willy le Borgne n'était pas dans les parages.

— Parce que, dit-elle, les drones de surveillance qui passent au-dessus de nos têtes ont des caméras incroyablement précises. Je fais simplement savoir aux gars ce qui se passe, pour qu'ils soient le mieux informés possible. Je ne veux pas que Billy et les autres s'inquiètent trop.

Eve pencha la tête en arrière pour contempler la voûte uniformément bleue du ciel. Puis elle glissa un coup d'œil sceptique à sa compagne d'infortune.

Jusqu'à ce matin-là, quand Willy le Borgne l'avait jetée à terre à côté d'Eve, les deux femmes avaient été séquestrées aux extrémités opposées du pont. Ce qui tenait sans doute au fait que, moins de six heures après leur capture, Becky avait non seulement tenté de saboter les moteurs du *Serendipity* mais également glissé de la mort-aux-rats dans la nourriture des pirates. Les Somaliens avaient de toute évidence jugé préférable de les tenir séparées afin qu'elle ne sollicite pas l'aide d'Eve pour une nouvelle tentative d'évasion.

— Heu, je... je ne vois aucun drone de surveillance, commenta Eve.

L'expression de son visage fatigué indiquait clairement sa conviction que le soleil de l'océan Indien avait fini par cuire la cervelle de Becky pour lui donner la consistance caoutchouteuse de crevettes trop cuites.

Becky ne put que sourire. Pauvre Eve. Les événements des six derniers jours auraient secoué n'importe qui, mais pour quelqu'un ayant connu l'existence protégée et bichonnée d'Eve, cela avait dû être proprement terrifiant.

— Il est parti depuis longtemps, expliqua-t-elle calmement.

Elle espérait faire passer dans sa voix suffisamment d'assurance pour regonfler le courage vacillant d'Eve.

— D'après mes estimations, il passe toutes les trois ou quatre heures. Et il ne reste visible qu'environ soixante secondes.

Eve déglutit plusieurs fois de suite, les yeux de nouveau tournés vers le ciel.

— Je n'ai rien vu voler au-dessus de nous.

— Ils ne sont pas visibles à moins de savoir précisément ce qu'on cherche. Ils volent tellement haut que ta seule chance d'en apercevoir un, c'est quand un rayon de soleil tape sur le fuselage. Ça le fait briller comme une petite étoile en plein jour.

— Ah… murmura Eve.

Elle reposa son menton sur ses genoux repliés, les bras serrés autour de ses jambes comme pour se faire toute petite. Voire disparaître complètement.

— Tu ne me crois pas ? demanda Becky avec un regard acéré.

— C'est pas ça… répondit Eve sur un ton conciliant.

Elle passa un bras réconfortant sur les épaules de Becky.

— Ah ouais, tu ne me crois pas !

Avec un rire incrédule, Becky fit claquer sa paume sur sa cuisse, délogeant le bras d'Eve au passage.

Ce n'était pas plus mal. Ni l'une ni l'autre ne s'étaient douchées depuis presque une semaine, ce qui voulait dire que ni l'une ni l'autre ne sentaient la rose. Qu'est-ce qu'elle n'aurait pas donné pour une savonnette Dove et un bon déodorant en stick. Et pendant qu'elle en était à souhaiter des trucs qu'elle ne pouvait pas avoir, elle aurait volontiers demandé un bon gros burger de chez *Bull & Bear* accompagné d'une double portion d'oignons frits.

À son retour, elle ne pourrait plus voir le moindre poisson en peinture et encore moins dans son assiette.

— Tu dois quand même admettre que c'est un peu tiré par les cheveux, répondit Eve. S'il y avait vraiment des drones en train de nous prendre en photo, tu ne crois pas que le petit chef des pirates le saurait et t'interdirait d'écrire tes messages ?

— Il s'appelle Ghedi. Et il ne sait pas lire, expliqua Becky. Je lui ai fait croire que je prenais des notes pour le roman que j'écrirai une fois que nos familles auront payé la rançon. Il est super-enthousiaste à l'idée d'apparaître dans un livre américain. Je lui ai dit que j'appellerai son personnage Willy le Borgne.

Elle agita les sourcils avec un grand sourire complice. Eve la regarda sans rien dire, et Becky ne put que rire de l'ignorance crasse de son amie en matière de culture populaire.

— Crois-moi, Ghedi ne sait pas qu'on nous observe. Le pauvre mec n'est sans doute même pas au courant qu'une telle technologie existe.

— Tu crois ? Bon…

Eve ne termina pas sa phrase et Becky décida qu'il était temps de lui dire la vérité. Elle n'allait pas tarder à la découvrir, de toute façon, quand les mecs de Black Knights Inc. débarqueraient pour leur porter secours. Car c'était bel et bien ce qu'ils allaient faire. Aucun doute là-dessus.

— Et si je te disais que les « mécanos »... (Elle mima les guillemets avec ses doigts)... qui travaillent dans mon atelier sont bien plus qu'il n'y paraît ?

— Qu'est-ce que tu veux dire ?

— Si je te disais qu'ils constituent une escouade secrète au service du gouvernement et qu'ils sont en chemin pour nous sauver à l'instant même ?

Eve cligna plusieurs fois les paupières en secouant la tête.

— Tu es en train de me dire que ton frère et tous ces gros motards baraqués couverts de tatouages et habillés de cuir que tu emploies et avec lesquels tu traînes sont en réalité des espions ?

Becky haussa une épaule.

— De temps en temps.

Eve prit une profonde inspiration et pinça les lèvres en posant une main sur l'épaule de Becky.

— Becky, je pense que tu devrais vraiment te tenir à l'écart du soleil et...

Le bruit d'un moteur de hors-bord l'interrompit. Toutes les deux se relevèrent en hâte et se précipitèrent vers le bastingage. Ce fut Eve qui la première repéra le canot à moteur oscillant à l'horizon.

— Oh, Dieu merci, lança-t-elle avec des sanglots dans la voix au même moment. Nous sommes sauvées !

2

— J'ai de bonnes et de mauvaises nouvelles, annonça le commandant Patterson en se postant au milieu de la salle de briefing.

— Commençons donc par les mauvaises, grommela Frank.

Il scruta les yeux mêlant brun et gris du commandant à la recherche de… Il n'aurait su dire quoi. Une étincelle d'honneur, peut-être ? L'éclat brillant de l'intégrité ? Quelque chose qui lui confirme en tout cas que Patterson était capable de garder un secret. Car le commandant, de même que le capitaine Ernesto Garcia, connaissait désormais la vérité à propos de Frank, Bill et Angel.

Et, *bordel*, ça faisait mal au cul de Frank.

Il trouvait cependant un certain réconfort dans l'idée qu'ils étaient les deux seuls à bord à être au courant. Le reste de l'équipage pensait que Frank et ses hommes constituaient un trio de spécialistes K&R – Kidnapping et Rançon – embauchés par le père richissime d'Eve pour négocier le retour sain et sauf des jeunes femmes.

— Les derniers clichés de surveillance montrent que ces dames et leurs, heu, leur escorte ont été rejoints par des tiers et ont changé de cap, expliqua Patterson. Ils se dirigent droit vers un pétrolier britannique, le BP *Hamilton*. Il semble que le *Hamilton* ait connu une panne moteur catastrophique il y a deux jours. Il y a vingt-quatre heures, sa radio est tombée en rade. Nos observations indiquent qu'ils ont toujours l'électricité et que les générateurs fonctionnent encore, mais c'est à peu près tout. En gros, ce pétrolier est aussi mobile qu'un bout de bois mort. Et même si plusieurs navires militaires se dépêchent pour venir à son secours, il semble que ces dames et leurs pirates y seront en premier.

Patterson jeta un coup d'œil à sa montre.

— À vrai dire, si l'on tient compte du délai de traitement des infos obtenues par les drones, ils sont sans doute déjà sur place.

Super. Donc Becky n'était plus seulement prisonnière des pirates, elle était mêlée de force à un acte de piraterie.

Frank ne savait pas s'il devait rire ou pleurer. Et comme ni l'une ni l'autre de ces deux réactions ne semblait très appropriée, il se contenta de demander :

— Les bonnes nouvelles ?

— Grâce à leur changement de cap, nous serons en mesure de les intercepter dans moins de six heures.

— Une bonne nouvelle, effectivement.

Car plus tôt il ramènerait Becky en lieu sûr, plus tôt il pourrait lui tordre son petit cou têtu pour avoir forcé les Black Knights Inc. à foutre en l'air leur couverture et lui fesser son petit cul obstiné pour leur avoir fait vivre l'enfer émotionnellement parlant.

Car elle n'était pas que la petite sœur de Bill, mais aussi celle de tous les autres... Enfin, pas forcément pour Frank. Lui aurait nettement préféré avoir des sentiments fraternels envers Becky. Ça aurait tellement simplifié les choses.

Ouais, s'il avait seulement désiré passer un bras amical autour des épaules de cette fille... euh cette *femme*... pour lui frotter le crâne, il n'aurait pas en permanence l'impression d'être un vieux pervers. L'impression que, malgré ses efforts, il n'était pas si différent de...

— Six heures, murmura Bill, interrompant au passage le fil des pensées de Frank. Le milieu de l'après-midi est vraiment un moment pourri pour une tentative de sauvetage.

— Raison pour laquelle on attendra la nuit, décida immédiatement Frank. Aborder le catamaran aurait été un jeu d'enfant, on aurait pu le faire à midi tapant. Mais prendre d'assaut un pétrolier ? Pas tout à fait la même chose. Non seulement il va falloir prendre le temps de planifier l'opé, mais nous aurons aussi besoin du couvert de l'obscurité pour assurer notre sécurité et celle des otages.

— Ah ! Voilà assurément un bizarre emploi du mot « sécurité ». Un que j'ignorais jusqu'à maintenant, en tout cas, commenta Bill.

— *Le Guide du voyageur galactique*[1] ? demanda Angel.

Bill lui fit un clin d'œil et les deux hommes entrechoquèrent leurs poings fermés.

---

1. Bill cite une réplique d'Arthur Dent, héros du *Guide du voyageur galactique*, saga parodique de science-fiction écrite par Douglas Adams. (*N.d.T.*)

— Bon Dieu, les mecs, vous êtes pas croyables ! grommela Frank.

Ils se tournèrent vers lui en arborant un grand sourire.

Patterson les dévisagea tous les trois quelques instants avant de secouer sa tête chauve. Si on organisait un jour un casting pour le nouveau Monsieur Propre, le commandant ferait un candidat idéal.

— Je suis d'accord pour attendre la tombée de la nuit, mais il y a un truc que je ne comprends pas.

— Quoi donc ? demanda Frank.

Il faisait de son mieux pour réprimer un petit sourire en imaginant l'officier militaire sévère avec un petit anneau doré à l'oreille et décochant des clins d'œil à toutes les ménagères à travers le monde.

— Pourquoi des pirates équipés de seulement deux skiffs et d'un catamaran s'attaqueraient-ils à un pétrolier en panne ? Ils n'ont aucun moyen d'amarrer ce colosse dans un port, aucun moyen de le remorquer. Alors pourquoi risquent-ils leur vie et la rançon qu'ils s'attendent à recevoir en échange de Mlles Edens et Reichert ?

Frank inclina le menton en direction de Bill.

— Tu réponds ? proposa-t-il.

— Ils espèrent que Becky pourra réparer tout ça, répondit Bill sur un ton parfaitement sérieux.

— Ils espèrent qu'elle pourra réparer quoi ? demanda le commandant Patterson. Les moteurs du navire ?

Cette fois, Frank sourit, ravi de l'incrédulité qui s'était peinte sur le visage dur du commandant.

— Oui. C'est exactement ça. Et quel trophée pour eux si elle y parvient. J'imagine, dans la mesure où le tanker fait partie de la flotte de BP, qu'il s'agit d'un gros morceau. Qu'il transporte sans doute le chargement habituel soit, si j'ai bonne mémoire, l'équivalent d'environ cent millions de dollars en pétrole brut. Même si BP n'acceptait de payer qu'à hauteur de trois pour cent, ça constituerait une victoire majeure pour les pirates.

— Trois pour cent ? souffla Angel de sa voix rocailleuse. (Une voix qu'il devait à un bon ramonage à l'ancienne des cordes vocales, lequel garantissait qu'aucun logiciel de reconnaissance vocale ne pourrait l'identifier.) Après leur merdiastrophe dans le golfe du Mexique, ils paieront bien plus que ça, assura-t-il. Tout pour éviter un nouveau scandale.

Merdiastrophe ?

Frank, qui se considérait comme un connaisseur en matière de jurons créatifs, trouvait cette combinaison à son goût. Peut-être que travailler avec Angel aurait ses bons côtés après tout…

— Vous pensez que c'est possible ? demanda Patterson. Qu'elle pourrait remettre ces moteurs en marche ? Ça fait des jours que les ingénieurs du navire planchent sur le problème, sans succès.

Frank haussa les épaules.

— Tout est possible avec Rebecca Reichert, dit-il. Je n'ai jamais rencontré quelqu'un ayant à ce point la mécanique dans le sang. S'il y a un moyen de faire repartir les moteurs, Becky le trouvera.

— Si j'en juge par votre expression, commandant Patterson, je dirai que vous avez dû voir des images de Becky dans les médias, commenta Bill sur un ton rigolard.

Ouais, malheureusement les grandes chaînes avaient fait leurs choux gras de l'histoire de ces femmes américaines capturées par des pirates. En règle générale, Frank détestait attirer l'attention. Alors quand les médias fourraient leurs nez un peu trop près de ses hommes et lui, il devait faire appel à toute sa retenue pour ne pas se la jouer Sean Penn et distribuer des coups de poing. Encore un truc pour lequel il pourrait punir Becky quand il lui aurait mis la main dessus...

Bon sang, non, il n'allait pas recommencer avec ça. Cette vision de Becky allongée en travers de ses genoux tandis qu'il fessait son joli cul nu jusqu'à le faire rosir était trop... *érotique*.

Il n'avait jamais été attiré par le SM auparavant, n'avait jamais ressenti le besoin d'attacher une femme ou de la fesser, même sous forme de jeu. Mais Becky était si... si... indépendante et son attitude tellement... conflictuelle qu'elle réveillait l'homme des cavernes qui sommeillait en lui. Rien ne lui aurait fait plus plaisir que de sortir ses menottes Serflex, lui attacher les poignets et les chevilles aux montants de son lit et lui prouver qui était le boss une bonne fois pour toutes. Une idée bizarre, dérangeante et terriblement inappropriée.

Mais voilà, c'était un parfait résumé des sentiments qu'elle lui inspirait. Bizarre, dérangeant et inapproprié. Il n'en restait pas moins que la simple idée d'avoir Becky à sa merci suffisait à rendre son short trop serré à l'entrejambe.

Il tourna son attention vers Patterson et Bill avec l'espoir que leurs visages virils le refroidiraient assez pour chasser ces images cochonnes de son cerveau et d'une autre partie de son anatomie. Parce que, franchement, difficile d'imaginer un pire moment pour avoir la trique...

— Mais ne vous laissez pas distraire par son apparence, reprit Bill. Becky est une vraie magicienne de la clé à mollette.

— Comment les pirates pourraient-ils le savoir ? demanda le commandant.

La perplexité qui se lisait sur ses traits disait toute la difficulté qu'il avait à concilier l'image de la jolie blonde qu'il avait vue à la télévision avec la mécanicienne de génie qu'on lui décrivait.

Bonne chance pour y arriver, mec.

Quand on parlait de Becky, vraiment, l'habit ne faisait pas le moine. Ni la mécanicienne.

Cette fille était un vrai kaléidoscope, toujours changeante et toujours brillante.

— Ils savent que Becky est un crack en mécanique parce que la piraterie est une grosse affaire profitable et de haute technicité, expliqua Frank. Ces types faméliques qu'on voit à la télé ne sont que les troufions de base. Des mercenaires facilement remplaçables qu'on embauche pour faire le sale boulot. En coulisse se trouvent des entités très intelligentes, bien organisées et soigneusement dissimulées disposant d'un accès à l'information semblable aux nôtres. Je ne doute pas que dix minutes après avoir trouvé les passeports de Becky et Eve, la personne à leur tête savait tout ce qu'il y avait à savoir sur elles, y compris leur numéro de sécurité sociale et leur taille de soutien-gorge.

90B dans le cas de Becky.

Et non, il n'était pas allé farfouiller dans le tiroir à sous-vêtements de la fille… la *jeune femme*, bordel !

Un jour, alors qu'il chargeait le linge dans l'une des deux machines à laver des locaux de Black Knights Inc., il était tombé sur un soutien-gorge en dentelle rose plutôt sexy coincé au fond du tambour. Il se trouve qu'il avait aperçu la taille sur l'étiquette en déroulant le tissu et, d'accord, il admettait avoir envisagé de le fourrer dans la poche de son jean pour le conserver comme une sorte de souvenir pervers. Par chance, il avait vite recouvré ses esprits et s'était contenté de le suspendre à la poignée d'un placard en hauteur.

Mais, Seigneur, la seule idée d'avoir considéré autre chose était franchement déconcertante.

— Seigneur, souffla Patterson, c'est franchement déconcertant.

Houlà. *Quoi ?*

Frank regarda autour de lui, craignant d'avoir pensé à voix haute. Mais non, personne ne le regardait comme s'il venait de feuilleter *Vicelard Magazine* sous leur nez.

Donc, heu, de quoi parlaient-ils déjà ? Ah oui, l'accès carrément étonnant des pirates à une multitude d'informations.

— Vous pouvez le dire ! renchérit-il, le souvenir de la dentelle rose chassé de son esprit par tout le poids des risques que courait Becky.

Un poids qui finirait par l'écraser s'il ne se reprenait pas au plus vite. Et si jamais il la perdait... Il frémit.

— J'imagine que ce sont les plans du pétrolier que vous avez à la main ? demanda-t-il en désignant d'un geste du menton le long tube de plastique que le commandant tenait entre ses doigts.

— Affirmatif.

Patterson lui tendit les documents.

— Vous avez pu tirer autre chose des dernières images prises par les drones ? demanda Frank en retirant le bouchon du tube pour faire glisser les plans sur la table.

Il releva la tête en constatant que le commandant ne répondait pas immédiatement. Le militaire se mordillait l'intérieur de la joue dans ce qui semblait être une tentative pour réprimer un sourire.

— Quoi ? grogna Frank. Qu'est-ce qu'elle a écrit cette fois ?

Le commandant porta son poing à sa bouche et se racla ostensiblement la gorge.

— La vidéo montre qu'elle a écrit « Pour l'amour de Dieu, magnez-vous un peu les gars ! ».

— Bon, au moins on sait que cette petite expérience n'a rien changé à son attitude habituelle, gloussa Bill.

Du Becky pur jus, effectivement. Deux tonnes de TNT imprévisible stockée dans un mignon petit emballage... Les jambes de Frank avaient failli se dérober sous lui en entendant ces mots tellement typiques de Becky.

Bravo ma petite, songea-t-il.

Il inspira profondément pour être sûr d'avoir pleinement recouvré ses esprits puis fit signe à ses hommes d'approcher.

— Bien, messieurs, il semble qu'on ait un pétrolier à arraisonner.

« Pirate » n'était pas un poste qu'elle s'était imaginé ajouter un jour à son CV mais, comme d'habitude, la vie de Becky était pleine à craquer de surprises.

L'homme qui était monté à bord n'était pas là pour les sauver, comme l'avait bêtement espéré Eve. Oh que non. Même s'il était plus grand et plus vieux que les autres, élégamment vêtu, impeccablement rasé et s'il parlait un anglais excellent avec l'air légèrement hautain allant de pair avec l'accent britannique, il n'en restait pas moins un pirate. Il s'était présenté comme « Sharif » l'interprète. Pas de nom de famille.

— Avant de rejoindre cette entreprise, je travaillais pour les Nations unies, avait-il expliqué peu après son arrivée. À présent, je suis interprète.

— Quelle entreprise ? avait rétorqué Becky avec un reniflement de dérision. (Elle avait gardé les bras croisés et contemplé les vêtements lavés et repassés de Sharif avec un mélange de jalousie et de mépris.) Aux dernières nouvelles, la piraterie est un crime à l'échelle internationale, pas une entreprise. Ce qui ne fait pas de vous un interprète mais un maître chanteur, au mieux, voire un escroc, au pire.

Sharif s'était contenté d'en rire, un son grave et maîtrisé. *Cultivé* aurait peut-être constitué la meilleure manière de le qualifier. Becky en avait eu des frissons.

— Je sers d'interprète à neuf bandes différentes qui toutes travaillent indépendamment pour le même patron. Ce qui, à mes yeux, ressemble beaucoup à une entreprise. Et très lucrative, au passage.

— Ouais, ouais.

Becky avait levé les yeux au ciel et posé une main réconfortante sur l'épaule d'Eve. Quand il était devenu évident que Sharif n'était pas là pour les secourir, sa pauvre copine s'était affaissée comme un ballon abandonné à la fin d'une fête d'anniversaire.

— Je me moque de ce que vous pouvez penser de moi, mademoiselle Reichert, avait répondu Sharif en avalant le « t » à la fin de son nom. Tout ce qui m'importe est que vous sachiez réparer les moteurs.

— Ouais, et alors ?

— Et alors nous retardons votre voyage vers la Somalie, avait-il déclaré.

Le cœur de Becky s'était rempli d'espoir pour venir flotter quelque part au-dessus de sa tête. Les Black Knights, dont de nombreux anciens Navy SEAL, déchiraient carrément quand il s'agissait d'opérer en milieu aquatique. Plus longtemps elle se tiendrait à l'écart des terres et plus facile ce serait pour ses gars d'organiser son sauvetage.

— Ah, dommage, j'avais *tellement* hâte, avait-elle lancé avec une mimique de déception exagérée.

Ce qui lui avait valu un coup de coude dans les côtes de la part d'Eve. Sharif avait incliné la tête sur le côté et souri. Contrairement à Ghedi, il avait de grandes dents bien alignées et d'un blanc lumineux qui contrastaient avec le teint sombre de son visage.

— Vous avez une langue bien insolente, mademoiselle Reichert. Quelle est cette expression que vous autres Américains appréciez tant, déjà ? Ah oui : « vous feriez mieux de ne pas écrire de chèques que votre cul ne puisse pas honorer ». Très pittoresque comme expression, vous ne trouvez pas ?

— Je trouve surtout qu'il serait préférable de tenir ma langue et mon cul à l'écart de cette conversation.

Becky avait alors senti un nouveau coup de coude contre son flanc, et s'était retournée pour fusiller son amie du regard. Les yeux d'Eve, en retour, faisaient clairement état de ses doutes sur la santé mentale de Becky. Et, en effet, quand elle avait reporté son attention sur Sharif, l'expression sinistre du pirate laissait deviner son intention de la tuer, en prenant bien son temps, si l'occasion se présentait.

— Je n'ai pas beaucoup de patience pour les femmes impertinentes, avait-il grondé en se rapprochant.

Son eau de toilette musquée avait envahi les narines de Becky jusqu'à lui donner envie de vomir.

— J'aurais grand plaisir à briser méthodiquement le moindre petit os de votre corps, sans compter que si votre santé venait subitement à décliner, cela accélérerait sans doute le paiement de la rançon. Une situation gagnant-gagnant pour moi, donc. Vous auriez tout intérêt à vous en souvenir.

Elle pouvait presque entendre Billy dans un coin de sa tête : « T puissance cinq, Becky. T puissance cinq. » Sa manière à lui de lui dire « Tiens-Toi Tranquille et Tais-Toi ».

Non sans difficulté, elle était parvenue à rester silencieuse, se contentant de foudroyer du regard son interlocuteur.

Sharif lui avait tourné le dos pour informer Ghedi du changement de cap tandis que deux autres membres de l'équipage ramenaient les skiffs inutiles vers la côte somalienne.

Et c'était ainsi qu'elle se retrouvait à présent coincée sur son propre catamaran et sur le point de devenir une pirate…

L'équipage du BP *Hamilton* ne sut qu'il était attaqué qu'au moment où la première volée de plomb vint frapper la coque.

C'était un cauchemar. Un cauchemar vraiment très, très effrayant au cœur duquel Becky s'accrochait de toutes ses forces au bastingage du *Serendipity* tandis que les pirates lançaient les deux gros moteurs du catamaran à plein régime. Ils fendirent les eaux agitées à toute vitesse, filant tel un boulet de canon à la trajectoire mouvante en direction du

Hamilton, le pont éclaboussé par les vagues qui passaient par-dessus la proue.

Quatre fusées éclairantes rouges jaillirent soudain depuis le pont du pétrolier de la taille d'un terrain de football, teintant le ciel bleu d'un éclat violemment orangé. Les marins à bord avaient compris que le *Serendipity* n'était pas un simple bateau de plaisance.

Ce sont les balles sifflant dans l'air qui vous ont mis la puce à l'oreille ? songea sardoniquement Becky.

De sa main libre, elle agrippa Eve dont les doigts venaient de lâcher la rampe et qui menaçait de glisser le long du pont détrempé. Becky lutta pour les empêcher d'être projetées toutes les deux par-dessus bord.

Autant éviter de tomber de Charybde en Scylla, surtout que dans le cas présent, Scylla désignerait un horizon infini d'eaux infestées de requins où les retrouver reviendrait à dégoter une aiguille dans une botte de foin.

À bien y réfléchir, cette métaphore ne rendait même pas justice à la situation.

Si elles se retrouvaient séparées des navires et à la dérive, les localiser serait comme chercher un protozoaire dans une meule de foin.

Donc, ouais, le mieux était encore de tenir bon en espérant qu'elle parviendrait à les garder toutes deux en vie assez longtemps pour que Frank, Billy et les autres lancent une manœuvre de sauvetage digne de Zorro.

Elle détestait franchement l'idée de s'être fourrée dans une situation réclamant l'intervention de ses Zorro personnels. Ça ne présageait rien de bon quant à ses chances de devenir un jour agent elle-même...

Un nouveau groupe de fusées éclairantes s'éleva au-dessus du pont massif du *Hamilton*.

C'est tout ce que vous avez trouvé à faire ? pensa-t-elle avec dérision.

Mais oui, ils ne pouvaient sans doute pas faire mieux. La quasi-totalité des navires marchands prenaient la mer sans emporter d'armes.

Les Somaliens le savaient visiblement aussi bien qu'elle. Ils ne ralentirent pas d'un nœud mais lancèrent quelques coups de semonce supplémentaires avec leurs AK.

Elle serra les dents et repoussa au mieux les mèches de cheveux pleines d'eau salée qui lui tombaient sur les yeux. Non qu'elle tienne particulièrement à voir le moment où elle serait réduite en cendres. Chaque fois qu'une balle ricochait sur la coque du pétrolier, elle s'attendait à voir jaillir une gigantesque boule de feu. Quel genre d'imbéciles tirait des coups de feu sur un navire aux cales remplies de tonnes de combustible ?

Les pirates somaliens et leur fidèle interprète, apparemment.

L'idée de se retrouver à la dérive sur l'océan Indien lui paraissait de plus en plus séduisante. Si elle devait choisir une façon de mourir, se noyer semblait beaucoup moins douloureux que d'être calcinée.

Elle se tourna pour regarder les jets d'écume blanche projetés par les moteurs du catamaran et, derrière, le panorama des vagues ondoyant à l'infini. Peut-être qu'Eve et elle devraient simplement lâcher prise et…

Elle n'eut pas le temps d'explorer l'idée plus avant car les pirates actionnèrent la commande des gaz pour inverser la poussée des moteurs. Surprises, les deux femmes glissèrent sur le pont humide. Tendant les bras à la recherche d'une prise, elles parvinrent à agripper la base du mât et à se cramponner l'une à l'autre. Le *Serendipity* fit une embardée... *oh, mon Dieu, on va s'écraser !...* et alla heurter le flanc bâbord du *Hamilton*, à peu près à mi-hauteur du navire, avec un bruit sourd accompagné d'une violente secousse.

Becky s'attendit à ce que le *Serendipity* se désintègre complètement au moment de l'impact. Mais non, le petit voilier tint bon.

Merci mon Dieu !

Elle tenta de reprendre son souffle et contempla, avec une stupeur horrifiée, les pirates qui lançaient immédiatement leurs grappins par-dessus le bastingage du tanker. AK en bandoulière sur leurs épaules osseuses, ils agrippèrent les cordages et se mirent à grimper comme autant de cabris des montagnes.

Tout cela n'avait pris qu'une poignée de secondes.

Bon sang, ça lui faisait mal de l'admettre, mais ces mecs étaient très forts.

Passant un bras flageolant sur les épaules tremblantes d'Eve, Becky s'appuya contre le mât pour se relever et aider sa compagne. Le catamaran oscillait dans tous les sens et cognait contre l'immense pétrolier. Les effluves de diesel émanant des moteurs fumants du *Serendipity* mêlés à l'odeur métallique de la coque en acier du *Hamilton* piquaient les yeux de Becky.

Voilà, c'était pour ça qu'elle pleurait. Rien à voir avec la terreur pure dont elle venait de faire l'expérience.

Mais bien sûr !

— Ça va ? demanda-t-elle une fois qu'elles furent debout sur le pont mouvant, trempées jusqu'aux os et tremblantes comme des feuilles.

Quand Eve releva la tête et vit les larmes dans les yeux de Becky, elle parut sur le point d'éclater en sanglots à son tour.

D'accord, faut que tu te ressaisisses, Reichert. Pour Eve.

Becky se passa rapidement une main sur les joues en s'efforçant d'arborer un sourire malicieux.

— Eh ben moussaillon ! lança-t-elle sur un ton bravache avec une claque dans le dos d'Eve. Tu parles d'une chevauchée fantastique, hein ?

La gorge serrée, Eve parvint à déglutir pour répondre.

— Nom d'un chien, ils sont complètement malades...

— Non, tu crois ? grogna Becky.

Elle essayait toujours de calmer son cœur affolé. Baissant les yeux, elle fit la grimace et pointa du doigt les genoux ensanglantés de son amie, conséquence des techniques de pilotage brutales de ces crétins de pirates.

— C'est pas beau à voir, dit-elle. Tu es sûre que ça va ?

Eve n'eut pas le temps de répondre car Sharif venait d'apparaître derrière elle, un Glock 19 noir et menaçant braqué sur la nuque de Becky. D'un geste du menton, il désigna les cordes suspendues à l'énorme coque grise du *Hamilton* puis lui tendit un harnais d'escalade flambant neuf. L'étiquette de prix était encore accrochée à l'une des sangles.

Ce bon vieux Sharif avait visiblement pris ses dispositions afin d'arriver parfaitement équipé pour cette petite sauterie.

— Grimpez, aboya-t-il. Vous avez du pain sur la planche.

Plissant les yeux, Becky pencha la tête en arrière, très, très en arrière, pour contempler le bastingage du *Hamilton*.

« Nom d'un chien », avait dit Eve.

Pas mieux.

3

Dix heures plus tard.

— T'es sûr de savoir plonger avec ça ? demanda Boss à Angel.

De son côté, Bill vérifia de nouveau le niveau de carburant de son VPP – véhicule propulseur de plongée – avant de reprendre le fil de son livre pour se concentrer sur la famille Joad et leur équipée vers l'ouest sur la route 66.

Lire aidait à faire passer la pilule.

Ou, plus précisément, lire aidait *en général* à faire passer la pilule. Il étouffa un gémissement, toucha son ventre en feu et tourna le dos à Angel et Boss pour avaler discrètement une gorgée de Maalox.

Ils se trouvaient tous les trois sur le pont inférieur de l'USS *Patton*, attendant que le capitaine Garcia détourne l'attention de son équipage afin qu'ils puissent actionner l'écoutille arrière en toute discrétion. Après quoi ils plongeraient dans le grand bleu et donneraient le coup d'envoi des réjouissances à venir.

— Cet appareil est très technique et hautement spécialisé, grogna Boss. Faudra pas que tu fasses une connerie une fois qu'on sera à l'eau.

— Aucun problème, assura Angel.

Bill remit discrètement le flacon d'antiacide dans sa poche et jeta un coup d'œil par-dessus son exemplaire usé des *Raisins de la colère*. Il vit Angel relever le col de sa combinaison de plongée et passer la main derrière sa tête pour saisir le cordon de la fermeture Éclair. L'Israélien tira dessus d'un coup sec, un geste qui devenait familier à tous les plongeurs au fil des années.

Bon, il donne au moins l'impression d'avoir déjà porté une combi. C'est un début.

— T'es sûr ? insista Boss dont la voix grave résonnait sur les vastes parois autour d'eux. Parce qu'il faut que tu sois sûr à cent pour cent, mon pote.

Boss s'était levé, les mains sur les hanches, et dévisageait Angel d'un air inquisiteur, comme si sa seule volonté pouvait inciter l'Israélien à avouer la vérité nue.

Pour être honnête, c'était une vraie possibilité. Il n'y avait rien de plus effrayant, selon Bill, que Boss. Et quand celui-ci se redressait ainsi du haut de son mètre quatre-vingt-quinze, avec ses épaules de mastodonte et ses biceps saillants, n'importe qui aurait hésité à dire autre chose que la vérité, toute la vérité et rien que la vérité, promis-juré.

Mais Angel rendit à Boss son regard noir.

— Je sais ce que je fais, dit-il. Et je ne vous décevrai pas, Becky et toi. Je ne l'ai peut-être pas beaucoup côtoyée avant qu'elle parte en vacances, mais ce peu de temps m'aura suffi. Je donnerai ma vie pour elle s'il le faut.

Boss parut surpris. Il recula la tête comme si quelqu'un venait de lui filer une grosse torgnole.

Bill ne partageait pas la surprise du colosse. Sa petite sœur était comme ça. La plupart des gens n'avaient besoin que de dix minutes en sa joyeuse compagnie pour avoir envie de sortir avec elle, de l'adopter ou d'en faire leur nouvelle meilleure amie.

Il se demandait, par contre, dans quelle catégorie se situait Angel…

Boss hésita une seconde, en quête de quelque chose dans le regard de son interlocuteur. Quoi qu'il ait pu chercher, il avait dû le trouver car il laissa échapper un grognement approbateur avant de se tourner vers Bill.

— T'es prêt ?

Heu, plus ou moins ?

Mais ce n'était pas la réponse qu'attendait Boss. Aussi Bill durcit-il son expression avant d'acquiescer sèchement.

— Bien sûr que t'es prêt, espèce d'enfoiré, gloussa Boss. (Un son qui faisait penser au ronronnement de la Harley bien-aimée de Bill une fois lancée à fond sur la route. Boss secoua sa tête hirsute.) Regarde-toi, lança-t-il. Avec ton foutu calme olympien !

Un calme olympien…

Carrément.

Sauf que c'était un ramassis de conneries. Vu de l'extérieur, il pouvait donner l'impression d'être calme et serein parce qu'il avait appris à combattre la tension grandissante en se concentrant sur les mots issus des pages d'un livre.

Mais intérieurement ?

Intérieurement, c'était carrément la cata. Un écheveau de nerfs en pelote et d'angoisse écrasante, tourmenté par une batterie quasi paralysante de « et si ? ».

Et s'ils n'arrivaient pas à rejoindre Becky ? Les derniers rapports indiquaient qu'elle était séquestrée dans la salle des machines. L'endroit était gigantesque, un vrai labyrinthe de machineries et d'appareils en tous genres. S'ils commettaient la moindre erreur, ce serait du gâteau pour les mecs qui gardaient Becky de se servir d'elle comme d'un bouclier humain et de créer une impasse qui avait toutes les chances de se terminer en bain de sang.

Et si les pirates refusaient de se laisser capturer vivants ? S'ils se retournaient contre les otages ? Des images défilaient à toute vitesse dans son esprit. Becky touchée par une balle, s'écroulant à terre et se vidant de son sang, sa flamme intérieure à jamais éteinte.

Il ferma les paupières et tenta de ravaler la bile qui lui remontait dans le gosier jusqu'à emplir sa bouche d'un goût d'acide pour batterie. Depuis qu'ils avaient été informés de l'enlèvement de Becky, son ulcère s'était mis à dévorer sa muqueuse gastrique comme si c'était du foie gras.

Bien sûr, rien de tout cela ne transparaissait sur ses traits soigneusement maîtrisés tandis que la lumière rouge au-dessus de l'écoutille arrière passait du rouge au vert.

— Combi ! ordonna Boss.

Il ramena sa capuche en néoprène sur son crâne et ajusta son masque.

La large porte d'acier par laquelle les SEAL du commando marin du SWCC déployaient habituellement leurs embarcations dédiées aux opérations spéciales s'ouvrit avec le chuintement d'une mécanique bien huilée. Le faible éclat du crépuscule marin se réverbérait sur la surface translucide de l'eau. C'était l'heure où le soleil d'or incandescent se coulait derrière l'horizon en se reflétant sur l'océan au point qu'il devenait difficile de distinguer le haut du bas.

Boss sourit et gratifia Bill d'un clin d'œil :

— Le moment idéal pour un sauvetage, mon pote. Il est temps pour les barbares de sortir les crocs. Hoo-ah[1] ?

Boss avait beau être malade d'inquiétude pour Becky, il semblait vivre dans l'attente de ce genre de situation.

— Hoo-ah ! répondit Bill.

Il leva le pouce en direction de Boss en essayant de dissimuler une grimace tandis que son ulcère redoublait d'appétit. Il poussa les soixante-quinze kilos du VPP à travers l'écoutille et le regarda frapper la surface sombre de l'océan dans une grande éclaboussure. Une seconde plus tard, il sauta à son tour. Une courte chute de deux mètres avant d'être enveloppé par les flots salés.

Après avoir laissé entrer un peu d'eau de mer dans son masque pour empêcher la condensation, il activa son VPP. Propulsé par le véhicule, il s'éloigna de quelques mètres de la coque oscillante du destroyer puis se retourna pour regarder Angel sauter hors de l'énorme navire.

C'était l'image même de la grâce masculine : ses orteils tendus fendirent les flots sans créer la moindre éclaboussure.

Et le juge allemand lui accorde un dix sur dix !

Une fois revenu à la surface, Angel ne perdit pas de temps pour ajuster son masque, démarrer son VPP et rejoindre Bill.

— Tu sais très bien ce que tu fais, n'est-ce pas ? lui demanda Bill après avoir recraché son embout.

— Oui, confirma Angel avec un hochement de tête.

---

1. Cri de guerre des Marines américains. (*N.d.T.*)

Il fit la grimace quand Boss plongea à son tour en déclenchant de telles retombées qu'on aurait pu croire qu'une baleine venait de jaillir hors de l'eau.

— La question serait plutôt de savoir si *lui* sait ce qu'il fait.

Si le juge allemand aurait certainement accordé une note de dix sur dix à Angel, Boss méritait sans aucun doute un beau *moins dix* pour sa prestation.

— Ne t'y trompe pas, dit Bill. Je l'ai vu jouer au funambule sur des lignes téléphoniques au-dessus des toits de Bagdad, sauter d'un avion-cargo dans l'obscurité totale et réussir à se poser pile sur la zone d'atterrissage prévue alors que le reste d'entre nous avait touché terre à un bon kilomètre de là. Une fois, il s'est faufilé avec un cordon détonant dans un tunnel tellement étroit qu'un raton laveur aurait hésité à y entrer. Il n'est simplement pas doué pour les plongeons à plus d'un mètre de la surface ; il nous fait le coup du boulet de canon à chaque fois.

Les peintures de camouflage sur le visage d'Angel ne purent dissimuler son scepticisme tandis que Boss réapparaissait non loin d'eux.

— Bon, messieurs, dit-il en jetant un coup d'œil à sa montre étanche en titane, nous avons quinze minutes de nage pour rejoindre le *Hamilton*. Tout le monde sait ce qu'il a à faire ?

— Affirmatif, répondit Bill, imité par Angel.

— Alors on prend notre courage et nos couilles à deux mains et on y va, putain !

Bill gloussa devant l'expression incrédule qui venait de passer sur le visage d'Angel.

— Toujours aussi fan de tes discours de motivation, Boss.

Sharif Garane observait le dos étroit de l'Américaine occupée à dévisser l'un des gros boulons d'une énorme turbine à l'intérieur de la salle des machines surchauffée du pétrolier britannique.

Son nom était Rebecca Reichert, mais tout le monde l'appelait Becky. Le nom lui plaisait. Ça correspondait tout à fait à son physique de jeune Américaine typique.

Elle, par contre, ne lui plaisait pas du tout.

Et s'il avait su, au moment où les ordres lui étaient parvenus de faire en sorte qu'elle répare les moteurs endommagés du tanker, qu'elle était dotée d'un caractère aussi pénible, il se serait peut-être esquivé.

D'un autre côté, probablement pas. Cette mission représentait son ticket vers l'indépendance financière. En admettant qu'il parvienne à refréner son envie de la tuer assez longtemps pour qu'elle termine ses réparations...

— Bordel ! s'écria-t-elle.

Le boulon s'était brusquement libéré et elle venait de se cogner le bras contre la machine.

Alors qu'il riait de sa mésaventure, elle se tourna vers lui. Ses yeux sombres – déconcertants sur un visage au teint si clair – lançaient des éclairs.

— Qu'est-ce qu'il y a de si drôle ?

Elle passa son poignet sur son front en sueur en y laissant une traînée de cambouis noir.

Sharif cessa de rire et retroussa les lèvres dans une expression de dégoût. Elle était déjà sale lorsqu'il était monté à bord du catamaran. Sans doute les pirates n'avaient-ils pas eu l'idée d'autoriser ces femmes à se laver. À présent, le corps souillé par presque une semaine de transpiration et les taches de cambouis accumulées durant les dix dernières heures, Becky était franchement dégoûtante.

— Remettez-vous au travail, ordonna-t-il. Vos petites manœuvres pour gagner du temps me font perdre patience. Si vous continuez, je pourrais bien décider de vous faire payer chaque minute perdue. Vous avez déjà vu l'effet que peut faire une lanière de cuir humide sur la chair humaine ?

— Je ne perds pas de temps, répondit-elle. C'est vous qui avez renvoyé les ingénieurs sur le pont supérieur. Si vous les aviez laissés travailler ici avec moi, j'aurais sans doute déjà fini.

Possible. Mais il n'avait pas beaucoup aimé la façon dont les trois hommes la déshabillaient du regard. Cela s'était avéré… source de distraction. Par ailleurs, il s'agissait de trois gros costauds et il n'avait aucune envie de se retrouver seul dans cette salle des machines étouffante où ils auraient aisément pu le neutraliser en acceptant que l'un d'eux puisse se prendre une balle.

Sharif était là par appât du gain, pas pour risquer d'être blessé ou tué. C'était déjà assez ennuyeux de se retrouver physiquement impliqué dans cette affaire, habitué qu'il était à patienter dans des locaux climatisés en attendant que le téléphone sonne pour vider les poches de riches Occidentaux. Il n'avait aucune envie de mettre ses nerfs à plus rude épreuve en s'enfermant volontairement dans une salle pleine de marins massifs et vulgaires.

Non. C'était mieux ainsi.

Rien qu'eux deux. Seuls.

Portant la main à sa boucle de ceinture pour appuyer son propos, il lança :

— Je vais compter jusqu'à trois et si vous n'avez pas repris le travail d'ici là, je vous fouetterai trois fois par seconde de retard. Un… commença-t-il.

Il espérait que l'orgueil de la jeune femme l'inciterait à le défier. Il ne doutait pas de prendre beaucoup de plaisir à la frapper et à regarder sa peau claire rougir sous ses coups cinglants.

Marmonnant des jurons à mi-voix, elle reprit immédiatement son labeur et s'attaqua au boulon avec une ardeur renouvelée.

Déçu par sa capitulation rapide, Sharif but une nouvelle gorgée d'eau et se tamponna le front et la nuque avec son mouchoir déjà trempé de sueur. Cette salle des machines était un véritable four et plus il restait assis là à attendre qu'elle termine ses réparations, plus il devenait irritable. À chaque heure qui passait, ses fantasmes de punition envers Becky se faisaient plus créatifs et plus violents.

Elle lui jeta un coup d'œil par-dessus son épaule.

— Comment ça se fait que vous transpiriez autant ? Vous devriez être habitué à ce genre de chaleur, non ?

Il envisagea de ne pas lui prêter attention. Cette femme semblait incapable de se comporter en otage docile et il n'avait pas envie de l'encourager alors qu'elle avait l'audace de s'adresser à lui sans qu'il lui ait parlé en premier. D'un autre côté, il y avait dans le timbre rauque de sa voix quelque chose d'étrangement attirant…

— Bien que né en Afrique, j'ai passé l'essentiel de ma jeunesse et le début de l'âge adulte à Londres. Il y a cinq ans, je suis revenu vers ce qui restait de mon pays natal. Hélas, je ne me suis pas encore réacclimaté.

Ce qui n'avait pas d'importance, à vrai dire. Car bientôt cette réacclimatation ne serait plus nécessaire. Avec sa part de la rançon pour ces deux femmes et le *Hamilton*, il aurait enfin assez d'argent pour quitter l'Afrique. Assez pour vivre dans le luxe là où il en aurait envie.

Quelque part en Asie, peut-être ? Au Japon ? Le climat y était bien plus favorable et les femmes encore assez humbles pour connaître leur place face à un homme. Même si les tremblements de terre et les raz-de-marée diminuaient l'attrait du pays…

Elle lui décocha un nouveau coup d'œil en s'arrêtant sur sa chemise humide de sueur.

— Vous n'êtes peut-être pas fait pour ce genre de… *boulot*.

Il n'aimait pas la façon méprisante dont elle avait prononcé ce mot.

À cet instant, il décida que non seulement il ne l'aimait pas mais qu'il la haïssait. Il haïssait son regard affûté et sa langue plus affûtée encore. Haïssait le fait que lorsqu'elle se penchait pour tirer sur les câbles, la vue de ses fesses fermes et rondes réveillait quelque chose dans son bas-ventre. Si dégoûtante soit-elle, couverte de crasse et de transpiration, quelque chose en elle parvenait à le captiver.

Il but rageusement au goulot de la bouteille d'eau qu'il tenait à la main avec l'espoir que cela apaise son ardeur indésirable. Que son corps puisse désirer une créature telle que cette femme, malgré toute la haine qu'elle lui inspirait, constituait une insurrection biologique, une mutinerie anatomique.

Mais son corps lui réservait une autre surprise : avec toute l'eau qu'il avait bue, il ressentit rapidement le besoin d'uriner. D'urgence. Malheureusement, parce qu'il avait insisté pour que Ghedi et ses hommes surveillent l'équipage du *Hamilton* afin que lui puisse s'enfermer seul avec elle, personne n'était en mesure de prendre sa relève.

Il se tortilla sur son tabouret jusqu'à ce qu'il n'en puisse plus.

— Je vais aller me soulager, lui dit-il.

Comme elle se tournait pour le regarder d'un air renfrogné, il lui agita son arme sous le nez. Il aurait pu simplement uriner devant elle, après tout. Elle avait sans doute vu Ghedi et ses hommes faire bien pire durant ses journées de captivité. Mais l'idée d'un comportement aussi grotesque et vulgaire lui déplaisait souverainement. Il était à des années-lumière de ces pirates crasseux et stupides ; il refusait de s'abaisser à leur niveau.

— Ne vous arrêtez pas de travailler. Et n'envisagez même pas de vous enfuir. Nous sommes enfermés ici. Nous ne pourrons sortir que si j'appelle mes compatriotes sur le pont pour qu'ils nous ouvrent. Ne vous mettez pas non plus en tête de vous cacher.

Il voyait bien qu'elle réfléchissait au moyen d'exploiter la situation.

— Que ce soit bien clair, poursuivit-il. Si vous me forcez à partir à votre recherche, vous n'aimerez pas ce qui se passera quand je vous aurai trouvée !

Les narines de la jeune femme se dilatèrent, mais elle se remit à l'œuvre en grommelant quelque chose qu'il ne comprit pas.

Oh, il espérait qu'elle essaierait de fuir.

Cela lui fournirait une raison de la poursuivre, la poursuite mènerait à sa capture et la capture au châtiment.

Et cette idée-là lui plaisait vraiment, vraiment beaucoup.

— La zone est sécurisée ? demanda Frank à Bill en serrant fort les menottes en plastique autour des poignets d'un pirate récalcitrant.

Au moment de guider le prisonnier vers le coin de la salle où se trouvaient déjà ses compatriotes ligotés, il ne put s'empêcher de lui cogner la tête contre la cloison avec juste un peu plus de force que nécessaire.

Après être montés en toute discrétion à bord du pétrolier, neutraliser ces hommes sans entraînement n'avait été qu'un jeu d'enfants. Plus de la moitié des pirates présents sur le pont du *Hamilton* étaient endormis, ne laissant que deux gardes pour surveiller l'ensemble des otages. Et bien que ces deux hommes se soient montrés vigilants – c'est-à-dire qu'ils gardent leurs yeux et leurs armes braqués sur leurs prisonniers – ils n'étaient pas préparés à ce que des ombres silencieuses se glissent dans leur dos et leur confisquent leurs AK en un clin d'œil.

— Affirmatif, répondit Bill.

Il avait plaqué sa main sur la bouche du petit pirate ligoté agenouillé devant lui. Le type ne cessait de crier « pourparlers, pourparlers, pourparlers ! ».

Avec un grognement, Frank fit signe à Bill de retirer sa main. Le petit pirate – *c'est un bandeau que t'as sur l'œil, mec ?* – gonfla ses poumons avant de supplier :

— Je vous en prie, monsieur, pitié…

— La ferme ! aboya Frank. On n'est pas dans *Pirates des Caraïbes* et tu n'es pas Jack Sparrow… ni même Willy le Borgne, d'ailleurs. Il n'y aura pas de pourparlers.

Le commentaire parut d'abord laisser Bill perplexe. Puis il baissa les yeux sur la petite pierre voyante collée sur le bandeau du pirate et ne put s'empêcher de rire.

Frank sentit un sourire frémir au coin de ses lèvres, mais il tourna son attention vers le coin d'ombre du vaste pont du *Hamilton* où les pirates avaient parqué l'équipage du tanker comme autant de sardines transpirantes. Angel murmurait des paroles rassurantes aux otages effrayés tout en tranchant leurs liens. Quand il vit que Frank le regardait pour savoir si Becky se trouvait au sein du groupe, il secoua la tête.

Ouais, ça aurait été trop simple. De toute évidence, elle était toujours détenue dans la salle des machines en contrebas.

— Combien d'hommes dans la salle des machines ? demanda-t-il à Willy le Borgne.

Celui-ci continuait à chialer et à supplier en alternant l'anglais et sa langue natale à une telle vitesse que Frank sentait venir un début de mal de crâne.

— Combien ! répéta-t-il en secouant le type par l'épaule.

Oh merde, c'était une… ? Mais oui, putain. Une authentique larme s'échappait du coin de l'œil valide du pirate. Le mec (plutôt le gamin, parce que si Willy le Borgne avait fêté son vingtième anniversaire, alors Frank était la Petite Souris en personne) tremblait si violemment qu'on pouvait raisonnablement craindre de voir ses dents jaunies se déchausser.

Priant pour ne pas perdre patience, Frank respira profondément puis se pencha pour se retrouver face au visage couvert de larmes et de sueur du jeune pirate. Bon Dieu, ce mec avait grand besoin d'un Kleenex. Mais Frank fit de son mieux pour ne prêter aucune attention à la bulle de morve géante qui menaçait d'exploser si Willy le Borgne avait le malheur de renifler.

— Comment tu t'appelles, mon garçon ? demanda-t-il.

Il serrait les dents pour résister à son envie d'agripper le cou de ce salopard et de le faire parler par la force. Chaque seconde qui passait où il ignorait dans quel état était Becky était une seconde de trop.

— G... Ghedi, chuchota le jeune pirate.

L'œil écarquillé, il contempla la silhouette colossale de Frank et se recroquevilla sur lui-même comme avait dû le faire le héros en titre de *Jack et le haricot magique* en débarquant chez les géants.

Ouais, ouais, Frank provoquait souvent ce genre de réaction.

— Bon, Ghedi, je sais grâce à nos photos aériennes qu'au moins deux de tes hommes ramènent les skiffs vers l'Afrique, mais ça nous laisse un membre de ton groupe dans la nature. Il est en bas avec Becky ? Ailleurs ?

— Non, non, non...

Ghedi secoua la tête et Frank garda un œil sur la bulle de morve. Ce truc risquait de péter à tout instant et il n'avait aucune envie d'être dans les parages quand ça arriverait.

— Elle seule. Autres hommes sur bateaux retour en Somalie. Elle seule. Elle toute seule travaille sur moteurs.

Frank plissa les yeux et approcha son visage au plus près de celui du pirate.

— Si tu me mens, raclure, je te tue.

— Pas mentir. Non, non, non, pas mentir.

Bill lui donna un coup de coude dans le bras et baissa son arme vers le nez morveux de Willy le Borgne.

— Bon, Boss, allons récupérer notre Becky.

Frank ne s'embarrassa même pas d'une réponse, ni même d'ordonner à Bill de rester pour surveiller les pirates, il fit simplement volte-face et s'élança en direction de la salle des machines tel un Carl Lewis en combinaison de plongée.

4

— Salut Rebecca.

Ces mots, prononcés dans le dos de Becky par cette voix grave et bourrue reconnaissable entre toutes, faillirent lui faire lâcher sa clé à molette pour s'effondrer en pleurant de soulagement.

Merci mon Dieu, nous sommes sauvées.

Elle venait de débattre intérieurement pour savoir si elle devait passer outre aux avertissements de Sharif et tenter de s'enfuir. Elle s'était dit qu'elle pourrait trouver une petite cachette depuis laquelle attendre le moment idéal pour lui sauter dessus et lui mettre un bon coup de clé à molette sur le crâne. Elle prendrait un plaisir certain à cette partie du plan – le coup sur le crâne – et bien sûr elle récupérerait son Glock. Mais ensuite ? Elle serait toujours enfermée dans la salle des machines et les pirates pourraient tout à fait décider de faire subir le pire à Eve en guise de représailles.

Mais toutes ces réflexions étaient devenues inutiles maintenant que Frank était là. L'homme qu'elle admirait, respectait et adorait de loin – car il lui avait clairement fait comprendre qu'il n'avait aucune envie qu'elle l'approche de plus près – venait de faire son entrée dans la partie.

Le défenseur de la veuve et de l'orphelin.

Opération Zorro lancée. *Enfin !*

Elle envisagea un instant de lever les bras en l'air avec un « alléluia » sonore ou peut-être d'éclater en grands sanglots de gratitude, un moment bien dramatique digne des talk-shows d'Oprah Winfrey. Mais c'était vraiment un cliché, un truc de demoiselle en détresse. Elle préféra se confectionner un sourire féroce avant de pivoter sur elle-même, ses mains noires de crasse appuyées sur ses hanches tout aussi crasseuses.

— Eh ben, c'est pas trop tôt ! râla-t-elle en relevant le menton pour dévorer du regard le visage merveilleusement familier de Frank.

La lumière des plafonniers – qui ne faisaient que renforcer la chaleur étouffante des lieux – soulignait sa silhouette comme pour rappeler à Becky à quel point il était massif. Avec ses épaules de docker, ses biceps ronds comme des boules de bowling et ses cuisses de receveur de baseball professionnel, c'était une vraie montagne. Mais il était si bien proportionné, chaque partie de son corps en harmonie avec le reste, qu'à moins de se tenir à côté de lui on ne pouvait pas soupçonner que c'était un mastodonte.

Un extraordinaire et très beau mastodonte.

D'accord, peut-être que « très beau » était un peu exagéré, surtout qu'une affreuse et épaisse cicatrice lui traversait le sourcil gauche et qu'une autre, plus fine, remontait depuis le coin droit de sa bouche. D'après le frère de Becky, Frank avait hérité de la première lors d'un duel au couteau avec un djihadiste devant un café de Karachi au Pakistan.

L'histoire derrière la seconde était un mystère que personne n'avait su résoudre.

Donc non, il n'était pas beau. Mais son regard d'un gris d'orage était le plus pénétrant qu'elle ait jamais croisé et son épaisse chevelure d'un brun très foncé aussi soyeuse et brillante qu'une fourrure de vison. Ajoutez à cela un large front et des lèvres pleines et vous obteniez un visage inhabituel et… une vraie gueule, qui faisait forte impression.

Non qu'elle distingue grand-chose de ce visage impressionnant à cet instant précis, recouvert qu'il était de motifs gris et noirs irréguliers. Quant à ses cheveux, ils étaient dissimulés sous une cagoule de plongée. Elle parvint néanmoins à discerner le pli moqueur de ses lèvres.

— Comme je ne te laissais pas devenir un agent, tu t'es dit que t'allais t'essayer à la piraterie, c'est ça ? demanda-t-il en feignant l'exaspération.

Becky haussa un sourcil avec une moue roublarde.

— On cherche l'aventure là où on peut, dit-elle.

Il ricana puis l'examina des pieds à la tête et son expression sévère s'adoucit brusquement.

Ouais, d'accord, elle était à bout de forces et ça devait se voir.

— Ça va ?

Son ton était empreint d'une délicatesse inhabituelle.

— Super. Au top, affirma-t-elle pour le rassurer.

Au même moment, des larmes brûlantes lui remontèrent dans la gorge pour venir squatter sa cavité nasale ; ça piquait comme une coupure fraîchement arrosée d'alcool. C'était terrible de constater qu'elle n'avait qu'une envie : se jeter dans ses bras forts et pleurer, pleurer, jusqu'à se vider de toutes ses larmes, ouvrir les vannes des peurs et des angoisses refoulées au fil des six derniers jours.

Sûr qu'il en serait resté comme deux ronds de flan. Rebelle Reichert la dure à cuire laissant éclater sa vulnérabilité au grand jour ? Prouvant, pour une fois, que oui elle était une femme et capable de pleurer comme toutes les autres ?

Sans parler du fait de le toucher. Durant les trois ans où ils avaient travaillé ensemble, elle pouvait faire le compte exact du nombre de fois où ils étaient entrés physiquement en contact. Et à chacune de ces occasions, il avait fait un bond en arrière comme si Becky était en feu parce que, vous voyez, il ne voulait surtout pas lui donner des idées. Qu'elle n'aille pas s'imaginer qu'ils puissent entretenir une autre relation que celle d'employeur-employée !

Donc ouais, si elle se jetait dans ses bras et nichait son visage au creux de son cou, il ferait probablement une crise cardiaque. Et qu'adviendrait-il d'elle après ça ?

Je serais armée, en tout cas, songea-t-elle en ravalant ses larmes pour porter un regard envieux sur le M4 étanche sanglé en travers du large dos de Frank.

— Tu m'as apporté un flingue ? demanda-t-elle en tendant le doigt vers le canon noir mat du fusil d'assaut.

L'odeur de Frank, effluves mêlés de peau virile brûlante et d'eau de mer salée, lui envahissait les narines et lui faisait tourner la tête. À moins qu'il ne s'agisse simplement des émanations des moteurs diesel en rade.

C'était forcément ça parce qu'elle n'était vraiment pas le genre de nana à fondre pour l'arôme particulier d'un mec. Même si… elle devait admettre qu'elle craquait pas mal pour l'odeur habituelle de Frank. Une étrange combinaison de savon Zest, de cuir chaud et de graisse pour pistolet.

Bon, qui espérait-elle tromper avec ce mensonge ? Ce n'était pas pour l'odeur de Frank qu'elle craquait mais pour Frank tout court. Ce qui rendait plus horripilant encore de se voir traiter comme une source permanente de contrariété qu'il ne tolérait que pour préserver la couverture officielle de Black Knights Inc.

Il écarta la main qu'elle tendait vers son M4, sa paume massive et chaude enveloppant brièvement son poignet avant de la relâcher.

Ouaip. Comme prévu…

— Je peux faire mieux qu'une arme, dit-il.

Il la gratifia de ce sourire oblique si attachant qui la touchait toujours droit au cœur. Sortant d'on ne sait où une sucette Dum Dum à la pastèque, il la lui brandit sous le nez puis la leva hors de portée quand Becky tenta de s'en emparer.

— C'est quoi le mot magique ? la nargua-t-il.

— Donne ! gronda-t-elle.

Ce qui déclencha chez lui un éclat de rire grave qui faillit de nouveau la transformer en flaque.

Purée, il allait vraiment falloir qu'elle dorme un peu, ou au moins qu'elle prenne un moment pour se reprendre avant de craquer complètement et ruiner sa réputation de fille coriace. Ou qu'elle fasse un truc stupide comme lui agripper le visage pour faire *enfin* ce dont elle rêvait depuis plus de trois ans : lui rouler une grosse pelle bien humide.

Ouais, il prendrait sûrement ça très bien…

Dans un geste plein de sollicitude, il lui tendit la sucette et elle le remercia par un grand sourire et un regard de gratitude avant d'arracher l'emballage et d'enfourner la friandise dans sa bouche. Les paupières mi-closes, elle laissa le goût sucré exploser sur sa langue.

Ces crétins de pirates s'étaient rués sur sa réserve de sucettes dès le premier jour, et elle était en manque de sucre depuis.

— Je pourrais bien te laisser un petit quelque chose dans mon testament pour ça, murmura-t-elle sans retirer la sucette de sa bouche.

Il émit un simple grognement puis la prit par le coude et l'escorta le long de la passerelle métallique en direction de la sortie. D'accord. Donc apparemment la règle interdisant tout contact physique ne s'appliquait pas en cas de sauvetage héroïque. Becky devrait sans doute songer à se faire kidnapper plus souvent...

— Qu'est-ce que t'as... heu... qu'est-ce que t'as fait de Sharif ? demanda-t-elle.

— Qui c'est ce Sharif ?

— *L'interprète*.

Elle avait presque craché le mot tout en profitant de la sensation de la paume rugueuse de Frank contre son bras.

— Le type qui m'a braqué un Glock 19 sur la nuque ces dix dernières heures, précisa-t-elle.

Frank s'arrêta si brusquement qu'elle crut bien subir le coup du lapin. Il leva son M4 et fit pivoter son cou épais pour scruter les alentours.

— Qu'est-ce qu'il y a ? souffla Becky dont les poils des avant-bras s'étaient dressés.

Malgré les presque quarante degrés qui régnaient dans la salle, un frisson glacé lui parcourut l'échine.

— Vous ne l'avez pas appréhendé avant d'arriver jusqu'à moi ? demanda-t-elle.

— Non, répondit-il dans un souffle rauque. On nous a dit que tu étais seule.

Il actionna le laryngophone au niveau de sa gorge.

— Bill, t'es là ?

Billy ?

Elle leva un regard plein d'envie vers l'oreille droite de Frank et le petit fil en plastique transparent qui y remontait depuis son laryngophone. Elle aurait aimé porter la même oreillette pour entendre la voix de Billy. Son gros nounours idiot de frère lui avait horriblement manqué et elle mourait d'envie de demander à Frank combien de gars il avait amenés avec lui.

Savoir que « ses garçons » viendraient à sa rescousse si elle tenait bon suffisamment longtemps lui avait permis de garder espoir durant la semaine écoulée.

— Willy le Borgne a menti, expliqua Frank à son frère.

Si elle n'avait pas eu aussi peur, elle aurait pu éclater de rire. Il avait donné à Ghedi le même surnom qu'elle !

— Il y a un sixième homme à bord. Il était en bas pour surveiller ta sœur, mais il s'est éclipsé.

Il inclina la tête en écoutant la réponse de Billy.

— Affirmatif, marmonna-t-il tout en tendant la main pour faire passer Becky dans son dos, la protégeant de son corps massif.

Ils se remirent en route, Frank pointant alternativement son arme d'un côté puis de l'autre pour couvrir leur progression vers la sortie.

— Foutu Ghedi…

Elle jetait régulièrement des coups d'œil pardessus les larges épaules de son compagnon, s'attendant à tout instant à voir Sharif débouler en les arrosant de balles de 9 mm.

— Je lui ai dit que je le tuerais s'il me mentait.

— Ne le tue pas, chuchota-t-elle. (Elle avait de la pitié pour Ghedi et pour tous les hommes qui se retrouvaient dans une situation aussi intenable que la sienne.) C'est juste un gamin pas très malin. Il a sans doute pensé que Sharif trouverait le moyen de le sauver.

— De quel côté il est parti ?

— Sharif ? Je... heu... j'ai pas vraiment... Merde, pardon ! souffla-t-elle en trébuchant sur un tuyau en travers du chemin.

Elle n'évita la chute que grâce aux réflexes de Frank qui tendit immédiatement le bras pour la rattraper.

— Il a dit qu'il allait pisser, expliqua-t-elle. Je n'ai pas vraiment vu dans quelle direction il allait, mais quelque part vers la proue, je pense.

— Combien de balles ?

— Quinze, l'informa-t-elle, ravie de pouvoir répondre à sa question. Chargeur de format standard.

Elle espérait l'impressionner par son savoir.

— D'autres chargeurs en rab ?

— Pas que je sache.

— D'accord, voilà comment on va faire : nous allons...

— Vous allez lâcher votre arme et l'écarter du bout du pied, annonça Sharif.

Il avait émergé de derrière un grand tableau de bord et s'était glissé dans le dos de Becky pour refermer autour de sa gorge un bras couvert de sueur et appuyer le canon de son Glock contre sa tempe droite.

Elle commençait à en avoir vraiment marre qu'on lui pointe une arme sur la tête, sans parler de l'eau de toilette capiteuse de Sharif qui, mélangée aux relents de sueur et d'odeurs corporelles accumulés durant les dix dernières heures, lui donnait envie de vomir.

Tatillon comme il était, lui dégobiller sur le bras constituerait peut-être le meilleur moyen de l'obliger à la lâcher.

Elle envisageait de mettre cette idée en pratique lorsqu'elle perçut soudain chez Frank une… tension. En entendant Sharif aboyer ses ordres, il s'était figé devant elle. Les doigts de Becky, à l'endroit où elle agrippait la ceinture de combat, sentirent tous les muscles de son dos se crisper jusqu'à devenir aussi durs que la pierre. Il ne se retourna pas, ne frémit même pas, mais elle retint son souffle en attendant de voir ce qu'il allait faire.

Sharif aussi avait dû percevoir l'électricité dans l'air.

— Je ne sais pas quelle idée vous avez en tête, mais vous devriez l'abandonner immédiatement. J'ai un pistolet braqué sur la tête de Mlle Reichert et je lui ferai sauter la cervelle avant que vous puissiez vous retourner. Maintenant, lâchez votre arme et écartez-la avec le pied.

— Ne fais pas ça…

Elle grimaça en entendant le bruit métallique du M4 heurtant le sol. Le fusil émit un crissement affreux quand Frank l'écarta d'un coup de pied.

— Et maintenant votre arme de secours, exigea Sharif.

Voyant Frank se baisser, il pressa un peu plus son Glock contre la tempe de Becky en aboyant :

— Lentement !

Frank obéit et s'inclina prudemment pour retirer le XD-45 Springfield Armory qu'il portait dans un étui à la cheville. Il l'envoya rejoindre le M4 avant de se redresser.

Becky se cramponna de nouveau à sa ceinture à la recherche du contact réconfortant de ses muscles durs et de celui de la dureté plus redoutable encore de…

Oh, Frank, homme merveilleux que tu es.

D'accord, Sharif avait désormais l'avantage puisqu'il était le seul à avoir une arme à feu. Mais il n'était cependant pas le seul à avoir *une arme*. Car les doigts de Becky venaient de se refermer sur les dix-huit centimètres d'acier acéré du couteau de combat de Frank.

Qui se pointait avec un couteau pour un combat aux flingues ?

Frank Knight, bien sûr.

Quand les doigts de Becky se glissèrent discrètement à l'arrière de son ceinturon pour dégainer sans bruit son couteau de combat, Frank se dit qu'il allait avoir besoin d'une housse mortuaire. Taille XXL.

Parce qu'ils tournaient tous les deux le dos à Sharif, celui-ci ne vit pas qu'elle avait retiré le poignard du fourreau pour le glisser dans la poche avant de son short.

Bon sang, Rebecca. C'est vraiment une très, très mauvaise idée !

Mais il n'y avait rien qu'il puisse dire ou faire pour l'en empêcher.

— Mains sur la tête ! ordonna Sharif.

Ouais, ouais. C'est toi qui commandes, espèce de pirate à l'accent snob.

Frank serra les dents et leva les bras vers le plafond. Son épaule abîmée n'avait pas cessé de se plaindre depuis qu'il avait joué à Spider-Man pour escalader le flanc du navire afin d'accéder à leur point d'entrée sur le pont. Dans cette nouvelle position, la plainte se changea en cri de douleur muette.

C'était évidemment le cadet de ses soucis dans une situation où ce bon vieux Sharif était équipé de quinze cartouches de mort fourrée au plomb tandis que Rebelle Reichert venait de s'armer de dix-huit centimètres d'acier carburé.

— Maintenant avancez vers la droite, jusqu'au coin là-bas, intima Sharif.

Frank n'eut d'autre choix que d'obéir. Il fit six pas vers la droite et se faufila dans l'espace étroit entre la cloison métallique et une machine équipée d'à peu près un milliard d'interrupteurs qui s'enfonçaient dans ses côtes comme autant de doigts pointus.

— Ne vous retournez pas ! s'écria Sharif comme il s'apprêtait à le faire. Restez face au mur.

Becky poussa un petit cri à cause de quelque chose que Sharif venait de lui faire et Frank émit un grondement, un son grave et menaçant accompagné d'une crispation de ses mains au-dessus de sa tête. Les muscles de ses bras se raidirent.

Serrant les dents avec assez de force pour broyer ses molaires, il tendit l'oreille pour les écouter se déplacer jusqu'à l'endroit où il avait projeté le M4 et son arme de réserve. Il reconnut le « clac » familier du fusil quand Sharif le passa par-dessus son épaule et le chuintement du .45 que le pirate de luxe glissa à la ceinture de son short.

— Maintenant je vais compter jusqu'à dix, annonça-t-il.

Il était légèrement haletant. Le mec commençait à paniquer.

Pas bon. Pas bon du tout.

La panique pouvait aisément faire oublier à un homme la pression qu'exerçait son doigt crispé sur la détente. Et l'idée de perdre Becky de cette manière…

Non. Il était incapable ne serait-ce que d'y penser sans devoir réprimer une envie de vomir. Et à cet instant, il ne pouvait pas se le permettre. Il devait garder l'esprit parfaitement clair s'il voulait les tirer tous les deux vivants de ce merdier.

— Si vous faites le moindre geste avant que j'aie terminé, gronda Sharif, je repeins cette salle des machines avec sa cervelle !

Et voilà. Le pire cauchemar de Frank mis en mots. Il ferma les yeux en priant pour que Becky ne tente rien de stupide. Cette femme avait plus de tripes que la plupart des hommes faisant deux fois sa taille et il la respectait à mort pour ça, mais elle n'avait ni les réflexes ni l'entraînement nécessaires pour se sortir indemne de cette situation. Sharif disposait de trois armes alors qu'elle n'en avait qu'une, ce qui donnait indéniablement l'avantage au pirate. Frank espérait qu'elle s'en rendait compte et agirait en conséquence.

— Un, deux...

Comme Sharif entamait son décompte, le cœur de Frank se mit à battre deux fois plus vite, martelant ses tempes avec une telle force qu'il avait du mal à entendre la voix de l'homme qui s'éloignait vers la sortie en emmenant Becky.

— Cinq, six...

Les mots résonnaient contre les parois de métal. Il se força à respirer lentement et visualisa sa prochaine action.

— Huit...

Ses muscles se tendirent une ultime fois.

— Neuf...

Le poids du couteau Pentagon Elite II sanglé contre sa poitrine avait quelque chose de réconfortant.

— Dix.

Dans un enchaînement de mouvements plus rapides que l'éclair, il jaillit hors de l'espace étroit, plongea la main sous son harnais militaire, déplia la lame au sein du manche renforcé de Kevlar avec un « clic » satisfaisant, avisa la mine sombre de Sharif au-dessus de la chevelure blonde de Becky et propulsa la lame d'acier à travers les airs.

Une fraction de seconde avant que le couteau se plante entre les deux yeux malveillants de Sharif, celui-ci referma brusquement la porte du sas. La lame ricocha contre le hublot en verre renforcé avec un claquement sonore. Mais à l'intérieur de la salle des machines, le son fut noyé sous le rugissement enragé de Frank.

Becky… non !

— Tout le monde retourne sur la passerelle !

Eve tournait en rond sur le pont avec le reste des trente et quelques membres d'équipage du *Hamilton*. Elle essayait encore de prendre toute la mesure de ce qui s'était produit dix minutes auparavant, lorsqu'elle avait été libérée par un groupe de trois hommes en combinaison noire ruisselantes d'eau sortis de l'obscurité comme autant de fantômes silencieux. Ils étaient parvenus à désarmer ou neutraliser jusqu'au dernier des pirates. Le tout en à peu près six secondes.

Ça avait été assez incroyable à voir. Réflexes de félins et mouvements parfaitement chorégraphiés. Les pirates n'avaient pas compris ce qui leur arrivait.

Et Eve non plus.

Parce que Becky n'avait pas été victime d'un délire lié à une insolation.

Il était bel et bien là.

Billy Reichert se tenait debout devant elle, et il était clairement bien plus qu'un simple mécanicien spécialisé dans les motos. Beaucoup plus. Il faisait plutôt penser à une version réelle de Jason Bourne ou d'Ethan Hunt.

Et il était en train de crier à tout le monde de retourner vers la passerelle étouffante où les pirates les avaient séquestrés un peu plus tôt, poussant ceux qui ne se déplaçaient pas assez vite à son goût. Il était… Pour tout dire, il n'était pas du tout comme dans son souvenir.

— Toi aussi, Eve.

Il lui accorda à peine un regard, mais ce fut suffisant pour qu'elle voie ses yeux. Un regard couleur chocolat dont elle était tombée amoureuse quand elle était jeune, mais qui n'était plus ni doux ni chaleureux. L'éclat dans ses yeux était féroce, presque sauvage, comme celui d'une bête.

Mon Dieu.

Un frisson courut le long de son dos malgré la chaleur nocturne. Elle n'avait jamais eu peur de Billy même à l'époque où il incarnait le mauvais garçon des mauvais quartiers. Mais en contemplant sa mâchoire serrée et la puissance à peine contenue des muscles saillants de ses épaules, elle prit conscience que le jeune homme qu'elle avait connu n'était plus, remplacé par cet homme endurci et insensible… cet homme *dangereux*.

— Pourquoi ? demanda-t-elle en faisant de son mieux pour maîtriser son cœur qui battait la chamade. Qu'est-ce qui se passe ?

— Becky a des ennuis, dit-il en lui faisant rapidement traverser le pont. Le type qui la surveillait est introuvable.

Eve ouvrit la bouche, mais n'eut pas le temps de prononcer le moindre mot avant que la voix terrifiée de Becky résonne au-dessus du brouhaha sur la passerelle.

— Billy !

Eve se retourna, en même temps que le reste de la foule qui se pressait vers la porte menant à la passerelle du *Hamilton*, et elle se sentit prise de vertige. Les voix moururent tandis que chacun prenait conscience de ce qu'il se passait.

Sharif se tenait au milieu du pont, un bras refermé autour de la gorge de Becky qu'il tenait devant lui comme un bouclier humain, le canon de son arme plaqué contre sa tempe.

— N'approchez pas ! cria-t-il en voyant Billy se tendre comme un ressort, prêt à bondir.

— Laisse-la partir ! ordonna Billy.

Mais Sharif ne lui prêta pas attention et tira Becky en direction du bastingage sur le flanc bâbord du *Hamilton*. Les puissants projecteurs qui illuminaient le pont depuis le sommet de la passerelle les éclairaient comme s'ils étaient sur un plateau de cinéma.

La scène avait quelque chose d'irréel... et de tout à fait effroyable.

— Boss ? souffla Billy en appuyant le pouce et l'index sur l'étrange bandeau noir qu'il portait autour du cou. (Dans le même temps, l'extrémité du canon de son gros fusil intimidant suivait chaque mouvement de Becky et Sharif.) Tu me reçois ? Notre sixième cible est en haut avec Becky dans son sillage.

Il marqua un temps d'arrêt, écouta quelque chose puis lâcha un juron avant de terminer en marmonnant un « bien reçu ».

— N'approchez pas ! N'approchez pas ! Ou je la descends ! hurla Sharif dont les yeux noirs venaient de passer nerveusement de la porte près de laquelle la foule s'était rassemblée au côté opposé de la passerelle.

L'un des hommes qui étaient arrivés avec Billy se figea immédiatement. Il avait tenté de contourner la structure pour prendre Sharif à revers.

— Eve, chuchota Billy sans lâcher sa sœur du regard.

— Oui ? répondit-elle dans un souffle.

Elle remarqua qu'il se décalait progressivement vers le côté, forçant Sharif à partager son attention entre lui et l'autre type armé d'une monstrueuse mitrailleuse noire.

— Quand il regardera ailleurs, je veux que tu te glisses dans la foule, que tu descendes jusqu'à la salle des machines et que tu déverrouilles la porte.

Gloups.

— D... D'accord, dit-elle même si s'aventurer *seule* dans les entrailles du tanker était la dernière chose dont elle eût envie.

Tu peux y arriver, Eve Edens. Fais-le pour Becky.

Les jambes tremblantes, elle attendit que Sharif soit distrait par l'homme près de la passerelle puis s'avança avec lenteur et se fraya discrètement un passage au sein de l'équipage apeuré du *Hamilton*.

— Poussez-vous, poussez-vous, *poussez-vous* ! maugréa-t-elle en se faufilant parmi les corps en sueur.

Elle parvint finalement à l'intérieur du bâtiment et tâcha d'éviter les coins obscurs et les escaliers pleins d'ombres en se servant de ses années d'expérience dans la navigation de plaisance pour deviner le chemin vers la salle des machines.

Filant à toute vitesse à l'intérieur des coursives métalliques, elle ne fit pas une seule erreur. Mais il faut dire qu'elle était guidée : un raffut infernal accompagné de ce qui ressemblait à des rugissements de lion provenait de la salle des machines.

Le responsable s'avéra être le troisième homme arrivé en compagnie de Billy, un vrai colosse. Il martelait le hublot du sas de la salle des machines à l'aide d'une énorme clé à molette. C'était également lui qui poussait ces rugissements de fauve.

Nom d'un chien !

Elle ravala la boule de terreur qui lui obstruait la gorge, humecta ses lèvres parcheminées et se rappela qu'il ne s'agissait pas d'une créature monstrueuse mais bel et bien d'un homme. D'un homme normal. Et même l'un des *gentils*, au passage.

À trois, se dit-elle. Elle compta rapidement dans sa tête puis fit pivoter la roue. Le verrou à peine désengagé, la porte s'ouvrit à la volée en claquant contre la cloison. Eve eut un mouvement de recul instinctif, mais le géant ne lui accorda même pas un coup d'œil. Il passa en courant devant elle et remonta l'escalier quatre à quatre, les marches tremblant sous l'impact de ses chaussons de plongée en néoprène.

5

Sharif – *ce connard* – était un homme mort.

Quiconque braquait un flingue chargé sur la tête de Becky ne survivrait pas assez longtemps pour s'en vanter.

— En position ? bourdonna la voix de Bill dans l'oreillette de Frank.

— Affirmatif.

Il se tenait accroupi derrière un petit conteneur maritime à une vingtaine de mètres de l'endroit où se trouvaient Sharif et Becky, près du bastingage à bâbord.

Quand Sharif tenterait d'enjamber la rampe, Frank et ses hommes passeraient à l'action. Il espérait simplement que Becky n'essaierait pas de « se rendre utile » d'ici là. S'il la sortait de ce… non, *quand* il la sortirait de ce pétrin, il la ramènerait à la maison, l'enfermerait dans le quartier général des Black Knights et balancerait la clé.

Laisser Rebelle Reichert libre de ses mouvements était vraiment trop dangereux. Après les événements de cette nuit, Frank se disait qu'il lui faudrait, oh, environ deux ans de paix et de calme absolu pour que sa pression artérielle redescende à un niveau qui ne ferait pas péter un câble à son médecin.

— Il va le faire, souffla la voix rauque d'Angel à son oreille. Il s'apprête à sauter.

— Il va devoir la lâcher pour enjamber le bastingage. Dès qu'il bouge, tu l'abats, ordonna-t-il.

Son cœur battait la chamade par anticipation.

Angel était le mieux placé pour mettre une balle dans la caboche de Sharif, et Frank espérait que la nouvelle recrue était aussi douée qu'annoncé. Il avait les gonades comme des raisins secs à l'idée de devoir faire à ce point confiance à un élément quasi inconnu, mais quelle autre possibilité avait-il ? Bill n'était pas en position de tirer et lui n'avait pas *les moyens* de tirer.

Ce qui ne voulait pas dire qu'il était complètement désarmé.

Une paire de couteaux de lancer français reposait au creux de ses paumes. Ils étaient équipés d'un petit réservoir de mercure qui maintenait la lame orientée vers l'avant quand on les projetait vers une cible.

En règle générale, Frank n'était pas très porté sur les Français. Ils étaient souvent trop efféminés à son goût, et dès qu'ils parlaient anglais, leur accent lui faisait penser à Pépé le putois et sa drague lourdingue.

Cela dit, il devait bien leur reconnaître une chose : leurs couteaux de lancer étaient exceptionnels. Si le tir d'Angel ratait sa cible, il serait là pour remplacer le plomb de la balle par l'acier d'une de ses lames.

— Tiens-toi prêt… murmura-t-il en voyant Sharif passer une jambe par-dessus la rambarde. Attends que Becky soit… Ah, putain !

À peine Sharif avait-il baissé son arme afin de garder l'équilibre que, tel un derviche, Becky pivota sur elle-même en sortant le poignard de Frank de la poche de son short. Elle enfonça les dix-huit centimètres de la lame dans la main qui tenait le pistolet. Sharif poussa un cri suraigu digne du lâche qu'il était et laissa tomber son Glock par-dessus bord quand Becky lui sauta dessus.

Bordel de m…

Frank jaillit hors de sa cachette.

— Tire ! Tire ! cria-t-il tout en fonçant tel un train de marchandises en direction des deux silhouettes qui se battaient.

— Elle est dans la ligne de mire ! s'écria la voix d'Angel au creux de son tympan.

Putain ! Lui non plus n'avait pas la cible dans sa ligne de mire. La chevelure blonde de Becky s'interposait sans cesse entre Sharif et lui tandis que, dans son rôle d'héroïne conquérante, elle luttait courageusement contre son ravisseur.

Frank mit toutes ses forces dans les quinze derniers mètres. Becky parvint à décocher un grand coup de coude dans le nez de Sharif. *Bien joué, petite !* Le sang gicla en arc de cercle dans les airs, illuminé par l'éclairage puissant des projecteurs de la passerelle.

Sonné, Sharif tituba en arrière et, avec un pied déjà du mauvais côté du bastingage, il n'en fallut pas plus pour qu'il bascule par-dessus bord. Il battit des bras pour saisir le rebord, mais avec le couteau qui lui transperçait la main droite comme une crevette sur une brochette à barbecue, ses doigts refusèrent de lui obéir.

Sa main gauche trouva une prise, par contre… la longue queue-de-cheval de Becky.

Frank eut l'impression d'assister à la scène au ralenti. Sharif fit la culbute par-dessus la rambarde, un bras moulinant inutilement dans l'air tandis que l'autre emportait Becky la tête la première dans sa chute.

Nom de Dieu !

Les jambes de Frank ne semblaient pas répondre normalement. Il avait l'impression de piétiner dans la mélasse, et malgré tous ses efforts et les suppliques qu'il adressait à ses muscles pour accélérer, il semblait n'avancer qu'au quart de l'allure nécessaire. Son cœur empli de terreur menaçait d'exploser. *Boum ! Extinction des feux !*

Non, non, *non* !

Il ne pouvait pas laisser arriver ça. Pas à Becky.

Et puis, comme par une brusque accélération dans son film au ralenti, il se retrouva soudain au niveau du bastingage à l'instant même où les pieds de Becky glissaient par-dessus la rambarde.

Il n'avait qu'une seule chance.

Lâchant son couteau, il plongea son bras dans l'espace entre la rampe et le barreau métallique en dessous et parvint à saisir Becky par la cheville. Il fut immédiatement emporté vers l'avant par le poids et l'élan combinés de Sharif et de Becky ; sa tête alla heurter le bastingage. *Bam !* Des étoiles explosèrent dans son champ de vision au moment où Becky et Sharif heurtèrent simultanément la coque du *Hamilton* avec un bruit sourd.

C'est à ce moment que cela se produisit.

Il eut le temps de le sentir.

Son épaule… waouh, d'un coup… le lâcha. Os, muscles et tendons cédèrent d'un coup sec. L'atroce décharge de douleur fut rapidement suivie par un engourdissement brûlant. Puis le poids qu'il avait au bout du bras disparut.

Oh, mon Dieu, non !

Il avait lâché Becky ! Elle avait échappé à ses doigts gourds et…

Avec un rugissement de fureur venu des tripes, il cligna plusieurs fois les paupières pour chasser les étoiles qui s'agitaient devant ses yeux et jeta un coup d'œil par-dessus bord.

Merci mon Dieu !

Il la tenait toujours. Elle s'agitait et moulinait des bras pour tenter de s'accrocher à la coque, mais il la tenait toujours. Sharif – *ce connard* – n'était pas aussi chanceux. Il perdit sa prise sur les cheveux de Becky et retomba en hurlant vers l'océan en contrebas.

Bon débarras.

Dans un effort dantesque, ses chaussons de plongée dérapant sur la surface du pont, Frank entreprit de ramener Becky jusqu'à lui. Quand ses pieds glissèrent et qu'il alla s'écraser contre la rambarde, il ne put que serrer les dents et s'accrocher de toutes ses forces. Puis, alors qu'il craignait de la perdre pour de bon, Bill et Angel se matérialisèrent auprès de lui et se penchèrent par-dessus le bastingage pour agripper les jambes de la jeune femme.

Merci, merci, merci mon Dieu… et Bill et Angel.

Ce n'est qu'en voyant Becky entre les bras de son frère, avec Bill qui lui chuchotait « tout va bien, on te tient », que Frank put desserrer la prise de ses doigts autour de sa cheville.

Intéressant. Il ne percevait absolument plus aucune sensation dans cette main.

Il se redressa en titubant et tourna la tête vers Angel qui scrutait la mer en contrebas dans le viseur de son M4. Après quelques instants, Angel se détourna en haussant les épaules.

— Je sais pas. Peut-être que la chute l'a assommé et qu'il s'est noyé. Je ne vois pas… Oh, heu, Boss ?

— Ouais ?

Frank fronça les sourcils en avisant l'expression étrangement inquiète d'Angel.

— Ça… heu… ça a l'air plutôt moche, dit-il en pointant du doigt le bras droit de Frank.

Celui-ci baissa les yeux et remarqua, avec une espèce de détachement bizarre, que sa main pendait à un angle anormal le long de sa cuisse.

— Déboîté, dit-il.

Il se foutait pas mal de son bras. Tout ce qui comptait, c'était Becky. Becky saine et sauve…

— Je pense que c'est pire que ça, murmura Angel.

Puis il fit brusquement volte-face et retourna jusqu'au bastingage. Un grondement parvint à se frayer un passage à travers les acouphènes qui faisaient tinter les tympans de Frank. Puis il vit Angel se mettre à tirer. Le crépitement sec du M4 paraissait étrangement étouffé et, malgré un indéniable effort, Frank fut incapable de se rappeler sur quoi son équipier était en train de vider son chargeur.

Angel se retourna quelques instants plus tard. La tension se lisait sur ses traits.

— Bon, il ne s'est pas noyé. Il est à bord du catamaran. J'ai réussi à neutraliser l'un des moteurs mais… Il est trop loin maintenant, termina-t-il en secouant la tête.

Ah, oui. Sharif. Ce connard. C'était sur lui que tirait Angel. Frank se souvenait à présent…

— Préviens les autres, ordonna-t-il en se demandant pourquoi sa voix semblait lui parvenir depuis l'autre bout d'un tunnel.

— Ça a l'air sérieux cette bosse sur ton front, Boss, lança Bill.

Quand Frank se tourna pour le regarder, le visage de son compagnon lui parut tout déformé.

— Tu saignes comme un porc qu'on égorge, ajouta Bill.

Ah bon ?

— Frank ?

Becky s'approcha de lui, ses superbes yeux marron assombris par l'inquiétude dans un visage aussi bizarre que celui de Bill.

Il s'en fichait. Elle était toujours belle et, surtout, elle était en sécurité. Et quand elle avait prononcé son nom, *Frank*, de cette voix rauque, il avait eu envie de pousser un cri de joie. Oh, comme le son de sa voix lui avait m…

Houlà.

Pourquoi le pont se précipitait-il soudain à sa rencontre ?

Bon sang ! Celui qui avait inventé l'expression « tomber raide » avait dû assister à quelque chose de très semblable à la dégringolade de Frank sur le pont du *Hamilton*. Becky s'agenouilla près de lui en répétant son nom, mais il était sans connaissance. Complètement inerte. D'épais ruisselets de sang sombre s'échappaient de l'entaille à la naissance de ses cheveux et s'écoulaient en travers de son visage pâle jusque sur le pont.

C'était grave. Très grave.

Une perte de conscience après une blessure à la tête était le signe d'une commotion cérébrale. Et elle savait, grâce aux leçons médicales de base que Steady lui avait données, qu'une commotion pouvait être mortelle. Le blessé risquait de tomber dans le coma pour ne plus jamais en sortir…

— Frank… murmura-t-elle.

Elle le secoua doucement par son épaule valide ; elle avait l'impression que toute sa gorge s'était remplie d'acide nitrique.

— Réveille-toi, Frank. T'es trop costaud pour te laisser abattre par une simple bosse sur le crâne.

Rien. Pas même un tressaillement. *Mon Dieu…* S'il mourait pour être venu la sauver, elle ne se le pardonnerait jamais. Jamais elle…

Non. Impossible. Il n'allait pas partir de cette façon. Pas le légendaire Boss Knight.

— Frank !

Elle le secoua avec plus de force puis appliqua la compresse de gaze qu'Angel lui tendait sur la blessure à son front. Les larmes qu'elle avait réprimées pendant près d'une semaine finirent par déborder le barrage émotionnel qu'elle avait érigé. Chaudes et salées, elles s'écoulèrent le long de ses joues tandis que son cœur battant à cent à l'heure menaçait de se briser en mille morceaux.

Le voir ainsi étendu, si inerte et si pâle, privé de la vigueur bouillonnante qui l'animait habituellement, la terrifiait plus que tout ce qu'elle avait pu vivre jusqu'à présent ; ce qui n'était pas peu dire si l'on considérait qu'elle venait de plonger la tête la première le long du flanc d'un pétrolier.

Alors qu'elle s'apprêtait à poser un doigt sur sa carotide pour vérifier son pouls, les paupières de Frank s'ouvrirent et ses yeux gris se braquèrent sur elle. Il leva sa main valide pour frotter la joue enflée et rougie de Becky à l'endroit où son visage avait fait connaissance avec la coque en acier du *Hamilton*.

— Est-ce que tu vas bien ? souffla-t-il.

Est-ce que tu vas bien…

Il saignait abondamment, souffrait sans doute d'une commotion cérébrale, son bras était déboîté, voire cassé, et il lui demandait si *elle* allait bien.

Cet homme était un amour. Elle, en tout cas, l'aimait.

Hoquetant à cause des larmes qui lui brûlaient la gorge et coulaient sur ses joues, elle parvint à répondre :

— Oui, grâce à toi.

Il la regarda en clignant les yeux et fronça les sourcils.

— Tu pleures.

Il avait prononcé ces mots sur le ton qu'il aurait pu employer pour dire « je crois aux licornes », avec une grosse louche d'incrédulité dans la voix.

— Ouaip. (Elle essuya son nez qui coulait sur son avant-bras. Dégoûtant mais elle ne voyait pas comment faire autrement.) Ça m'arrive, parfois, dit-elle.

Bien plus souvent qu'elle ne l'avait jamais avoué à quiconque, et surtout pas à lui.

— Pleure pas.

— Tu ne peux pas me dire si j'ai le droit ou non de pleurer, Frank. Purée…

Mais elle était tellement heureuse de le voir éveillé et capable de parler que sa réponse manquait de son mordant habituel.

— Pas de quoi verser des larmes, ma petite, dit-il.

Il grimaça quand elle souleva la compresse pour examiner l'entaille. Le saignement s'était ralenti. Angel tendit à Becky une nouvelle compresse qu'elle appliqua sur le front de Frank.

— T'as survécu, non ? ajouta celui-ci.

— Je ne pleure pas parce que j'ai failli faire un plat dans l'océan, espèce de gros crétin. Je pleure parce que tu m'as foutu une trouille affreuse en tombant dans les pommes.

Il plissa les lèvres.

— Les hommes ne tombent pas dans les pommes, dit-il. J'ai seulement... heu... perdu connaissance.

— C'est ça, cause toujours, souffla-t-elle avec agacement.

Mais intérieurement, elle souriait.

Peu importait qu'il soit décidé à maintenir leur relation sur un plan strictement professionnel. Peu importait qu'elle passe le plus clair de son temps à faire des trucs qui l'agaçaient au plus haut point et qu'il ne se gêne pas pour le lui dire. Peu importait même qu'il ait une copine secrète du côté de Lincoln Park. Ce qui comptait, la seule chose qui comptait, était qu'il soit en vie. Parce qu'elle ne supportait pas l'idée d'un monde où il ne serait plus là...

Écartant des mèches de cheveux sur le front de Frank, elle se délecta de pouvoir le toucher ainsi, d'une manière dont elle avait seulement pu rêver jusque-là, même si c'était uniquement parce qu'il avait perdu connaissance et n'avait pas encore recouvré toutes ses facultés.

— Ce que je veux dire, c'est que tu t'es effondré comme une masse sur le pont et que tu es resté inconscient pendant presque trente secondes. Comme en plus tu avais l'air d'un steak saignant passé à travers un broyeur, ça m'a fait peur. Et, oui, quand j'ai vraiment peur, parfois je pleure. Faudra t'y faire.

Il cligna plusieurs fois les paupières comme s'il avait du mal à accommoder.

— Pas besoin d'avoir peur. Jvaisbien.

Il mangea la moitié des dernières syllabes en se redressant avec peine. Les hommes et la testostérone. Incorrigibles.

Elle appuya sa paume sur son épaule indemne.

— Non, non… Reste tranquille.

— Peux pas, souffla-t-il en adoptant une position assise malgré les tentatives de Becky pour le maintenir allongé. J'dois finir la mission. J'dois continuer.

— Elle est finie, lui assura Becky. Tu nous as sauvés.

— Ouais.

Il secoua la tête comme un chien qui s'ébroue, ce qui délogea la compresse et projeta plusieurs gouttelettes de sang en travers du débardeur de Becky.

— Désolé… dit-il en se relevant maladroitement.

Comme si un peu de sang en plus de la crasse et du cambouis allait changer quoi que ce soit. Elle aurait beau les laver dix fois de suite, son débardeur et son short étaient irrécupérables. Il n'y avait qu'un seul avenir possible pour ces vêtements : la visite guidée d'un incinérateur.

— Mais maintenant faut qu'on mette les bouts, termina un Frank vacillant.

— Quoi ? (Becky se tourna vers son frère :) Qu'est-ce qu'il raconte ?

Billy retroussa les lèvres en agitant la mâchoire d'avant en arrière. Une expression classique chez lui pour signifier « tu ne vas pas aimer ce que je vais te dire ». Elle y avait eu droit assez régulièrement depuis l'enfance et ça n'était jamais bon signe.

— Accouche ! ordonna-t-elle, mains sur les hanches.

— Il a raison. C'est le seul moyen de maintenir notre couverture, expliqua Billy. À part Eve et toi, personne à bord du *Hamilton* ne sait qui nous sommes. Mais ça ne durera pas si on ne se tire pas d'ici tout de suite.

— D'accord mais… mais pour aller où ?

Ils étaient complètement dingues. Frank n'était pas en état de…

— On va retourner sur l'USS *Patton*, le destroyer sur lequel on est arrivés. Il nous attend à quelques kilomètres d'ici. Une fois à bord, on reviendra ici pour vous chercher, Eve, toi et tous les membres d'équipage du *Hamilton* qui pourraient avoir besoin d'assistance médicale.

— Lui, il a besoin d'assistance médicale ! s'écria Becky en pointant du doigt le bras mal en point de Frank.

— Faut juste le remettre en place, affirma Frank sur un ton aussi décontracté que s'il avait dit : « passe-moi le sel ».

Elle se retourna pour le fusiller du regard et s'assurer qu'il lirait sur son visage le fond de sa pensée, à savoir qu'ils étaient tous complètement givrés.

Ce bras… eh bien, il n'était vraiment pas beau à voir. Frank aurait dû être évacué par hélico jusqu'à l'hôpital le plus proche, emmené immédiatement en salle d'opération et…

— Tu veux bien t'en charger ? demanda-t-il à Angel sans prêter attention à Becky qui fulminait.

— Non, il ne va pas…

Elle n'eut pas le temps d'en dire plus. Angel agrippa le bras de Frank et, d'un geste sec, lui remit brutalement l'épaule en place.

Mon Dieu, ce bruit atroce ! Elle songea qu'elle l'entendrait sans doute de nouveau dans ses cauchemars.

Comme Angel improvisait une écharpe pour Frank à partir de tendeurs, Bill s'adressa à sa sœur pour attirer son attention ailleurs :

— Quand on sera à bord du *Patton*, tu ne devras pas montrer que tu nous connais ou que c'est nous qui avons organisé le sauvetage. À part le capitaine et le commandant, tout l'équipage pense que nous sommes de simples négociateurs spécialisés embauchés par le père d'Eve pour gérer la remise de votre rançon.

— D'accord, répondit-elle d'un air absent.

Par-dessus l'épaule de Bill, elle aperçut Angel qui enroulait à la va-vite un bandage autour de l'épaule de Frank.

— Mais je pense quand même… commença-t-elle.

— Allons-y, l'interrompit Frank en essuyant de sa main libre le sang qui lui coulait dans les yeux.

— Vous n'envisagez quand même pas de…

Mais ils ne l'écoutaient plus. Ils s'élancèrent sur le pont au pas de course, droit vers la poupe du bâtiment à la dérive. Becky se précipita derrière eux.

— Arrêtez !

Elle tenta de retenir Billy par le bras mais, vu leur différence de poids, autant essayer d'arrêter un éléphant.

— Billy ! supplia-t-elle. Il ne pourra pas…

Son frère fit volte-face et lui plaqua brusquement la paume sur les lèvres, les yeux pleins de colère. Boss et Angel se retournèrent pour voir ce qu'il se passait, mais il leur fit signe de continuer.

— J'arrive dans une seconde.

Une fois qu'ils furent hors de portée de voix, il reprit en grondant à l'intention de sa sœur :

— C'est comme ça que ça se passe, sœurette. Tu veux être un agent de terrain ? Eh bien un agent protège sa couverture, malgré les blessures, malgré la torture... Il est prêt à mourir pour la sauvegarder s'il le faut. Alors tu vas retourner auprès d'Eve et bien lui faire comprendre qu'elle doit absolument la fermer. On se revoit à bord du *Patton*. Est-ce que c'est bien clair ? Hoche la tête si tu me comprends !

Que pouvait-elle faire ? Elle hocha la tête.

Billy lui lança un dernier regard inquisiteur avant de reprendre sa course pour rejoindre les autres. Becky ne put que les observer, impuissante, sauter l'un après l'autre depuis le pont du pétrolier dans la nuit étoilée.

— Aaaaah !

Sharif hurla en retirant l'énorme couteau fiché dans sa paume droite. Il se mordit la joue pour essayer de supporter l'intolérable douleur, jusqu'à ce que sa bouche s'emplisse du goût cuivré du sang.

Il lança la lame par-dessus bord en même temps qu'un chapelet d'injures puis arracha sa chemise trempée pour en envelopper maladroitement sa main devenue inutile.

— Quelle salope ! souffla-t-il en nouant le bandage de fortune à l'aide de sa main gauche et de ses dents.

La manœuvre libéra une décharge de souffrance brûlante qui lui traversa tout le bras avant d'exploser à la base de son crâne.

Quelle salope...

Vacillant, ravalant à grand-peine son envie de vomir, il agrippa le gouvernail de bois poli et ferma les paupières, haletant, en priant pour que le vertige se dissipe.

Quand enfin ce fut le cas, il rouvrit les yeux et se retourna pour jeter un coup d'œil derrière lui. Les volutes de fumée qui émanaient du moteur endommagé se dispersèrent un bref instant et il aperçut les feux du *Hamilton* loin sur l'horizon. Lumières moqueuses marquant la position de la prise qui aurait dû lui permettre d'en finir une fois pour toutes avec ce métier méprisable.

— Quelle salope ! Quelle salope ! Quelle *salope* ! s'écria-t-il.

Il martela le gouvernail de son poing en imaginant qu'il s'agissait du visage de la jolie Américaine.

Si elle n'avait pas perdu du temps... Si elle n'avait pas eu l'audace d'ignorer ses menaces répétées de lui tanner le cuir pour chaque minute passée à lambiner sur des tâches dont il savait qu'elle aurait pu les effectuer en quelques instants, les moteurs auraient été réparés. Et il aurait pu mettre le cap vers la côte somalienne à bord d'un trophée de plusieurs millions de dollars au lieu de ce petit voilier ridicule.

— Je la tuerai, jura-t-il.

Il serra les dents et nicha sa main blessée sous son aisselle. Puis, avec un cri de souffrance atroce, il appliqua ce qu'il espérait être une pression suffisante pour arrêter l'hémorragie.

— Je... la trouverai, haleta-t-il malgré la douleur. Je la trouverai et lui montrerai... la vraie place d'une femme dans ce monde... Et après je la tuerai.

— Alors, c'est acceptable ? demanda Becky à Billy et Angel en levant les bras pour exécuter une pirouette devant eux. J'ai le droit de voir Frank maintenant ?

L'attente de l'arrivée de l'USS *Patton* après que les trois hommes eurent sauté par-dessus bord lui avait paru interminable. Elle savait que sa façon de faire les cent pas avait rendu tout le monde nerveux – Eve encore plus que les autres – mais elle n'avait pas pu s'en empêcher. Toutes sortes de scénarios terrifiants lui avaient traversé l'esprit, dont une vision de Frank dévoré par un énorme requin blanc à cause de son sang répandu dans l'eau.

Elle n'avait pas arrêté de revoir le requin monstrueux des *Dents de la mer*, et la fameuse musique flippante du film « tin-nin... tin-nin... tin-nin-tin-nin » résonnait en boucle dans son cerveau.

Si l'on y ajoutait les images traumatisantes des ultimes secondes passées avec Sharif contre le bastingage, durant ce qui aurait pu être ses derniers instants, c'était peu de dire qu'elle avait cru devenir folle.

Juste au moment où elle s'était sentie sur le point de craquer et de s'arracher les cheveux en hurlant, le grand destroyer avait fait son apparition sur l'horizon, ses feux scintillant dans la nuit comme ceux de l'étoile du Nord.

Eve et Becky avaient été les premières à être transférées à bord, accueillies par Billy et Angel. Les deux hommes avaient l'air relativement inoffensifs dans leurs vêtements civils et, devant l'expression innocente de leurs visages récemment débarrassés de leurs peintures de camouflage, personne n'aurait pu imaginer qu'ils venaient de jouer les hommes-grenouilles lors d'un sauvetage spectaculaire.

Et pourtant !

Billy était venu leur serrer la main.

— Mademoiselle Reichert, mademoiselle Edens, bonjour. Je m'appelle Vinnie et voici Bruce, avait-il dit en désignant Angel d'un geste du menton. Nous étions ici pour négocier votre rançon mais, heu...

Il s'était dandiné d'un pied sur l'autre avec un sourire embarrassé. Par chance, il n'était pas allé jusqu'à ajouter des « ah ben mince alors ! » mais Becky avait dû se retenir de lever les yeux au ciel.

— Bref, j'imagine que ce n'est plus nécessaire, avait-il terminé. Quoi qu'il en soit, votre père nous paie à l'heure, mademoiselle Edens. Nous ferons donc au mieux pour nous assurer de votre confort jusqu'à ce que nous puissions vous ramener chez vous toutes les deux.

Conscientes d'être observées par l'équipage du destroyer, Eve et elle avaient soigneusement joué leur rôle, serré la main des deux hommes et prétendu ne pas les connaître.

Mais dès qu'ils s'étaient retrouvés seuls tous les quatre dans une coursive, elle n'avait pu s'empêcher de lancer d'un ton moqueur :

— Vinnie et Bruce, c'est ça ? Et j'imagine que Mark se repose à l'infirmerie ?

Par-dessus son épaule, Billy lui avait décoché un coup d'œil empreint d'étonnement feint.

— En effet. Comment diable savez-vous ça ?

Elle avait secoué la tête avec un petit rire. On pouvait compter sur son frère pour inventer des faux noms basés sur ceux des membres temporaires du groupe KISS.

— Comment va-t-il ?

— Il va bien, avait répondu Billy.

— Parfaitement bien, avait confirmé Angel derrière elle.

Pfff.

— Bon, alors, quand est-ce que je pourrai aller voir *Mark* ?

— Quand tu auras pris une douche, ma chère, avait répondu son frère en s'arrêtant devant une porte métallique où était inscrit le mot *Dames*. Sans vouloir être grossier, vous dégagez toutes les deux le même fumet qu'une bestiole vivant sous son caillou… au milieu d'une décharge… spécialisée dans le recyclage de toilettes portables.

Du coin de l'œil, Becky avait vu le visage las d'Eve prendre une teinte cramoisie sous la lumière artificielle des plafonniers.

La pauvre. Elle avait toujours été particulièrement sensible aux mauvaises manières de Billy.

— Purée, Billy, te retiens surtout pas de dire ce que tu penses !

— C'est ce que je viens de faire.

Avec un grand sourire, il leur avait tenu la porte ouverte et tendu à chacune une serviette et une pile de vêtements propres et pliés.

La douche fut un vrai bonheur, comme en attestaient les soupirs de plaisir d'Eve dans la cabine voisine. Mais Becky ne s'était pas attardée. Elle voulait voir Frank. Il *fallait* qu'elle voie Frank pour juger par elle-même de son état. De toute évidence, Angel et Billy n'y connaissaient rien lorsqu'il s'agissait de diagnostiquer précisément les blessures, comme le prouvait la rapidité avec laquelle ils lui avaient assuré qu'il allait parfaitement bien.

Il n'allait pas bien. Comment aurait-il pu ? Il s'était presque fait arracher le bras !

Après avoir rapidement nettoyé le cambouis et la crasse accumulée pendant presque une semaine, Becky avait enfilé le survêtement que quelqu'un – sans doute l'une des femmes de l'équipage – lui avait prêté. Chaussée d'une paire de chaussons d'hôpital bleus, elle était ressortie pour tomber nez à nez avec les deux hommes qui attendaient devant la porte.

Voilà pourquoi elle se retrouvait à tournoyer devant Billy et Angel, bras levés, pour leur offrir une vue imprenable sur son ensemble rouge moulant, plutôt chic et sexy dans son genre. Becky prit mentalement note d'identifier sa mystérieuse bienfaitrice (qui faisait visiblement ses courses chez *Victoria's Secret*) pour la remercier.

— Angel t'escortera jusqu'à l'infirmerie, lui annonça son frère. Je vais attendre Eve.

Elle croisa les bras et le dévisagea avec méfiance.

— Sois sympa avec elle.

Billy serra les mâchoires et Becky se retint de lever les yeux au ciel. Cette expression de dur à cuire marchait peut-être sur certains, mais pas sur elle.

— J'ai toujours été sympa avec elle, grommela-t-il.

— Tu parles !

Elle lui décocha un coup de poing dans l'épaule et céda à son envie de rouler les yeux.

— Je suis sérieuse, reprit-elle. Elle en a bavé. Elle n'a vraiment pas besoin que tu viennes ressasser le passé.

— Depuis quand je ressasse quoi que ce soit ?

Il avait appuyé les poings sur les hanches. Une posture que Becky appelait sa « pose à la Superman ». Ce qui donnait envie à la petite sœur taquine en elle d'approcher son doigt à deux centimètres de son nez en chantonnant : « je ne te touche pas, je ne te touche pas... »

Mais elle se retint.

— Évite seulement de mentionner... se contenta-t-elle de dire.

— Becky, gronda-t-il, je te jure qu'après tout ce que tu m'as fait subir cette semaine, je te refais le portrait si tu ne te tires pas tout de suite !

C'était sa menace préférée, qu'il avait un jour mise à exécution quand il avait dix ans et elle cinq. À ceci près qu'à l'époque il ne comprenait pas l'expression. Il avait donc immobilisé sa sœur et sorti un gros marqueur indélébile pour lui faire des dessins sur les joues et le cou.

En guise de punition, leur père lui avait interdit de jouer avec sa console Nintendo jusqu'à ce que les marques aient complètement disparu. Et Becky – qui n'avait jamais été très coquette – avait pris un malin plaisir à « oublier » de se laver le visage. L'humiliation d'arborer ces grosses traces noires n'était rien à côté de la joie qu'elle ressentait devant Billy contemplant avec envie sa cartouche de *Super Mario Bros*.

Il avait fallu des semaines avant que l'encre s'efface et, depuis ce jour, elle arborait un immense sourire chaque fois qu'il employait cette menace particulière.

Aïe ! Bon sang que c'était douloureux. Sa joue blessée n'était pas encore prête pour un sourire radieux.

Note pour plus tard : ne pas afficher d'expression faciale trop démonstrative.

Billy tâta ses poches.

— Je dois forcément avoir un marqueur quelque part sur moi…

— D'accord, d'accord ! capitula Becky. J'y vais… Mais t'es qu'une crotte de macaque gluante ! lui lança-t-elle par-dessus son épaule en filant vers l'autre bout de la coursive, Angel sur les talons.

— Grandis un peu ! rétorqua son frère.

— Une crotte de singe gluante avec une tête de poisson pourri, des pattes de poule et la cervelle d'une amibe ! renchérit-elle.

Dans sa voix transparaissaient sa joie et son soulagement d'être enfin – *enfin !* – de retour chez elle.

Billy ne pouvait pas la laisser avoir le dernier mot. Ce serait revenu à renier vingt-six ans de tradition.

— Ah ouais ? Eh ben toi, tu ressembles à un cul plein d'hémorroïdes et ton haleine sent la litière de chat usagée !

Le rire de Becky résonna à travers le navire.

Dieu que ça fait du bien d'être rentrée !

6

— Je me sens quelqu'un d'autre ! lança Eve en émergeant des douches des femmes.

Le rire de Bill face aux pitreries de sa petite sœur s'éteignit comme un feu de friture arrosé de bicarbonate.

Eve était vêtue d'une version bleu roi du même survêtement que Becky – Angel avait obtenu les vêtements en faisant du charme à une femme-matelot aux yeux énamourés – à ceci près que sur le mètre soixante-dix-huit d'Eve l'ourlet du pantalon remontait à mi-mollet.

Et pourtant, ça ne lui allait pas si mal... Bon, soyons honnêtes, sur elle ça ressemblait carrément à ces pantacourts légers que les femmes portaient quand il faisait beau. Le genre qu'elle mettait durant l'été où ils étaient sortis ensemble et qui, accompagné de ces espèces de talons compensés super-sexy, rallongeait encore ses jambes déjà interminables.

Certaines choses ne changeaient jamais. C'était bien sa veine.

— Tu ne ressembles pas à quelqu'un d'autre, lui dit-il. Tu n'as pas changé d'un iota en onze ans.

Débarrassée de la couche de saleté qui lui maculait un peu plus tôt le visage, elle était aussi magnifique que dans son souvenir. Malheureusement.

— Où est Becky ? demanda-t-elle.

Elle faisait mine de ne pas avoir entendu sa dernière phrase, mais une vague de rougeur remonta le long de son cou jusqu'à venir colorer ses joues.

— Au chevet de notre boss.

— Bien, je vais la rejoindre.

Elle se mordilla la lèvre, comme elle le faisait toujours quand elle était nerveuse. Un geste terriblement familier qui rappelait à Bill tout ce qu'il s'était passé entre eux. Il ne put réprimer la soudaine bouffée de colère qui parcourut ses veines.

— Je dois la voir, poursuivit Eve, il faut que je lui dise... Hé ! Qu'est-ce que tu fais ?

Que faisait-il ?

Il l'emmenait par le bras jusqu'à la salle de briefing que le capitaine Garcia avait réservée à l'usage personnel des Black Knights, voilà ce qu'il faisait.

C'était incroyable de voir comment les années écoulées s'étaient... évaporées, permettant ainsi à d'anciennes blessures de se rouvrir.

— Tu verras Becky plus tard. Pour le moment, il faut qu'on parle, toi et moi.

— Je... je ne vois pas ce qu'on a à se dire, bégaya Eve, les yeux écarquillés. Ça fait plus de dix ans. On... on doit pouvoir oublier le passé, non ?

— Si ça ne tenait qu'à moi, c'est exactement ce que je ferais, cocotte. Sauf que ça ne tient pas qu'à moi.

Elle laissa échapper un hoquet de surprise et libéra son bras.

— Ne m'appelle pas « cocotte » et ne me touche pas ! Tu as perdu ce droit il y a onze ans !

— Perdu ce droit ? beugla-t-il. On dirait que t'as une mémoire très sélective, *cocotte*.

C'était comme s'il était redevenu un gamin de vingt ans, avec le même tempérament qu'à l'époque.

— Oh !

Elle frappa du pied par terre et il retrouva instantanément la petite princesse gâtée qui lui avait brisé le cœur. Il l'escorta sans ménagement à l'intérieur de la salle de briefing et poussa un siège vers elle du bout du pied en lui faisant signe de s'asseoir, index tendu.

Elle releva le menton et croisa les bras.

Rah, putain !

Il ne gérait pas la situation comme il l'aurait dû. Mais elle avait toujours eu cet effet sur lui. En sa présence, il devenait quelqu'un d'autre, se sentait obligé de faire le malin et d'aller au conflit. Une réaction aussi déconcertante que ridicule.

— Eve, gronda-t-il. Assieds-toi, merde. Je te promets que je ne suis pas là pour ressasser le passé. Crois-le ou non, on a des trucs plus importants à discuter.

— Comme quoi ? demanda-t-elle en refusant obstinément de s'asseoir.

D'accord. Qu'elle reste debout. Lui, par contre, était crevé.

Il se laissa tomber sur un siège de l'autre côté de la table de réunion et se passa une main sur le visage. Avec un profond soupir, il reprit la parole :

— Comme la nécessité de ne parler à personne – et je dis bien personne, pas même ton papa bien-aimé – de l'implication de mes partenaires et moi dans cette petite histoire.

— Mais… pourquoi ?

Elle avait visiblement choisi de ne pas relever la pique à propos de son père.

— Si nous sommes si efficaces, c'est justement parce que personne ne connaît la vraie nature de notre boulot. À part le Président et l'état-major, je veux dire.

Et désormais les deux officiers à la tête de ce navire militaire. *Et merde !*

— Tu te fous de moi, là ?

Elle secoua la tête et balaya la pièce du regard comme si elle cherchait des caméras cachées. Sauf que personne n'allait surgir en s'écriant « surprise surprise ! »

Non. Pas cette fois.

— Becky m'a dit que vous étiez des sous-traitants privés au service du département de la Défense. Il y en a des tas, donc je ne vois pas…

— On est plus que ça, dit-il. Bien plus.

— Mais, mais…

Elle secoua de nouveau la tête.

Ouais, beaucoup de gens avaient du mal à croire à une réalité façon 007 quand ils y étaient confrontés. Sans doute parce que, dans la vraie vie, c'était beaucoup moins sexy. Du sang, des tripes et des jours entiers à mariner dans sa propre sueur n'avaient rien à voir avec l'ambiance « vodka martini, au shaker, pas à la cuillère » de l'ami James.

— Mais le capitaine et son premier officier savent qui vous êtes. C'est ce que m'a dit Becky.

Il ne s'embarrassa pas de corriger son erreur de terminologie à propos du commandant.

— Ouais, ils sont au courant. Mais crois bien que ça nous a fait mal au cul de devoir foutre en l'air notre couverture.

— Mon père va forcément se demander ce qui m'est arrivé. Il va poser des questions…

Elle recommença à se mordiller la lèvre inférieure.

— Dis-lui la vérité. Qu'un groupe de mecs des forces spéciales vous a secourues et qu'ils ont disparu ensuite. Fin de l'histoire.

— Mais ce n'est *pas* la fin de l'histoire. Et je n'ai jamais menti à mon père.

— Ce n'est pas un mensonge, Eve, grommela-t-il d'une voix où perçait la frustration. Rien qu'une simple omission.

— Mensonge ou omission, c'est pareil. Et je ne vois pas pourquoi je devrais compromettre ma relation avec mon père simplement pour…

Avec un grondement, Bill abattit sa paume sur la table. Eve tressaillit.

Bon. Bien. Il fallait qu'elle ait peur. Elle n'avait aucune idée de la dangerosité du baril d'informations sur lequel son si joli cul se trouvait à présent assis.

— Laisse-moi reformuler les choses, dit-il en articulant chaque mot. Tu *vas* garder ça pour toi.

Elle le dévisagea pendant une brève seconde, sa poitrine se soulevant au rythme de sa respiration qui s'était faite plus rapide. Puis, avec des gestes lents, elle s'assit sur le siège qu'il avait poussé du pied.

C'est pas trop tôt. Il était en train de se dévisser le cou à la regarder par en dessous.

— Les opérations que nous menons, les opérations que l'on nous confie, n'entrent pas forcément dans le cadre des lois internationales. Cette mission y compris. Et sachant cela, il y a un certain nombre de très, très sinistres individus qui adoreraient connaître nos véritables identités.

— Mais je ne fréquente pas ce genre de personnes, murmura-t-elle.

— Peut-être pas. Mais tu es mieux placée que beaucoup pour savoir à quelle vitesse la rumeur se répand.

En tant que fille de l'un des hommes les plus riches d'Amérique, Eve était apparue en une de plus d'un journal à scandale.

— Donc tu es en train de me dire… Qu'est-ce que tu me racontes, en fait ? Que notre gouvernement autorise des actions illégales ? Et que c'est à vous qu'il fait appel pour les mener à bien ?

— Qu'est-ce qui te semble plus dur à croire ? Que notre gouvernement contourne parfois les complications de la bureaucratie mondiale ou qu'il se fie à moi, un dingue de mécanique issu des cités, pour s'en charger ?

Elle le regarda longuement sans rien dire et ses yeux s'emplirent de larmes qu'elle tenta de chasser en clignant les paupières. La scène réveilla l'ulcère de Bill qui s'attaqua de nouveau à son estomac.

Beau travail, Bill. Tout en classe et en subtilité.

— Je n'ai jamais eu de problème avec tes origines, Billy, chuchota Eve. C'est toi que ça gênait.

— D'accord. Si tu veux.

Il secoua la tête avec le sentiment qu'il méritait des baffes pour la façon dont il la traitait. Mais il ne pouvait pas s'en empêcher.

— Tu dois comprendre, reprit-il, que chaque grande nation du monde fait exactement le même genre de choses. Seuls les meilleurs et les plus malins – et j'aime à penser que l'Oncle Sam fait partie de ces deux catégories – y parviennent sans laisser aucune preuve réelle de leur implication. Pour ce faire, il faut des hommes dans mon genre, des hommes comme les Black Knights, à qui on peut faire confiance pour œuvrer de manière autonome et complètement en dehors des circuits habituels.

» Des hommes sur qui on peut compter pour aller sur place, faire le job et se tirer à toute vitesse. Des hommes qui emporteront dans la tombe tous les terribles secrets qu'ils ont dans la tête. Donc, en réalité, c'est très simple… (Il se força à inspirer avant de terminer :) Si tu racontes à quiconque qui je suis vraiment et ce que je fais réellement, ça pourrait causer ma mort ou celle des mecs avec qui je bosse.

La gorge fine d'Eve se contracta et elle ouvrit des yeux comme des soucoupes.

— Nom d'un chien, Billy, dit-elle.

Le juron gentillet qu'Eve affectionnait tant arracha un demi-sourire à Billy.

— Ouais. Comme tu dis.

— Tu es très jolie en rouge, dit Angel de sa voix grave et rauque.

Ils avaient laissé les douches des femmes derrière eux et se dirigeaient vers l'infirmerie.

— Ouais, tu parles, répondit Becky en roulant les yeux. Avec ma joue, j'ai l'air de sortir d'un film sur les femmes battues.

— Si je dis que tu es belle, c'est que tu l'es. Je n'ai pas l'habitude de mentir à mes amis.

Elle tourna la tête pour scruter le visage éblouissant de beauté de l'ex-agent du Mossad.

— On est amis, Angel ?

— Je pense que tu es ma *seule amie*, Becky.

Elle secoua la tête en descendant une volée de marches. Les lourdes bottes d'Angel tintaient sur le métal derrière elle, recouvrant le bruissement de ses chaussons d'hôpital et lui rappelant que chaque pas la rapprochait de Frank. Elle réprima son envie de courir parce que, bon, il fallait quand même préserver les apparences.

— Ce n'est pas vrai, dit-elle pour rassurer Angel. Tu peux compter sur tous les autres Black Knights. Ce sont tes amis maintenant.

— Arrête, Becky, rétorqua-t-il après lui avoir indiqué de tourner à droite. Ils me tolèrent. Ce qui n'est pas du tout la même chose.

Ils se rangèrent sur le côté de l'étroite passerelle pour laisser passer un matelot arrivant en sens inverse et le saluèrent d'un hochement de tête.

— Ils s'y feront, dit-elle. Donne-leur un peu de temps.

— Toi, tu n'as pas eu besoin de temps. Tu m'as accepté tout de suite.

Ouais, c'était vrai. Mais seulement parce qu'elle s'était sentie affreusement désolée pour lui.

Il avait été forcé de quitter son pays, sa culture, sa famille, son boulot. Et on lui avait fait subir une longue série d'opérations chirurgicales pour modifier totalement son apparence.

Franchement, elle avait encore du mal à imaginer ce qu'il pouvait ressentir en se réveillant chaque matin pour apercevoir dans le miroir un visage qui n'était pas le sien...

Déroutant, au mieux, songea-t-elle. Voire carrément flippant.

Et comme elle avait toujours eu un petit faible pour les outsiders – ce qu'il était clairement en se retrouvant parachuté au sein d'un groupe aussi soudé que les Black Knights – elle avait immédiatement décidé de le prendre sous son aile.

— J'essayais de te rendre la transition plus facile, avoua-t-elle. Je sais ce que c'est d'être le vilain petit canard.

Après la mort de Patti (la secrétaire d'exception des Black Knights et la femme de Dan « The Man »)

Becky était la seule employée de Black Knights Inc. à ne pas faire partie de l'équipe. Elle ne constituait que la façade publique de l'entreprise. Le jeune prodige de la mécanique qui leur permettait de maintenir intacte leur couverture de créateurs de motos personnalisées.

Mais dès qu'il s'agissait de leurs missions, de leur véritable travail, ils la maintenaient dans l'ignorance avec un grand I, ce qui avait le don de l'énerver. Au plus haut point même. Une raison supplémentaire d'œuvrer à devenir elle-même agent de terrain.

Angel l'arrêta d'une main sur son épaule. Elle se retourna et scruta ses yeux sombres avec curiosité. Ils étaient tout ce qui demeurait de l'homme qu'il avait été. Oh, le chirurgien plastique avait certainement modifié leurs contours, mais les yeux proprement dits n'avaient pas changé. Et si, comme on l'affirmait, ils étaient le miroir de l'âme, alors celle d'Angel était perdue… perdue et en souffrance…

— Je ne t'ai jamais vraiment remerciée pour ton hospitalité lors de ce premier soir, dit-il en lui serrant l'épaule. Pour m'avoir souhaité la bienvenue en me cuisinant ce… heu… repas.

Elle ravala la boule de tristesse qui lui obstruait la gorge chaque fois qu'elle s'autorisait à croiser le regard mélancolique d'Angel et s'efforça de lâcher un petit rire taquin.

— C'est parce que t'étais trop occupé à essayer de ne pas dégobiller !

— La soupe de boulettes de matza n'était pas si mauvaise, affirma-t-il.

— Elle était à peine mangeable et tu le sais très bien.

Il haussa les épaules.

— D'accord, mais le kugel…

— N'était carrément pas comestible, termina-t-elle à sa place.

— J'ai trouvé les rugelachs très goûteux.

— C'est vrai, si on oublie qu'ils étaient aussi durs que des cailloux.

— Becky…

Il l'agrippa par l'autre épaule afin qu'elle ne puisse pas se détourner. Les yeux d'Angel étaient brillants de sincérité. Trop brillants. Le rouge monta aux joues de Becky. Elle n'avait jamais été douée pour faire face à la gratitude des autres. Même les « merci » accompagnés d'une bourrade qu'elle recevait de la part des gars après leur avoir fait une faveur la faisaient généralement rougir du sommet du crâne jusqu'aux épaules.

— C'était absolument adorable de ta part de te donner tout ce mal. Je veux que tu saches à quel point ça m'a touché.

Elle agita les mains devant ses yeux pour tenter de faire dévier la conversation du tour embarrassant qu'elle prenait.

— Arrête, dit-elle, tu me rends toute *faklempt*.

Il secoua la tête et fit une moue.

— Tu sais que la vraie prononciation est « *verklempt* » ?

— Ouais, voilà ce qui arrive quand on apprend le yiddish dans les comédies à la télé ! répondit-elle avec une grimace et un éclat de rire.

Dieu merci. Blaguer, déconner avec les potes, ça, c'était un domaine où elle se sentait à l'aise.

Elle reporta son attention vers l'infirmerie.

— Maintenant, dit-elle, raconte-moi un peu ce qui se dit à propos de la libération du *Hamilton*.

— Il paraît que les pirates se sont rendus sans combattre après qu'un groupe des forces spéciales est monté à bord du pétrolier.

— Et ils sont passés où ces mecs des forces spéciales ?

Lorsque Angel répondit, Becky entendit le sourire dans sa voix.

— C'est un mystère. Tu sais comment sont ces types-là.

— Oh que oui.

Ils s'arrêtèrent et saluèrent du menton un autre membre d'équipage qui passait. Angel attendit qu'il soit hors de portée de voix avant de poursuivre.

— Ils racontent à tout le monde qu'il y avait un autre bateau, un navire de l'OTAN dont l'identité doit rester secrète, et que c'est de là que venaient les hommes en question. Évidemment, ce fameux bateau a quitté la zone depuis.

Évidemment.

— Et les médias ? demanda Becky.

— Auront droit à la même histoire.

Un peu de prestidigitation pour couronner des mensonges montés sur une belle base de supercherie. Bienvenue dans le monde merveilleux des missions clandestines.

Au tournant d'une coursive, ils parvinrent enfin à l'infirmerie. En entrant, Becky balaya rapidement du regard la demi-douzaine de lits d'hôpital blancs impeccablement faits, espacés d'un mètre les uns des autres et disposés en deux rangées qui se faisaient face le long des parois. Puis, enfin, ses yeux se posèrent sur Frank tout au fond de la pièce. Chaque lit était équipé d'un rideau rayé bleu et blanc suspendu à une tringle semi-circulaire au plafond, l'objectif étant d'offrir un peu d'intimité aux patients.

Par chance pour Frank, il était le seul patient de l'infirmerie et l'intimité n'était pas un souci.

La taille du lit d'hôpital, par contre ? Ça, c'était un vrai problème. Becky repéra immédiatement ses grands pieds nus qui dépassaient au bout du matelas.

Ça n'avait pas l'air de le gêner, cela dit : il dormait profondément, sa large poitrine se soulevant en rythme avec les fluctuations du bourdonnement des gros moteurs du *Patton*.

Becky fit mine de s'élancer vers le lit, mais Angel la rattrapa par le coude avec un signe de dénégation discret. Il adressa ensuite un grand sourire au médecin de bord qui s'avançait tranquillement vers eux.

— Navré de vous interrompre, dit-il tandis que le docteur en uniforme, un bloc-notes calé sous l'aisselle, remontait ses lunettes aux épaisses montures noires sur un nez court. Mlle Reichert tenait à venir en personne remercier le responsable des négociations concernant sa rançon. Même si cela ne s'est finalement pas avéré nécessaire, s'empressa-t-il d'ajouter. Le moment est-il mal choisi ?

Bon sang, Becky, sers-toi un peu de ta tête, songea Becky.

Frank était supposé être un parfait inconnu ; elle ne pouvait pas se précipiter à son chevet en lui susurrant des mots doux à l'oreille. Mais c'était exactement ce qu'elle aurait fait si Angel ne l'avait pas retenue.

Et tu te crois prête pour devenir un agent ? Pfff.

Le médecin les dévisagea d'un œil critique avant de consulter sa montre.

— Non. Il se trouve que c'est l'heure de réveiller M. Smith, dit-il en employant le pseudonyme de

Frank. Un nouveau test de ses capacités cognitives. Suivez-moi.

— Et comment va le patient ? demanda Angel en emboîtant le pas au militaire vers le fond de la pièce.

— Il a trois problèmes distincts, répondit le médecin de bord avec un coup d'œil à son bloc-notes. D'abord la lacération au niveau du front. Je lui ai fait des points de suture et, s'il garde la plaie propre et au sec, je pense qu'elle devrait guérir sans souci en laissant à peine une petite cicatrice.

C'est pas comme si une nouvelle cicatrice allait faire une grande différence, songea affectueusement Becky, les yeux braqués sur le visage marqué de Frank.

— Le deuxième problème, c'est la commotion cérébrale. Le scanner montre des ecchymoses mais pas d'hémorragie. Donc s'il continue à se reposer au calme, il devrait être sur pied dans deux ou trois jours. Son troisième problème, par contre, ne sera pas réglé aussi facilement.

Le médecin s'arrêta et Becky eut envie de crier « vas-y, accouche ! ». Elle détourna les yeux de Frank à contrecœur pour regarder leur interlocuteur.

— Vous dites qu'il s'est blessé en chutant depuis le pont supérieur à la sortie du mess ?

— C'est ça, répondit Angel. Ce bruit qu'il a fait en tombant ! Je ne serais pas étonné de l'entendre de nouveau dans mes cauchemars, ajouta-t-il en simulant un frisson pour faire bonne mesure.

Le médecin esquissa une grimace pleine de compassion.

— Oui, bon, quand j'ai examiné son épaule, M. Smith m'a expliqué qu'il avait souffert d'une déchirure de la coiffe des rotateurs qui n'a pas été traitée pendant des années. Malheureusement, la blessure qu'il vient de subir ne permet plus de repousser le traitement à plus tard. Il devra subir une opération dès son retour aux États-Unis.

Angel secoua la tête.

— Mmm... Ça va pas lui plaire.

Ouais. C'était le moins que l'on puisse dire. Comme aimait à le répéter Billy, Frank était un guerrier pur jus, toujours sur le qui-vive. La perspective de se retrouver hors jeu le temps de récupérer l'usage de son bras allait le mettre en rage.

Le médecin les escorta enfin jusqu'au lit de Frank. Becky dut nouer ses doigts dans son dos pour ne pas succomber à son désir de le toucher.

Le militaire secoua gentiment Frank par son épaule indemne.

— Monsieur Smith ? J'aurais besoin que vous vous réveilliez maintenant. Vous voulez bien ?

Frank ouvrit immédiatement les paupières, mais son regard était terne et vitreux, envahi par la confusion.

— Monsieur Smith... commença le médecin.

Mais il fut interrompu quand Frank posa les yeux sur Becky.

— Si belle, murmura-t-il d'une voix rêveuse. La belle Rebecca Reichert.

Celle-ci eut l'impression d'avoir reçu un coup de masse.

— Qu'est-ce qu'il a ? demanda-t-elle, alarmée. C'est la commotion cérébrale ?

Parce que Frank ne lui disait pas ce genre de choses. Jamais.

— Non, non, lui assura le médecin. Il a fait... une réaction inattendue aux antalgiques. J'ai utilisé le dosage approprié pour un homme de sa taille, mais depuis il plane dans la stratosphère. Ça arrive parfois chez certains individus dont le métabolisme fonctionne différemment. Mais il ne tardera pas à redescendre.

— Oooh… Cette pauvre petite joue…

Frank avait plissé les lèvres, la bouche en cœur. Une expression qui laissait Becky complètement stupéfaite et déconcertée. Il leva une grande main calleuse vers le visage de Becky.

— Viens que je te fasse un bisou pour guérir tout ça.

Elle laissa échapper un petit rire empreint de malaise – après tout, l'homme qui parlait de l'embrasser était censé être un parfait inconnu – mais intérieurement elle eut l'impression que son cœur se fendillait. Cela faisait des années qu'elle attendait qu'il lui manifeste un signe d'intérêt. Et à présent que c'était le cas, ça ne comptait pas parce qu'il était complètement défoncé aux pilules du bonheur. Il aurait sans doute été aussi excité à l'idée d'embrasser une pomme de terre.

Hypothèse confirmée quand le médecin se racla la gorge :

— Ne faites pas attention, mademoiselle Reichert. Il ne sait pas ce qu'il dit. Monsieur Smith ?

Frank tourna lentement la tête sur l'oreiller et baissa les mains. Il cligna plusieurs fois les yeux, tel un hibou, comme pour tâcher de mieux voir son interlocuteur.

— Savez-vous où vous êtes ? demanda celui-ci.

— Destroyer USS *Patton* de la marine américaine, répliqua Frank en faisant traîner la dernière syllabe.

Le médecin hocha la tête.

— Bien. Et savez-vous pourquoi vous êtes ici ?

— Pour sauver la fille et me couvrir de gloire.

Frank gloussa, un authentique gloussement. Becky hésitait entre glousser avec lui et s'écrouler sur place, terrassée par une crise cardiaque.

— Oui, c'est ça, confirma le médecin. Mais vous n'avez plus à vous en inquiéter maintenant. Comme vous pouvez le voir, Mlle Reichert est saine et sauve. Elle est venue ici pour vous rencontrer.

Dans un mouvement maladroit qui donnait l'impression que sa tête pesait une tonne, Frank se retourna vers elle.

— Bonjour, Rebecca, murmura-t-il d'une voix chaleureuse.

Son expression n'avait rien à voir avec celle d'un homme qui rencontre une parfaite inconnue. Tout le visage de Becky s'empourpra et sa joue blessée se mit à pulser comme un deuxième battement de cœur.

— Bonjour, monsieur Smith, souffla-t-elle.

Elle croisait les doigts pour que l'expression de son visage ne trahisse pas sa crainte de voir Frank vendre la mèche.

— Monsieur Smith ?

Le médecin, de nouveau. Avec un grognement agacé digne d'un ivrogne, Frank tourna la tête sur l'oreiller pour fusiller son interlocuteur du regard.

— Vous souvenez-vous de comment vous vous êtes blessé ?

Becky retint son souffle, ce qui incita Angel à la pincer subrepticement au niveau du coude. Elle prit conscience qu'elle ouvrait des yeux comme des soucoupes et constata avec amertume qu'elle se tordait carrément les doigts. Se traitant de tous les noms, elle laissa ses mains retomber le long de ses flancs en affichant ce qu'elle espérait être une expression d'indifférence polie.

Frank fronça ses épais sourcils comme s'il réfléchissait à la question du médecin. Puis il se passa la langue sur les lèvres comme si celles-ci étaient anesthésiées, ce qui était sans doute le cas vu son état.

— Le poids était trop lourd, dit-il. L'épaule a cédé.

— Oui, c'est ça.

Le médecin inscrivit quelque chose sur son bloc-notes et Becky laissa discrètement échapper un soupir de soulagement. Se détournant de son patient, le médecin s'adressa à Angel :

— Ses capacités cognitives semblent intactes. Ce sont les antalgiques qui lui font cet effet, pas la commotion cérébrale. Je vais continuer à le réveiller toutes les heures, mais j'ai confiance dans le fait…

— Mes petons sont froids, marmonna Frank.

Tous les regards convergèrent vers les pieds taille cinquante qui dépassaient au bout du lit.

— Nous n'avions pas de chaussons assez grands, expliqua le médecin, sourcils froncés. Je vais aller lui chercher une autre couverture.

— Il lui faut des chaussettes, déclara Becky.

Elle s'en voulut immédiatement ; c'était complètement inapproprié de la part d'une soi-disant inconnue de faire une quelconque suggestion quant au bien-être de Frank.

— Je vais regarder dans ses affaires pour lui en trouver une paire, proposa Angel.

Il lui décocha un regard qui signifiait clairement qu'elle devait rester exactement où elle était. De toute évidence, l'idée de laisser le médecin seul en compagnie d'un Frank prompt à tenir des propos incohérents le mettait mal à l'aise.

Becky ne pouvait qu'être d'accord.

— Je resterai avec M. Smith jusqu'à votre retour, dit-elle.

Au même moment, la sonnerie du téléphone retentit depuis le coin opposé de la salle. Avant d'aller répondre, le médecin tendit rapidement la couverture supplémentaire à Becky qui s'empressa d'en envelopper les pieds de Frank.

— Tâche de l'empêcher de dire ou de faire quoi que ce soit de stupide, souffla Angel sans cesser d'observer le médecin du coin de l'œil. Je vais prévenir les autres qu'il faudra se relayer à son chevet jusqu'à ce que l'effet des antidouleurs se soit dissipé et qu'on soit sûrs qu'il ne va pas révéler le pot aux roses, cracher le morceau ou je ne sais quelle autre expression pittoresque dont vous autres Américains raffolez.

— Je ne l'ai jamais vu dans un tel état.

L'inquiétude dans la voix de Becky résonnait même à ses propres oreilles.

— Il ira beaucoup mieux dès qu'il…

Le médecin les interrompit, un kit de premiers soins à la main.

— Je sors avec vous. J'ai un lieutenant qui s'est coincé le doigt dans un engrenage, annonça-t-il.

Angel hocha la tête et le suivit jusqu'à la porte.

Une fois qu'ils eurent disparu dans le couloir, Becky laissa échapper un soupir tremblant et se retourna vers l'homme de ses rêves.

7

— Frank ?

Elle vint se poster tout près du lit d'hôpital et écarta une mèche de cheveux noirs de son front recouvert d'un bandage. Frank inspira avec difficulté et Becky retira vivement sa main.

— Désolée. Mince, désolée. Je pensais pas que ça te ferait mal.

— Ça m'a pas fait mal.

Il ouvrit de nouveau les yeux, l'air à la fois gai et déconcerté.

— Non ?

Il secoua la tête comme s'il était soûl.

— Non. J'aime bien, c'est tout.

— Qu'est-ce que tu aimes bien ?

— Quand tu dis mon nom.

Elle réprima un sourire, moins stressée à présent que le médecin n'était plus dans la pièce pour entendre chaque mot que prononçait Frank.

— Tu aimes entendre ton propre nom ? Mince, Frank, c'est un peu égocentrique, même pour toi.

— Non…

Il secoua la tête sur l'oreiller et son épaisse chevelure se chargea d'électricité statique, si bien que ses cheveux se redressèrent sur sa tête. Associé à la douceur de son expression, cela lui donnait presque l'air d'un gamin. Enfin, pas vraiment un gamin, mais en tout cas d'un homme plus… facile d'accès.

— J'aime entendre mon nom quand c'est toi qui le dis, expliqua-t-il.

Becky le regarda en clignant les yeux, la gorge serrée. D'une main tremblante, elle le recoiffa. Bon sang, ses cheveux étaient si doux et soyeux qu'elle aurait pu y faire courir ses doigts pendant des jours sans se lasser.

Commence pas à rêver, ma fille. Il délire.

Évidemment, c'était plus facile à dire qu'à faire. Son cœur lui faisait soudain l'effet d'un haltère de quarante kilos pulsant dans sa poitrine.

— Tu n'aimes pas quand je t'appelle Boss ? demanda-t-elle en retenant son souffle.

Elle savait qu'ils n'auraient sans doute pas dû avoir cette conversation à ce moment-là, alors que les facultés de Frank étaient diminuées. Mais cet état de vulnérabilité constituait peut-être sa seule chance de lui faire dire la vérité.

Il était toujours tellement distant en sa compagnie.

— Hmm-mmm…

Il ferma les yeux et prit la main qu'elle lui passait dans les cheveux au creux de la sienne, entremêlant ses doigts épais avec ceux, tout fins, de Becky. Il attira sa paume vers lui et la plaqua contre son cœur battant.

— Tu devrais toujours m'appeler Frank.

Sentir ainsi sa main pressée entre la paume calleuse et le torse massif de Frank fit remonter des picotements le long de tout son bras jusque dans sa poitrine. Elle sentit ses mamelons se durcir.

— Je ne sais pas… souffla-t-elle en tentant d'ignorer le tourbillon d'étranges sensations qui assaillaient ses terminaisons nerveuses. Est-ce que tu vas arrêter de m'appeler Rebecca et commencer à m'appeler Becky ?

Son père mis à part, Frank était le seul à employer son prénom complet, et elle avait à chaque fois l'impression d'être une gamine sur le point de se faire gronder. Au début, elle avait pensé qu'il le faisait pour marquer leur différence d'âge parce que… D'accord, elle avait dès le départ souffert d'une crise d'admiration aiguë à son égard. Mais plus tard, elle avait compris qu'il l'appelait Rebecca pour ne pas encourager de familiarité de sa part. Il l'appelait Rebecca parce qu'il était son patron et qu'elle n'était rien d'autre que cette femme agaçante dont il devait supporter la présence sous prétexte qu'elle fournissait une couverture valable à ses activités…

Mais était-ce vraiment le cas ? Étant donné la manière dont il se comportait à présent, elle n'en était plus si sûre.

— Quel est le problème avec Rebecca ? demanda-t-il. Ça te va bien.

Il frottait son pouce râpeux sur le dos de la main de Becky d'une manière qui la rendait dingue. Son corps réagissait si violemment à ce toucher qu'on aurait pu croire qu'il caressait un endroit beaucoup plus intime.

— Pas du tout, répondit-elle d'une voix rauque. (Elle faisait de son mieux pour se concentrer sur la conversation plutôt que de se liquéfier de plaisir.) C'est le genre de prénom que pourrait porter la grand-mère d'Angel, poursuivit-elle.

Il émit un petit rire, un son grave et étrangement… intime. Becky se sentit fondre de l'intérieur.

— Ça te fiche vraiment les boules qu'on t'appelle Rebecca, hein ?

Elle déglutit de nouveau et tâcha de maîtriser sa respiration. Son corps tout entier semblait en feu.

— Si je… (Elle humecta ses lèvres soudain parcheminées.) Si je dis oui, est-ce que ça va t'inciter à continuer de plus belle ?

— Possible.

Il gloussa de nouveau et les genoux de Becky flageolèrent.

— T'es vraiment impossible comme mec, chuchota-t-elle d'une voix si éraillée qu'on aurait pu croire qu'elle avait accidentellement avalé le *Titanic* quelques instants plus tôt.

— C'est pas le pire truc qu'on m'ait dit.

— Tu m'étonnes !

Elle avait tenté de prononcer ces mots avec tout le sarcasme dont elle faisait habituellement preuve, mais ils avaient à peine réussi à passer ses lèvres.

Frank ouvrit les yeux. Ils étaient d'une couleur sombre et trouble comme le lac Michigan après une tempête.

— Tu sais, dit-il, elle m'a manqué ta petite langue bien pendue.

La façon dont il avait appuyé sur le mot « langue » lui donnait l'impression que la sienne était lestée d'une enclume. Et ce regard ! Elle devait être en train de rêver ou de s'imaginer des trucs parce que ça ne pouvait pas être vrai.

— Ma langue bien pendue t'a manqué ? répéta-t-elle dans un halètement.

Au même moment, il plaqua la main de Becky contre sa joue couverte d'un début de barbe. Puis il appuya son visage au creux de sa paume comme un chat en quête de caresses et de réconfort.

— Et pourquoi ça, Frank ? demanda-t-elle. Personne ne se dévoue pour faire des trous dans ton ego... (Elle s'humecta de nouveau les lèvres)... et le dégonfler quotidiennement ? T'as tellement pris le melon que... que tu commences à avoir mal au crâne ?

Il sourit, ses grandes dents carrées aussi blanches que le bandage autour de son crâne.

— Mmm... Peut-être...

Il passa paresseusement sa main derrière la nuque de Becky et l'attira doucement vers lui.

Si elle avait été du genre à s'évanouir, elle aurait sans doute perdu directement connaissance. Mais elle n'était *pas* ce genre de fille. Et Dieu merci, sans quoi elle aurait raté la sensation du souffle chaud de Frank sur ses lèvres frissonnantes.

— Frank... murmura-t-elle.

Son cœur battant menaçait de s'arracher à sa cage thoracique. Frank émit un grognement, un son terriblement féroce et empli d'un intense désir. Et puis il l'embrassa.

Frank Knight était en train de l'embrasser. Elle. Rebecca Reichert, l'épine dans son pied, sa supposée bête noire. Et ses lèvres pleines et masculines étaient tellement chaudes et étonnamment douces contre les siennes.

Quand il appuya doucement son pouce contre sa mâchoire pour faire pivoter son visage et passa paresseusement la langue sur l'ourlet de ses lèvres, elle se sentit emportée tout entière par un tourbillon de sensations. S'ouvrir à lui n'était pas une option ; c'était automatique. Et lorsqu'il plongea dans sa bouche, elle se laissa complètement aller contre sa poitrine. Ce n'était pas un choix réfléchi non plus : ses genoux venaient de céder sous elle, aussi mous que des nouilles cuites.

Oh, elle comprenait enfin ce que cela faisait d'être ballottée par la tempête. Mais elle n'arrivait pas à savoir si Frank était la tempête ou l'abri qui l'en protégerait. Elle ne savait qu'une chose : elle aurait voulu que ça dure toujours. La langue puissante et dévorante dans sa bouche, l'odeur si chaude et masculine de Frank, le contact de son torse massif contre la chair sensible de ses seins, les grognements de désir et de triomphe qu'il poussait en l'embrassant et, en réponse, les gémissements d'abandon qui s'échappaient de sa gorge à elle.

Mauvaise idée. Il ne faut pas !

Elle reconnaissait cette voix. C'était celle de la raison, qui lui criait dessus de temps en temps. Mais elle choisit de ne pas lui prêter attention parce que les sensations, elles, étaient bonnes, tellement bonnes.

Elle songea qu'elle lui serait peut-être montée dessus – et tant pis pour le côté terriblement indécent d'une séance de baise animale au milieu de l'infirmerie en profitant, de surcroît, d'un homme qui n'avait pas tous ses esprits – si un raclement de gorge ne l'avait pas fait bondir hors du lit telle une adolescente surprise en train de bécoter un copain dans un parc.

Elle porta une main à ses lèvres tremblantes et tenta de contrôler les martèlements de son cœur en tournant la tête vers Angel debout sur le seuil.

Embarras ou mépris.

Elle n'aurait pas été surprise de lire l'une ou l'autre de ces émotions sur son beau visage. Mais la pitié, par contre, la prit par surprise.

— Je…

Il leva une main pour couper court aux explications ou aux excuses qu'elle s'apprêtait à bredouiller.

— Arrête, Becky.

La gorge serrée, elle baissa les yeux, gênée, honteuse. Non d'avoir embrassé Frank. C'était quelque chose qu'elle rêvait de faire depuis ce qui paraissait être un bon milliard d'années et, pour tout dire, ses fantasmes étaient à des kilomètres de la réalité. Mais elle était horrifiée d'avoir laissé un tel événement se produire alors que Frank n'avait aucune idée de ce qu'il faisait.

Bon sang, Becky, t'es vraiment une dépravée.

Angel s'avança dans la pièce. Sa démarche silencieuse et son mutisme eurent sur Becky un effet bien pire que s'il l'avait sermonnée ou s'était moqué d'elle. Elle avait l'habitude de ce genre de traitement de la part de Billy et des autres, Frank y compris.

Elle aurait pu y répondre par une repartie cinglante de son cru ou blaguer sur son penchant pour les hommes à demi conscients. Mais elle était désarmée face à Angel et son silence. Un silence qui la *jugeait*. C'était comme si saint Pierre en personne avait jaugé sa valeur et trouvé à y redire.

Lorsqu'il arriva près d'elle, elle osa jeter un bref coup d'œil à son visage si étrangement beau. Étonnamment, elle n'y lut pas de jugement mais plutôt une sorte de compassion teintée de tristesse.

Ce sentiment d'être jugée n'avait donc existé que dans sa tête. *Bon Dieu.* D'une certaine façon, c'était pire, et elle eut soudain envie d'éclater en sanglots.

— Tu... comment vous dites ?... joues avec le feu. Tu en as conscience, n'est-ce pas ? demanda-t-il d'une voix douce.

— Ce n'est pas ce que tu crois, lui assura-t-elle avant de mesurer tout le ridicule de sa phrase.

Angel inclina la tête sur le côté et haussa un sourcil noir et élégant.

— Ah bon ? Alors tu n'es pas amoureuse de lui ?

Avec un hoquet effaré, Becky se retourna vivement vers Frank. Elle découvrit, pour sa plus grande humiliation, qu'il dormait profondément. Sa mâchoire carrée était entrouverte et sa poitrine massive se soulevait et retombait avec la régularité des vagues sur l'océan.

Une onde brûlante se propagea à travers son visage comme si elle s'était approchée trop près d'un brasier.

— Je... Je...

Elle secoua la tête, incapable de mettre des mots sur ses sentiments pour Frank. Respect, attirance, désir, frustration... Elle avait connu tout cela et bien plus encore. De l'amour ? Oui, elle en ressentait aussi envers lui.

Angel fit la grimace.

— Il a quelqu'un d'autre dans sa vie.

— Je sais, hoqueta-t-elle.

Les sanglots qui s'étaient jusque-là accumulés dans sa gorge commençaient à lui piquer les yeux.

— Tu vas en souffrir.

Ouais, ça aussi, elle le savait.

Elle poussa un profond soupir, secoua la tête puis enfila sur les grands pieds carrés de Frank les chaussettes qu'Angel avait apportées.

— Tu devrais aller faire une sieste, dit-il. Ton frère a organisé un convoi pour neuf heures du matin.

— Angel…

— Sois prudente, c'est tout, l'interrompit-il.

Prudente. Un adjectif qui ne lui correspondait pas habituellement. Mais cette fois, songea Becky, elle devrait sans doute suivre son conseil.

— Je ferai gaffe, promit-elle.

Luttant contre les larmes brûlantes qui affluaient derrière ses paupières, elle se détourna et quitta l'infirmerie d'un pas lent, malgré ses jambes qui la suppliaient de détaler.

Tu réfléchissais avec quelle partie de ton corps, là, exactement ?

Si elle avait été un mec, la réponse aurait sans doute été « avec ma bite ». Quel était l'équivalent pour une femme ? Elle avait très peur qu'il ne s'agisse d'un organe stupide, téméraire et plein d'espoir.

Son cœur.

Port d'Haïfa, Israël, dix-huit heures plus tard…

— C'est quoi cette affreuse odeur ? demanda Eve à Becky d'une voix où perçait l'irritation. J'ai l'impression que ça m'envahit la bouche…

Il lui fallut mobiliser toute sa volonté pour ne pas se pincer le nez, au risque de profiter une deuxième fois du dîner à base de spaghettis qu'elle avait mangé à bord du *Patton*.

Les deux femmes attendaient le véhicule de transport qui les mènerait jusqu'à la prochaine étape de leur voyage. Au point où elle en était, Eve n'avait qu'une envie : se lover sur la couchette première classe d'un gros Boeing 747 avec un cocktail mimosa bien frais dans une main et un masque de relaxation dans l'autre. Malheureusement, au regard des dernières heures écoulées, elle se doutait que c'était hors de question.

Elle n'avait pu profiter que de quelques heures de repos sur la couchette qui lui avait été assignée à bord du *Patton* avant que Billy la réveille à sa manière bourrue pour lui annoncer qu'il était temps de décoller.

Le « décollage » en question consistait en un voyage de six heures en hélicoptère depuis le pont du destroyer jusqu'à une minuscule piste d'atterrissage désolée et poussiéreuse dans un coin perdu d'Égypte. Là, ils étaient montés à bord de ce qu'on pouvait à peine appeler un avion pour un vol infernal jusqu'à une ferme israélienne en bord de mer. Ils avaient alors grimpé dans un hors-bord qui s'était lancé en rugissant sur les eaux agitées de la Méditerranée pendant ce qui avait paru durer des heures.

Ils avaient fini par débarquer ici, sur les quais immenses qui couraient sur toute la longueur du port bigarré d'Haïfa. Même si le soir était tombé depuis plusieurs heures, une bruyante agitation régnait toujours sur les docks.

— Cette odeur, répondit Becky, c'est celle du carburant, mélangée à des effluves de poissons morts, d'un peu d'excréments et de Dieu seul sait quoi d'autre.

Elle sortit deux Dum Dum de la poche de son survêtement d'emprunt et en tendit une à Eve qui, reconnaissante, se hâta de la glisser dans sa bouche. Les yeux fermés, elle se concentra sur le goût sucré de la friandise. De quoi améliorer les choses, mais un peu seulement. Sans doute parce que son odorat ne s'était pas encore remis du choc.

Convaincue que le seul moyen d'échapper à la puanteur aurait été de cesser de respirer, elle rouvrit les yeux à contrecœur. Le colosse était de retour et, une fois de plus, observait son amie comme un faucon observe un rat des champs. Même blessé, avec un bandage sur le front et un bras en écharpe, il restait l'homme le plus inquiétant qu'elle ait jamais croisé.

— Heu… Ce mec est encore en train de te mater, chuchota-t-elle à l'intention de Becky.

L'expression implacable et l'éclat dur qui se lisait dans les yeux du géant la faisaient frissonner.

— Je sais, répondit Becky en prenant soin de ne pas regarder dans sa direction.

Du bout de la langue, elle fit rouler sa sucette au creux de son autre joue. La boule sucrée claqua bruyamment contre ses dents, un son étrange qui faisait penser à un juron.

— J'essaie de ne pas faire attention à lui, ajouta-t-elle.

— J'arrive pas à savoir s'il veut t'embrasser ou te tuer.

— Le premier choix, c'est déjà fait. Je pense qu'il envisage plutôt le second.

— *Quoi ?* s'exclama Eve.

Becky lui pinça le bras en guise d'avertissement et elle baissa la voix.

— Il t'a *embrassée* ? murmura-t-elle, incrédule.

Elle sortit la sucette de sa bouche pour pouvoir former le O de surprise horrifiée approprié à la situation.

Grossière erreur, car l'air fétide s'y engouffra immédiatement.

Elle enfourna de nouveau la sucette entre ses lèvres et s'efforça de respirer par petites bouffées.

— Disons plutôt que je l'ai embrassé... ou que je l'ai laissé m'embrasser alors que je n'aurais pas dû, ou... Merde, je sais pas en fait.

Becky mordit dans sa sucette et le bruit fut si fort qu'Eve se demanda si son amie venait de perdre une dent. Apparemment pas, car Becky se mit à mâcher avec vigueur, le pauvre bonbon servant d'exutoire à toute sa frustration accumulée.

— Je te raconterai tout quand on sera rentrées, promit-elle.

Quelques instants plus tard, Eve fut témoin du moment où Becky finit par jeter un coup d'œil en direction du colosse. Elle vit leurs regards se croiser et s'affronter. Il y avait entre eux quelque chose d'électrique que même elle ressentit. Les poils fins de ses bras se redressèrent comme pour l'avertir d'un risque d'électrocution.

— Nom d'un chien, Becky...

— Je sais, gémit celle-ci en détournant les yeux. C'est la cata. S'il te plaît, parlons d'autre chose.

— D'accord.

Eve se creusa la cervelle à la recherche d'un autre sujet de conversation sans cesser de frissonner tant la tension était palpable. Elle opta pour la question la plus immédiate dans son esprit.

— S'il te plaît, dis-moi que c'est la dernière étape du voyage. Je meurs d'envie d'être enfin chez moi.

Becky secoua la tête et sortit une autre sucette de sa poche.

— J'aimerais pouvoir te dire ça, mais... Bon, tu seras contente d'apprendre qu'il n'y a plus que deux transferts de prévus. Un avion militaire doit nous emmener d'ici à la base aérienne d'Andrews dans le Maryland. Une fois là-bas, on prendra toutes les deux un vol commercial pour O'Hare.

— Rien que toi et moi ? Et les autres ?

— Ils emprunteront un autre transport de troupes depuis Andrews jusqu'à la base navale de Great Lakes.

— Mais pourquoi on n'y va pas tous ensemble ?

Becky soupira et posa gentiment la main sur son épaule. Aussitôt, les tripes d'Eve se nouèrent. Ce geste précédait toujours les mots « ça ne va pas te plaire ».

— Ça ne va pas te plaire…

Parfois, elle détestait avoir raison.

— Qu'est-ce qui ne va pas me plaire ?

— La presse nous attend là-bas.

— Oh merde.

Elle détestait la presse, viscéralement. Toute sa vie, les journalistes n'avaient cessé de la traquer, de rendre compte de toutes les humiliations dont elle avait pu être la victime… Et elle en avait souffert plus souvent qu'à son tour.

— Il faut vraiment qu'on leur parle ? demanda-t-elle.

— Oui, on ne peut pas y couper, lui assura Becky. Apparemment, on fait la une des journaux, donc il va falloir accepter de passer un certain temps sous les projecteurs. Si tu veux mon avis, on y va et on raconte notre histoire pour en finir au plus vite afin de pouvoir reprendre une vie normale. Le plus tôt sera le mieux.

» Mes gars ne peuvent pas se permettre d'avoir leur portrait en première page. Hé, t'as vu l'itinéraire hyper-alambiqué qu'ils nous font emprunter pour être certains que personne ne puisse nous suivre à la trace. Tu les imagines en train de dire « ouistiti » pour les photographes ? Même pas en rêve.

Elle secoua la tête et marqua une pause avant de poursuivre :

— J'ai besoin que tu m'aides à faire le maximum pour que cette histoire retombe le plus vite possible.

— Ça me va. J'aurais même préféré qu'elle ne voie jamais le jour. Mais… heu… tes gars ?

Elle haussa un sourcil en se demandant si Becky avait eu conscience du côté possessif de l'expression.

— Hein ?

— Tu les as appelés « mes gars ».

— Ouais. C'est un peu comme ça que je les vois… Mes hommes à moi, tu vois ?

Non, Eve ne voyait pas. Partager le quotidien d'une bande de brutes comme Frank Knight et Billy Reichert lui semblait inimaginable.

— Ils sont comme mes frères, ajouta Becky.

Hum.

— Et Frank, heu, Boss ? C'est aussi l'un de tes frères ?

Becky déglutit visiblement et s'intéressa soudain de très près à ses chaussons d'hôpital crasseux comme s'ils étaient constitués du tissu le plus fascinant de l'univers.

— Je ressens beaucoup de choses en ce qui concerne Frank Knight, finit-elle par admettre. Mais le sentiment fraternel n'en fait pas partie.

Ouaip, exactement comme Eve l'avait deviné.

Après un nouveau coup d'œil vers le géant, elle fit la grimace et passa un bras réconfortant sur les épaules de son amie. Elle craignait fort qu'à cause de ce Frank Knight, Becky n'aille au-devant de gros, gros ennuis…

Tout en observant du coin de l'œil Bill et Angel qui faisaient les cent pas à l'autre bout du quai, Frank faisait de son mieux pour se remémorer ce qu'il s'était précisément passé dans l'environnement austère de l'infirmerie du *Patton*.

Tous ses souvenirs étaient flous.

Tous à l'exception du baiser.

Il se souvenait très, très clairement du baiser.

Même l'esprit complètement embrumé par de puissants narcotiques, il avait tout à fait eu conscience qu'attirer les douces lèvres de Becky vers les siennes était bien la dernière chose à faire.

Il le savait et pourtant il n'avait pas été capable de se retenir.

Après quoi elle lui avait rendu son baiser et s'était montrée tellement... tellement plus troublante qu'il n'avait pu l'imaginer. Elle avait fait courir ses doigts sur son visage, écrasé ses seins contre son torse, enroulé sa langue chaude et soyeuse autour de la sienne.

Il savait alors qu'il faisait exactement ce qu'il s'était toujours juré de ne pas faire... sans parvenir à s'en empêcher.

Ensuite, Becky s'était écartée et la pièce s'était brusquement refermée sur lui. Après cela, tout ce dont il se souvenait, c'était la visite du docteur qui se penchait vers lui et le secouait pour le réveiller et lui poser toutes sortes de questions ineptes.

Une fois l'effet des médicaments dissipé, il avait d'abord cru que tout cela n'était qu'un rêve. Mais en constatant, au moment où l'hélico quitta le pont du destroyer, que Becky lui adressait à peine un regard, il avait compris qu'il s'agissait de bien plus que l'un de ses fameux fantasmes hyper-réalistes où ils s'étreignaient sur la surface plane la plus proche.

Merde. Il avait vraiment agi comme un *connard* !

Il hasarda un nouveau coup d'œil vers elle tandis qu'Angel arrivait nonchalamment dans son dos.

— Elle n'est pas aussi dure qu'elle voudrait le faire croire, glissa l'ancien agent du Mossad de sa voix rauque.

— Je sais.

— Tu n'es pas l'homme qu'il lui faut.

Frank pivota sur lui-même pour fusiller du regard le visage calme et indéchiffrable de l'Israélien. Ses sentiments étaient-ils visibles comme le nez au milieu de la figure ?

— Qu'est-ce que t'en sais ?

— Je sais à quoi ressemble un homme obsédé par le désir et je sais que ça se termine rarement bien pour l'objet de ce désir.

— Va te faire foutre, Angel, gronda Frank.

De façon inexpliquée, il se sentait soudain très en colère. Mais il était bien forcé d'admettre que, malgré les apparences, sa colère n'était pas dirigée vers Angel. Non. Ça aurait été trop facile et il n'était pas homme à succomber à la facilité. Il ne pouvait pas se mentir à lui-même. Il était terriblement en colère contre lui-même parce que chaque mot sorti de la bouche d'Angel sonnait juste.

— Occupe-toi plutôt de tes affaires, termina-t-il avec un soupir las.

— Tu démens ?

Frank envisagea sérieusement d'agripper l'Israélien pour le balancer à l'eau.

— Démentir quoi ?

— Que tu n'es pas l'homme qu'il lui faut.

— Mais non, putain ! Je sais bien que je le suis pas !

Et c'était la raison pour laquelle ce qu'il s'était passé dans l'infirmerie était aussi regrettable. Une idée horrible lui vint soudain à l'esprit.

— Est-ce que tu t'imagines que *toi*, tu es l'homme qu'il lui faut ?

Angel haussa ses sourcils parfaits et Frank résista difficilement à l'envie de les lui arracher.

— Possible.

Dans tes rêves...

Il ouvrit la bouche pour dire à Angel ce qu'il lui ferait s'il osait ne serait-ce que lorgner sur Becky... et la referma avec un claquement audible.

Peut-être qu'Angel avait raison. Peut-être que c'était un mec comme lui qu'il fallait à Becky. Et Dieu savait qu'il serait forcément mieux que Frank. Au moins Angel était-il né durant la même décennie que Becky, contrairement à Frank.

Merde.

De sa main indemne, il massa sa poitrine soudain traversée par une vive douleur. Puis il se dirigea vers le véhicule de transport qui s'était garé au bout du quai.

Jamais de toute sa vie il n'avait à ce point ressenti l'envie d'être de retour au pays. Et ce n'était pas peu dire pour quelqu'un qui avait passé un temps infini dans un paquet d'environnements franchement inhospitaliers.

Il n'avait qu'une idée en tête : retour à Chicago, retour à la base, retour à la normale.

Malheureusement, il ne pouvait s'empêcher de se demander si les choses redeviendraient normales un jour. Car il venait de surprendre Becky en train de le regarder, et la lueur dans ses yeux était facile à reconnaître. D'autant plus qu'elle se reflétait aussi dans les siens.

Un regard pathétique de désir et d'envie.

Ça résumait bien les choses.

Et comment allait-il pouvoir lui résister à présent qu'il savait qu'elle avait autant envie de lui que lui d'elle ? Comment lui résister après avoir connu le goût de ses lèvres et la chaleur de son corps entre ses bras ?

Dieu tout-puissant, aidez-moi !

8

Nord de l'océan Indien, six heures plus tard…

— Bordel de merde ! hurla Sharif.

Le dernier moteur en état de marche du catamaran venait de hoqueter, crachoter et s'arrêter brusquement. Un silence de mauvais augure s'abattit sur le petit voilier.

Il n'avait plus de carburant et pas de téléphone satellite. Ses provisions de nourriture et d'eau potable étaient presque épuisées. Et il n'y avait pas un souffle de vent pour gonfler les voiles…

Ce n'était pas ainsi que les choses auraient dû se passer, absolument pas. Il avait été embauché pour répondre à ces putains de coups de fil, pas pour se retrouver blessé et perdu au milieu de cette saloperie d'océan Indien. Et tout cela par la faute de cette *pute* de blonde américaine !

Il rejeta la tête en arrière et hurla sa rage, encore et encore, en direction du ciel bleu parfaitement dégagé. Puis il se laissa tomber à genoux, pris de frissons si violents qu'il entendit craquer ses propres os et que ses dents du fond l'élancèrent.

— Je suis mort, murmura-t-il dans le silence de sa solitude.

Il leva vers les cieux des yeux rougis et bouffis sous l'effet de son explosion de colère autant que de la fièvre qui s'était emparée de lui.

Je suis mort.

Étrangement, il n'était pas terrifié à cette idée. Pas au sens habituel de la peur face à l'inconnu. À vrai dire, il ne se souciait guère de ce qu'il adviendrait. Il n'avait jamais été particulièrement dévot, s'était toujours considéré avant tout comme un esprit scientifique. Il estimait donc qu'il était probable qu'il ne se passe rien. L'instant d'avant, on était là avec ses pensées, ses projets, en train de manger, de travailler, de baiser. Et l'instant d'après, plus rien. Fin de l'histoire.

Donc non, l'idée de la mort ne l'effrayait pas. Elle le mettait, par contre, dans une rage noire. Parce qu'il allait mourir tandis que Rebecca Reichert – cette salope – continuerait à mener sa petite existence d'Américaine gâtée. Et c'était si outrageusement injuste qu'il pouvait à peine le supporter.

Il balaya la scène des yeux à la recherche d'un objet, n'importe quoi, sur lequel se défouler. Mais il n'y avait rien. Rien que lui et kilomètre sur kilomètre d'eau turquoise et tranquille.

Pour la première fois de sa vie, il regrettait de ne pas être entouré par la masse crasseuse et grouillante de l'espèce humaine.

Avec sa main enflée de la taille d'un gant de cricket et l'infection qui lui ravageait le corps, que n'aurait-il pas donné pour se retrouver face à l'un de ces pirates maigrichons et stupides ou de ces Anglais méprisants fans de football, ou de « *soccer* » comme l'appelaient les Américains ? C'était bien leur genre, tiens, de piquer le nom d'un sport vieux de quatre cents ans pour l'appliquer à une activité complètement nouvelle puis de condescendre à donner un nom tout à fait différent au sport original.

Il détestait l'audace des Américains. Non, oubliez ça. Il détestait tout simplement les Américains. Et surtout une certaine petite blonde...

Abattu, il laissa son regard errer sur le voilier comme s'il passait en revue ce qui serait bientôt son cercueil flottant. Quelque chose scintilla au niveau du bastingage arrière.

Sharif se redressa avec difficulté et s'approcha lentement pour voir ce dont il s'agissait.

Il découvrit un long couteau à filets dont la pointe était coincée sous le rebord métallique qui assurait la jointure entre la rambarde et le pont. Sans prêter attention aux pulsations du sang à ses tempes et dans sa main blessée, Sharif se baissa pour ramasser la lame et l'examiner avec une sorte de fascination abstraite.

Ah, oui. Voilà que la solution se présente d'elle-même.

Il faillit sourire.

Il allait en finir. Ici et maintenant. À sa manière. Mettre un point final à son existence désormais tragiquement réduite à ce petit monde solitaire fait d'eau lisse à perte de vue et de tourments incessants.

Il avait entendu dire qu'on ne souffrait pas beaucoup en s'ouvrant les veines. Et se vider de son sang promettait d'être bien plus rapide et bien moins horrible que de mourir sous l'effet de la déshydratation couplée à l'inanition et à l'infection.

Il testa le tranchant de la lame du bout du pouce.

Aiguisée.

Assez pour accomplir sans effort ce qu'il envisageait.

Une bonne chose. Il n'avait jamais été très courageux lorsqu'il s'agissait d'affronter la douleur.

Refermant sa main valide sur le manche, il appliqua le bord tranchant du couteau sur son poignet gauche enflé. Il retint son souffle, rassembla son courage pour faire face à la morsure de l'acier qui allait suivre puis sourit quand un souffle de vent vint caresser son front couvert de sueur.

Mmm, quelle merveilleuse sensation. Comme une bénédiction finale.

Il venait à peine d'enfoncer la lame dans la peau – observant avec une sorte de détachement fiévreux la minuscule goutte de sang qui prenait naissance à la pointe du couteau – quand une autre bourrasque l'enveloppa et le rafraîchit brusquement, au point qu'il en eut la chair de poule.

Il lâcha le couteau. Le bruit mat que fit la lame en heurtant le pont retentit sous son crâne avec la force d'un tir de canon. Mais il n'y prêta pas attention, les yeux braqués sur les vagues. Sous ses pieds, le pont tanguait en douceur, comme pour le bercer. Mais il n'avait plus aucune intention de dormir.

Je suis sauvé !

Avec un cri de triomphe, il se précipita vers le mât et se lança dans la tâche ardue consistant à déployer les voiles.

La côte somalienne était à deux jours de voile et, avec l'infection qui gagnait un peu plus de terrain à chaque minute, les chances étaient contre lui. Mais il avait passé sa vie à défier la chance.

— J'arrive, Becky ! s'écria-t-il dans un rire hystérique tandis que les voiles se gonflaient et claquaient sous le vent. J'arrive !

Devant le portail de Black Knights Inc. Goose Island, Chicago, Illinois

— Nous y sommes.

La voix cultivée de Patrick Edens tira Becky de ce qui avait dû être un profond sommeil. Une grosse tache marquait la vitre de la plage arrière de la limousine près de sa joue. Est-ce que c'était…

Ouaip. Elle avait bavé en dormant. Une longue traînée de bave qui s'écoulait lentement sur le verre teinté.

Parfait. Absolument parfait.

Son embarras s'atténua un peu lorsqu'elle découvrit Eve affalée dans le coin opposé de la banquette de cuir. Eve, cela dit, avait eu la politesse d'appuyer sa tête contre la paroi, bouche close et mains gracieusement placées entre ses genoux.

Évidemment.

Eve faisait tout avec grâce et panache et Becky l'adorait aussi pour ça. Mais parfois, elle se sentait comme une vraie pouilleuse en comparaison.

Becky s'essuya le menton et tourna son regard en direction du grand portail de fer forgé qui constituait le seul accès public du complexe. Elle contempla avec affection les bâtisses en brique aux couleurs chaleureuses qui se dressaient derrière. Plutôt spectaculaire, surtout comparé au petit bâtiment préfabriqué dans lequel elle avait commencé.

La structure centrale du complexe, l'ancienne usine qu'ils avaient transformée pour en faire plusieurs lofts, des bureaux et son garage, brillait d'un éclat rouge sombre sous le soleil de la fin d'après-midi. Des reflets jaunes dansaient sur les vitraux des étages supérieurs. C'était beau. C'était sa plus grande fierté. C'était chez elle.

Et elle n'avait qu'une envie : y être.

— Merci de m'avoir raccompagnée, monsieur Edens, dit-elle à voix basse pour ne pas éveiller Eve. Dites à Eve que je l'appellerai demain.

Patrick se contenta d'un petit hochement de tête aristocratique que Becky prit comme le signe qu'il était temps de partir.

Ce qui lui convenait très bien. Le père d'Eve avait une façon de la regarder de haut qui lui donnait envie de distribuer des coups de poing sur son nez patricien.

Eve lui avait toujours dit qu'elle se faisait des idées, mais Becky savait à quoi s'en tenir. Patrick Edens ne l'estimait pas digne de lécher les semelles des escarpins haute couture de sa fille, sans parler d'être son amie.

Connard.

Mais à cet instant, même l'inclinaison légèrement condescendante de son menton n'aurait pu diminuer l'enthousiasme de Becky. Parce qu'elle était rentrée. Enfin.

Elle se hâta d'ouvrir la portière de la limousine avant que le chauffeur ait le temps de le faire. Debout sur le trottoir, elle regarda la longue voiture noire repartir sur Cherry Street et disparaître au coin de la rue.

Becky gonfla ses poumons, inhalant les odeurs d'humidité et de poisson de la rivière Chicago auxquelles se mêlaient les arômes de cacao portés par le vent depuis l'usine de chocolat Blommer.

La tension qui l'habitait retombait déjà de plusieurs crans. Elle se sentait comme Dorothée dans *Le Magicien d'Oz* : « rien ne vaut son chez-soi ». C'était exactement ça.

Avec un grand sourire, elle se tourna vers la guérite et Manus, le rouquin massif et tout en muscles qui travaillait à l'intérieur.

— Salut Rebelle ! lui lança-t-il en se levant de sa chaise.

Il se pencha pour passer la porte et sortit de sa loge. Gravement blessé durant l'incident ayant coûté la vie à Patti, il semblait néanmoins en voie de rétablissement complet.

De quoi réchauffer le cœur de Becky.

— Manus ! s'exclama-t-elle.

Elle se précipita vers lui et faillit lui sauter au cou. Mais elle se reprit à la dernière seconde et referma précautionneusement ses bras autour de son torse démesuré pour l'étreindre en douceur.

— Eh ben, qu'est-ce que c'est que ce bonjour ?

Il recula d'un pas, un grand sourire sur son visage rond couvert de taches de rousseur sous sa tignasse d'Irlandais.

— Depuis quand tu me traites comme un vase de porcelaine précieuse ? demanda-t-il.

— Depuis qu'on a dû te retirer une balle de la poitrine il y a deux mois.

Il agita sa main de la taille d'un gant de baseball.

— Bah, je tiens une forme olympique.

Pour prouver ses dires, il inclina la tête en arrière et se martela le poitrail dans une très mauvaise imitation de Tarzan.

Becky fronça le nez.

— Je n'en suis pas sûre, mais il me semble que tu viens d'insulter tous les grands singes de la planète.

Manus éclata de rire et l'étreignit avec toute la délicatesse d'un ours, au point que les pieds de Becky quittèrent le sol et que ses côtes craquèrent.

— Je suis vraiment content de te voir revenir en un seul morceau, lui dit-il sur un ton bourru. Tu nous as flanqué une sacrée frousse.

— Moi aussi je suis contente d'être rentrée, haleta-t-elle.

À cet instant, la voix joyeuse à l'accent traînant de Rock retentit derrière eux.

— Hé, Tarzan ! Si tu lâchais Jane avant de l'étouffer entre tes grosses pattes ?

— Rock !

Becky poussa un cri de joie et fila vers le portail dès que Manus l'eut reposée à terre. Cette fois, elle ne réprima pas son envie de sauter entre les bras costauds tendus vers elle.

— Ouf !

Rock tituba exagérément en arrière en faisant claquer les talons de ses santiags en alligator sur les pavés.

— Qu'est-ce qu'ils t'ont donné à manger ces pirates ? Cheeseburgers et tartes aux pommes ?

— Arrête ton cirque, monsieur le Cajun ! grogna-t-elle en lui faisant une bise sonore sur l'oreille.

— Tu sais, *ma petite*[1], chaque fois que je reviens, je m'attends à ce que tu aies mis le bazar. Mais tes derniers exploits en date dépassent tout le reste. Sérieux, Becky ? Des pirates ?

— C'est pas comme si je le faisais exprès. J'ai l'impression que j'attire les problèmes, en fait.

— Hmm, murmura-t-il, volontairement évasif.

Il fit pivoter vers l'arrière sa casquette de baseball humide de sueur pour la dévisager de près. Une grimace de regret modifia les contours de son bouc de poils noirs.

---

1. En français dans le texte. (*N.d.T.*)

— Je suis vraiment désolé de ne pas avoir pu être là, *ma chère*[1], dit-il en effleurant sa joue blessée. Je n'ai pas pu rentrer à temps pour attraper l'avion avec les autres.

— T'inquiète pas. Frank, Billy et Angel ont mené l'opération sans la moindre anicroche.

Elle le prit par le bras et le tira vers le garage. Elle avait trop envie d'être à l'intérieur.

Le plus bizarre était qu'en partant en vacances presque un mois plus tôt – après la mort de Patti et la promesse de Frank de faire tout ce qui était en son pouvoir pour l'empêcher de devenir un agent de terrain – elle avait voulu fuir ces lieux au plus vite.

Et maintenant ? Maintenant elle n'avait qu'une envie : s'enfermer au sein des vieux murs épais de l'usine jusqu'à ce que le souvenir du contact brutal du pistolet de Sharif contre sa tempe et de son vol plané par-dessus la rambarde du *Hamilton* cesse de la hanter et de lui coller des frissons.

— J'ai vu les images et je t'ai écoutée, dit Rock. Tu paraissais très courageuse, *très vaillante*[2], en racontant ton histoire aux journalistes.

Il se servit de sa clé pour déverrouiller l'énorme double porte du garage. Les battants pivotèrent avec un sifflement assourdi, puis Rock fit signe à Becky de passer devant. Reconnaissante, elle franchit le seuil pour enfin retrouver l'univers sûr, accueillant et souvent chaotique de Black Knights Inc.

— À la fois tragique et héroïque avec ta joue blessée et tes lèvres tremblantes, poursuivit Rock. Les journaux et les chaînes de télé vous mangent dans la main.

---

1. En français dans le texte. (*N.d.T.*)
2. En français dans le texte. (*N.d.T.*)

Beurk. Sur le moment, elle ne s'était pas aperçue que ses lèvres tremblaient. Ses genoux ? Oui, ils s'entrechoquaient comme des carillons éoliens pris dans un ouragan. Mais elle avait cru maîtriser l'expression de son visage.

Apparemment pas.

Génial. Tout bonnement génial.

À peine Eve et elle avaient-elles débarqué à l'aéroport d'O'Hare que le personnel de la compagnie aérienne les avait escortées jusqu'à une petite salle sans fenêtre pleine à craquer de journalistes qui leur tendaient leurs micros sous le nez. Éblouie et désorientée par les flashs des appareils photo, Becky avait néanmoins livré, avec Eve, le récit de leur capture, de leur captivité et enfin de leur libération par une équipe d'hommes héroïques et mystérieux.

Elles s'en étaient tenues à l'histoire convenue et Becky, avec ses genoux flageolants et ses paumes moites, s'était prise à envier le calme et la maîtrise d'Eve. Bien sûr, elle s'était rassurée en songeant que celle-ci avait beaucoup plus d'expérience dans ses rapports avec les médias.

Mais elle aurait vraiment voulu posséder au moins une fraction du sang-froid à toute épreuve d'Eve quand Samantha Tate, jeune et ambitieuse journaliste d'investigation du *Chicago Tribune*, l'avait apostrophée :

— Mademoiselle Reichert, avez-vous le sentiment d'être poursuivie par la malchance ? On ne peut s'empêcher de remarquer que tout cela survient juste après un échange de coups de feu attribué à une rivalité entre gangs qui a coûté la vie à l'une de vos employés.

La question était si pernicieuse et insultante que Becky n'avait d'abord pu bredouiller que des borborygmes indignés.

D'abord, elle n'était pas poursuivie par la malchance. Il se trouvait simplement que les problèmes et le danger allaient généralement ensemble et qu'elle comptait parmi ses amis des gens très dangereux. Ensuite, l'emphase que la journaliste avait mise sur le mot « attribué » en évoquant la fusillade l'avait fait bouillir au point d'être assaillie par une vision très claire de ses mains se refermant sur la gorge blanche de Samantha Tate.

Ils s'étaient tous démenés pour rendre plausible la version des faits transmise à la presse. Le général Fuller avait dû tirer de nombreuses ficelles afin que la vérité soit enterrée au fin fond d'un fichier dans un recoin sécurisé d'un bunker oublié des profondeurs du Pentagone.

Sans vouloir ressortir la tirade de Jack Nicholson dans *Des hommes d'honneur*, le monde n'était pas prêt à accepter la vérité sur ce qu'il s'était passé ce jour-là. La vérité était que l'un de leurs sénateurs avait embauché un groupe de criminels de Las Vegas pour assassiner un agent du gouvernement et la femme qui possédait les preuves de sa haute trahison.

Bien sûr, elle détestait l'idée que le monde pense que Patti Currington était morte durant un échange de coups de feu entre gangs alors qu'elle avait en réalité été abattue par un tueur qui se foutait bien de savoir que des innocents tomberaient sous ses balles perdues. Mais cela faisait partie du métier.

Finalement, le fait qu'une journaliste fouineuse ait senti la grosse affaire potentielle et tente à toute force de rassembler les pièces éparses du puzzle lui flanquait une trouille monstre. Mais elle avait fini par retrouver l'usage de la parole.

— Non, je ne crois pas être poursuivie par la malchance. C'est vrai que j'ai traversé de nombreuses épreuves ces derniers temps et qu'on pourrait parler de poisse. Mais pour ma part, je m'estime extrêmement chanceuse, au contraire. Je suis en vie et en bonne santé, non ?

Samantha Tate avait souri d'un air entendu et lui avait jeté un regard narquois qui n'était pas fait pour rassurer Becky. Mais elle s'était cependant abstenue de poser plus de questions inquisitrices.

— Bon, si la presse nous mange dans la main, lança Becky à Rock, j'espère qu'ils seront rapidement rassasiés. Je voudrais que tout ça s'arrête.

Elle inspira profondément et sourit en captant les effluves familiers d'huile de moteur, de mauvais café et ce léger parfum de menthol qui émanait des murs, souvenir d'une vie antérieure où les lieux abritaient une fabrique de cigarettes mentholées.

— Oh, c'est bon d'être à la maison ! s'exclama-t-elle.

Rock l'escorta en souriant jusqu'au bout du couloir donnant sur l'immense atelier.

— Et c'est bon de t'avoir à la maison, *ma chère*, dit-il.

— Où sont les autres ? demanda Becky, surprise par le silence inhabituel du garage.

Elle leva la tête pour scruter l'étage où se trouvaient les bureaux et la salle de réunion puis fronça les sourcils en constatant que tout était calme, trop calme.

Puis une série de bruits sourds attirèrent son attention vers l'escalier en métal et elle battit joyeusement des mains.

— Cacahuète ! s'exclama-t-elle devant l'énorme chat gris qui descendait pesamment les marches. Je suis super-contente de te voir, grosse boule de poils !

Le chat errant mit pied à terre avec un bruit mat et poussa un miaulement sonore pour lui souhaiter la bienvenue avant de frotter son corps massif contre les jambes de Becky. Il leva vers elle ses grands yeux jaunes expressifs plantés dans une gueule balafrée que seule une mère aurait pu trouver belle.

Becky se pencha et le prit dans ses bras. Elle gloussa de joie en l'entendant allumer son moteur ; il ronronnait si fort qu'on aurait dit qu'il avait un réacteur d'avion dans la poitrine.

Rock croisa les bras et pencha la tête sur le côté en les regardant faire, une lueur amusée dans les yeux.

— Tu lui as manqué, t'as pas idée ! dit-il.

— Oh, moi aussi, il m'a manqué.

Elle enfouit son nez dans la fourrure hirsute et grimaça quand le chat lui fit l'honneur douteux de lui pétrir le dos de ses griffes.

— D'après ce qu'on m'a dit, après ton départ, il a passé deux jours à faire le tour du garage en miaulant sans arrêt et en refusant de manger.

Becky souleva Cacahuète pour jauger son poids conséquent.

— Ça n'a pas eu l'air d'avoir un gros impact sur lui.

— Oh, je crois qu'il a vite compris que des portions supplémentaires de Festin Félin faisaient des miracles en cas de dépression.

Elle gloussa et grattouilla le menton d'un Cacahuète aux yeux mi-clos d'extase.

— Alors, où sont passés les autres ?

— Steady, Mac et Christian sont toujours en service commandé. Ozzie est à une conférence de hackers ou un truc de geeks dans ce genre-là. Spectre vient de rentrer de mission. Et je ne sais pas si tu vas me croire, mais une fois qu'il a su que tu étais saine et sauve, il est parti en Caroline du Nord pour jouer les hommes au foyer. Vanessa est à Washington, elle termine un job de consultante pour la CIA. Dieu seul sait dans quel recoin crasseux et puant Dan Man est allé se cacher. Et tes trois sauveurs ne sont pas encore rentrés. Ils ont eu un contretemps et se sont posés à Great Lakes à peu près une heure après ton atterrissage à O'Hare. Leur horaire d'arrivée estimé est…

Il consulta sa montre puis sourit quand un sifflement étouffé leur parvint au travers du mur ouest du garage.

— Maintenant, termina-t-il.

Il se dirigea vers le gros bouton rouge installé en hauteur entre son énorme boîte à outils roulante Craftsman et l'escalier métallique menant à l'étage. Une brève sirène retentit quand Rock y appliqua sa paume puis le mur ouest s'ébranla laborieusement vers la droite.

Même si elle devait passer des années chez Black Knights Inc., Becky doutait de s'habituer un jour à ce spectacle.

— Pourquoi ils arrivent par le Bat-tunnel ?

Elle faisait référence à l'issue secrète qui partait du garage, passait sous la rivière Chicago et aboutissait dans un parking à étages deux pâtés de maisons plus loin.

— Après la façon dont Mlle Tate t'a cuisinée, je me suis dit qu'il était préférable que nos gars ne rentrent pas au moment où tu venais juste de raconter avoir été secourue par un groupe d'hommes mystérieux.

Tu sais, au cas où l'adorable Samantha Tate garderait un œil sur nous en attendant qu'un beau petit scoop lui tombe tout cuit dans le bec.

Becky frissonna.

— C'est un vrai requin, cette fille. Il va falloir qu'on fasse gaffe.

— C'est sûr, approuva Rock.

Il s'approcha de la machine-outil pour récupérer le sandwich posé dessus et mordit dedans à pleines dents.

— Combien de fois je t'ai dit de ne pas laisser tes saletés de sandwichs sur mon équipement ? l'interpella Becky.

Elle posa Cacahuète par terre pour pouvoir mettre les mains sur les hanches. Rock écarquilla les yeux et prit son air le plus innocent, mais Becky n'était pas dupe. Elle était sur le point de le tancer pour la mille et unième fois pour ce crime de lèse-majesté quand la silhouette extra-large de Frank émergea de l'ouverture. Becky ravala ses paroles pour admirer le courageux meneur des Black Knights qui s'avançait lentement dans l'atelier.

À la fois merveilleux et terrifiant. Voilà l'effet qu'il lui faisait.

Merveilleux parce que… ben c'était *Frank*, quoi. Terrifiant parce que le bandage sur son front était taché de poussière, que l'écharpe à son épaule était toute de travers et faisait plus penser à une machine de Rube Goldberg qu'à un vrai dispositif médical et qu'il avait les cheveux en pétard et la barbe noire et drue. Sans parler de sa pâleur maladive et de ses valises sous les yeux, assez grosses pour de longues vacances en Europe.

— Bon Dieu, *mon frère*, regarde-toi !

La grimace de Rock fut cependant rapidement remplacée par un grand sourire d'une oreille à l'autre. *C'est parti*, songea Becky.

— Tu ressembles à une crotte de chien de la veille réchauffée aux micro-ondes, lança le grand Cajun.

Et voilà. La première salve. Certaines choses ne changeaient jamais. Et pour rien au monde Becky n'aurait voulu les changer.

— C'est encore pire à l'intérieur, grommela Frank en serrant la main que Rock lui tendait. Alors, des infos à propos de Sharif ? Ils l'ont retrouvé ?

À la simple mention de ce nom, un frisson courut le long de l'échine de Becky. Puis elle se dit qu'elle était en sécurité. Qu'elle était *chez elle*.

— Négatif, répondit Rock en secouant la tête. Aucun des navires qui sillonnent la zone n'a signalé le moindre signe du *Serendipity* et ils n'ont rien vu sur leurs radars non plus. Les drones de surveillance font des patrouilles aériennes, mais c'est un tout petit bateau dans un immense océan. C'était déjà un gros coup de pot d'arriver à le repérer la première fois.

— Et du côté d'Interpol ? s'enquit Frank.

— Ils ont lancé un avis de recherche international et fait passer une description du *Serendipity* à tous les ports majeurs de la côte ouest de l'Afrique. Évidemment, s'il arrive jusqu'en Somalie…

Rock n'avait pas besoin d'en dire plus. Si Sharif atteignait la côte somalienne, ça sonnerait la fin de la partie. Ils ne le retrouveraient sans doute jamais. Becky tâcha d'avaler la grosse boule de peur qui s'était logée dans sa gorge à l'idée que cet homme soit là-dehors, quelque part.

Ça n'a pas d'importance. Tu es chez toi, se répéta-t-elle comme pour se convaincre. Et la base des

Black Knights était plus sécurisée que la plupart des sites de stockage de missiles nucléaires.

Toutes ses pensées à propos de Sharif s'évanouirent quand Frank tourna vers elle son regard épuisé mais toujours aussi intense.

— Alors, comment ça s'est passé avec les journalistes ? demanda-t-il.

C'était bien Frank. Toujours sur la brèche.

Elle aurait aimé qu'un jour, rien qu'une fois, il lui demande un truc banal du genre, par exemple : « Salut, Becky. T'as fait un bon vol ? » Mais ça n'aurait plus été Frank.

— Tout s'est bien passé, répondit-elle.

Elle avait un mal fou à soutenir son regard, assaillie qu'elle était par des flashs de leur bref moment d'intimité dans l'infirmerie du *Patton*. Elle avait toujours à l'idée la possibilité de le toucher, de le goûter. Et elle mourait d'envie de se jeter à son cou pour revivre cette sordide expérience.

Mais l'expression distante qu'il arborait faisait très clairement comprendre qu'il ne partageait pas son enthousiasme. Comme l'avait si bien dit Eve, il donnait l'impression d'avoir plus envie de lui tordre le cou que de découvrir *Becky Reichert fait l'Andromaque 2* en avant-première.

Pouvait-elle réellement lui en vouloir ? Elle avait abusé de lui alors qu'il planait à cause de ses pilules du bonheur. Qui pouvait faire un truc pareil ?

Elle, apparemment.

Bon sang, elle était vraiment trop nulle. Il fallait qu'elle lui présente des excuses. Mais elle pouvait difficilement faire ça maintenant, devant ses collègues et son frère aîné...

— Allez, fais pas ta modeste ! lança Rock en lui passant un bras autour du cou pour lui savonner le crâne jusqu'à ce qu'elle le fusille du regard. Elle a été super, Boss. Elle a respecté le scénario à la lettre sans se laisser démonter. Et ce, ajouterais-je, malgré des questions bien tordues de Samantha Tate. Notre petite Rebelle finira par devenir un vrai agent, je t'assure.

— Rock, l'avertit Frank avec un tressaillement nerveux de la paupière gauche. Je ne suis pas d'humeur à aborder ce sujet.

L'immense déception que feignit Rock était plutôt convaincante.

— Ah non ? Et dire que je suis resté debout, nuit après nuit, en me languissant de revoir ta bonne vieille trogne pour qu'on puisse reprendre la discussion ! Eh bien, j'en ai connu des ingrats, mais là…

Rock poussa un soupir indigné, Frank gronda et Becky nota mentalement un second tir au but sur le tableau des scores des vannes qu'elle gardait dans un coin de son esprit.

— Messieurs, n'allez pas croire que vos joutes verbales pleines d'allant ne m'ont pas manqué, mais j'ai désespérément besoin d'une Dum Dum à la cerise, dit-elle.

Elle était arrivée à court de sucettes durant le vol transatlantique et son taux de glycémie avait sans doute atteint des niveaux quasi critiques.

— Et d'une longue, très longue douche, ajouta-t-elle.

Elle échappa à la prise de Rock pour se dresser sur la pointe des pieds et déposer un bisou sur la joue de son frère.

— Merci d'être venu à ma rescousse, souffla-t-elle.

Elle lui massa gentiment l'épaule et lui décocha le même sourire que le jour où il avait cogné cet odieux menteur de Curtis Mitchell pour avoir raconté à toute l'école qu'elle lui avait fait une gâterie à l'arrière de son pick-up.

— Oh, ma chère sœur, dit Bill en souriant. C'est pas comme si j'avais pu faire autrement.

Il avait sans doute raison. Depuis l'enfance, ils n'avaient cessé de se porter mutuellement secours. Elle le serra fort dans ses bras et l'embrassa sur le front avant de passer à Angel.

— On se connaît à peine et pourtant tu as risqué ta vie pour sauver la mienne. Je ne pourrai jamais assez te remercier, dit-elle en prenant sa main dans les siennes.

— Comme je te l'ai dit sur le destroyer, tu es mon amie. D'après Aristote, « un seul bon ami constitue l'antidote contre un millier d'ennemis ». Si c'était à refaire, je recommencerais dans la seconde.

Clignant les paupières pour réprimer les larmes qui lui montaient soudain aux yeux, elle se redressa spontanément pour embrasser sa joue recouverte d'une barbe de trois jours avant de se tourner vers Frank. Elle s'efforça de ne rien laisser paraître en croisant l'intensité de son regard et s'éclaircit la voix avant de murmurer :

— Je suis désolée d'avoir causé autant de problèmes. Merci d'être venu me chercher.

Elle vit tressaillir un muscle dans sa mâchoire carrée, mais il hocha néanmoins la tête.

— J'ai… J'aurais besoin de te parler après ma douche, ajouta-t-elle en résistant à l'envie de baisser la tête et de contempler bêtement ses pieds.

Elle tint au contraire à soutenir son regard avec l'espoir qu'il lise le regret dans ses yeux. En guise de réponse, elle n'eut droit qu'à un nouveau et brusque hochement de tête.

D'accord. Il semblait clair que Frank se retenait de dire quoi que ce soit pour ne pas lui faire subir l'engueulade carabinée qu'elle méritait.

Elle se sentait terriblement mal à propos de ce qui s'était joué dans l'infirmerie du *Patton* mais... bon sang, le moins qu'il puisse faire était de dire *quelque chose* afin qu'elle sache à quel point elle devait ramper pour lui demander pardon. Car pour le moment, la seule réplique qui lui venait se résumait à « heu, désolée d'avoir failli te violer, mec ». Et peu importait le temps qu'elle avait passé à tourner et retourner cette phrase dans sa tête, ça ne sonnait vraiment pas comme elle l'aurait voulu.

9

Debout devant la porte rouge cerise de l'immeuble restauré en grès brun sur North Sedwick, Frank ne profitait pas du sentiment de réconfort qu'il ressentait habituellement à se trouver là.

Mais il était clair qu'il ne pouvait pas rester au QG…

Quand Becky lui avait signifié qu'elle voulait lui parler après sa douche, le seul mot qui s'était imprimé dans son esprit était « douche ». Après quoi son cerveau avait évoqué une succession d'images érotiques qui mettaient toutes en scène Becky, magnifique et nue, ses beaux seins dressés tandis qu'elle levait ses bras fins pour laver à grande eau sa longue chevelure. La représentation mentale des gouttelettes chaudes et luisantes roulant sur son ventre plat et ses hanches minces était si nette qu'il s'était mis à saliver comme un foutu chien de Pavlov. Il avait compris qu'il était trop épuisé pour résister à la tentation qu'elle incarnait.

Alors il avait cédé à la lâcheté et fui.

Le front appuyé contre la surface fraîche de cette porte qu'il avait soigneusement repeinte trois printemps plus tôt, il se traita de tous les noms pour ce qu'il avait laissé se produire sur le *Patton* et qu'il mourait d'envie de voir se répéter. Un désir qui allait à l'encontre de tout son être, de la nature même de l'homme qu'il avait toujours été convaincu d'être.

Et, pire encore, c'était une trahison – il n'y avait pas d'autre mot – envers la femme qui habitait derrière cette porte.

Une froide bourrasque lui parvint depuis le lac Michigan. Les doigts glacés du vent d'octobre s'insinuèrent sous le col du blouson de motard de Frank pour l'arracher à ses vaines pensées.

Tout ça était entièrement de sa faute. De sa faute, bordel.

Après un ultime chapelet d'insultes, il s'écarta de la porte, appuya sur la petite sonnette en cuivre et écouta le joyeux carillon qui s'ensuivit. Puis rapidement se fit entendre le cri aigu d'un enfant.

La porte s'ouvrit pour laisser apparaître le visage de chérubin d'un petit garçon de trois ans. Le trésor le plus précieux de Frank.

— T'as revenu ! s'exclama le petit Franklin.

Il battit de ses petites mains potelées tout en essayant d'escalader la jambe de Frank. Celui-ci agrippa la boule de nerfs enfantine au creux de son bras indemne et le tint contre sa poitrine. Une odeur de beurre de cacahuète, de crayons de couleur et de petit garçon tout chaud lui envahit les narines et lui serra le cœur.

Shell apparut sur le seuil de la cuisine et s'essuya les mains sur son tablier. Elle était si belle que le cœur lourd de Frank se gonfla de joie.

— Franklin, dit-elle, on dit « tu es revenu » et non « t'as revenu ». Et combien de fois je t'ai dit de ne pas ouvrir la porte sans moi ?

Franklin ne lui prêta pas attention, trop occupé à se retourner au creux du bras qui le tenait pour scruter de ses yeux gris tempête le visage marqué de Frank.

— Il est revenu, dit-il sérieusement à sa mère. Et il a des bobos.

Franklin tira sur le bandage qui couvrait le front de Frank pour voir ce qui se trouvait en dessous. Et il avait dû y parvenir au moins en partie car il s'exclama :

— Ouh, il a sanié !

Le petit garçon plaqua ses mains collantes sur les deux joues de Frank en le dévisageant avec intensité.

— Ça fait mal ? demanda-t-il, les yeux écarquillés d'inquiétude.

— Ça m'a fait mal sur le moment mais plus maintenant, lui assura Frank.

Franklin hocha la tête avec sagacité avant de se tortiller pour qu'on le repose. À présent que l'excitation liée à son arrivée s'était dissipée et que le mystère de ses blessures était levé, le petit garçon était pressé de retourner à ses activités qui, à en juger par les boules de pâte à modeler colorée posées sur la table basse, consistaient à se fabriquer une ménagerie en Play-Doh.

Frank le déposa à terre et ravala le nœud qui s'était soudain formé dans sa gorge. Il regarda le gamin repartir jouer sur ses petites jambes trapues.

— Comment il a fait pour gagner trois centimètres depuis la semaine dernière ? demanda-t-il.

— Parce qu'il tient de toi, répondit Shell.

Elle s'approcha et posa une main fraîche sur chacune de ses joues. Telle mère, tel fils. Elle scruta brièvement son visage. Le sien reflétait toute son inquiétude.

— Bon, je suis contente que tu sois rentrée à peu près en un seul morceau, souffla-t-elle d'une voix qui lui mit les larmes aux yeux.

Elle le tira vers la cuisine d'où émanaient de délicieux arômes.

— Il se trouve que je prépare ton plat préféré, dit-elle.

Évidemment.

— Comment t'as su que je serais là ?

— J'ai regardé les actualités. L'interview de la mécanicienne toute mimi qui travaille pour toi.

Dieu tout-puissant, tu parles d'un couteau en plein cœur.

— Alors je me suis dit que tu ne tarderais pas à venir chercher un peu de calme. Si on peut dire.

Elle fit une grimace et se tourna vers Franklin qui, d'après les bruits qu'il faisait, orchestrait une guerre féroce entre un lion et un singe.

— J'ai aussi pensé qu'un bon repas fait maison te ferait plaisir.

Il la serra contre lui à l'aide de son bras indemne.

— Tu me connais trop bien.

Elle pencha la tête en arrière en riant.

— Après toutes ces années ? Ça vaut mieux, non ?

— Où est Frank ? demanda anxieusement Becky, debout derrière le gros sofa moelleux de la salle vidéo.

Angel baissa le son du grand écran plasma et ouvrit une cannette de bière avant de tapoter la place à côté de lui.

Oh non. Voilà qui ne présageait rien de bon. Sentant le malaise s'emparer de ses tripes, elle contourna le canapé pour venir se poster devant lui, les mains sur les hanches.

— Rock et ton frère sont allés se coucher, dit-il en la dévisageant avec douceur de ses yeux sombres.

Le feu qui crépitait dans la cheminée du coin de la pièce emplissait l'air du parfum des bûches de pin fumantes et projetait des ombres dansantes tout autour. Mais il y avait suffisamment de lumière pour que Becky puisse distinguer son expression. Et c'était… ?

Oui, c'était bien de la pitié qu'on lisait sur son beau visage.

D'accord, maintenant elle avait carrément la nausée.

— C'est pas ce que je t'ai demandé.

— Je sais.

Il tapota de nouveau le coussin à côté de lui.

Ravalant une soudaine envie de s'arracher les cheveux en hurlant, elle poussa un soupir de frustration puis se laissa tomber sur le canapé près d'Angel en acceptant d'un air absent la bière qu'il lui tendait.

— Il est parti, annonça-t-il dans un murmure.

— Pour aller où ?

Elle avait tenté de poser la question d'un air détaché, mais comprit qu'elle avait raté son coup quand Angel lui passa un bras réconfortant en travers des épaules et la serra gentiment contre lui.

— À ton avis ?

Elle poussa un soupir las, épaules tombantes.

— Ah… merde. J'imagine qu'il fallait s'y attendre, hein ?

Plutôt que de répondre, Angel l'attira un peu plus contre lui et appuya sa joue contre la tête de Becky.

Cacahuète entra à son tour dans la pièce. Et, après deux tentatives ratées, il parvint à grimper sur le sofa et se roula en boule contre Becky. Ses ronronnements devinrent vite assez puissants pour couvrir les craquements des bûches dans l'âtre.

Super. Tout le monde éprouvait le besoin de réconforter cette pauvre idiote de Becky.

Inexplicablement, elle sentit les larmes la prendre à la gorge. Elle s'empressa de boire un peu de bière dans l'espoir de les refouler.

— C'est presque drôle quand on y pense, déclara-t-elle après quelques instants.

Elle n'avait pourtant aucune envie de rire.

— Quoi donc ?

— Eh bien, j'étais là, prête à faire des excuses pour ce qui s'est passé, et Frank est sans doute à Lincoln Park en train de faire la même chose. Il essaie probablement d'expliquer toute cette sordide affaire à sa petite amie en faisant de son mieux pour ne pas me faire passer pour… pour une foutue prédatrice.

Elle inclina la cannette et but une longue lampée.

Peut-être que le mieux à faire était de se soûler. De prendre une bonne vieille cuite…

Évidemment, ses problèmes seraient toujours là au matin. Avec la gueule de bois en prime.

Angel se redressa pour pouvoir la regarder.

— Je ne comprends pas, dit-il. Pourquoi est-ce que tu veux t'excuser ?

Elle s'essuya les lèvres du dos de la main et le gratifia de ce qu'Ozzie appelait son expression « évident, non ? ».

— Heu, pour avoir abusé d'un mec presque inconscient ? Ça te rappelle quelque chose ?

— Oui, la scène est encore très vive dans mon esprit. (Elle sentit le rouge lui monter aux joues.) Mais crois-moi, reprit Angel, il savait très bien ce qu'il faisait. Les antidouleurs avaient fait sauter ses inhibitions, c'est tout.

Becky fit la grimace.

— Ouais, ouais, c'est ce que disent tous les étudiants de fac quand une fille se réveille dans une fraternité et se met à crier au viol. « Sur le moment elle en avait envie, monsieur le juge. Je le jure. »

Il secoua la tête.

— Rien à voir avec ce qui s'est passé entre Boss et toi.

— Qu'est-ce qui te fait dire ça ? demanda Becky. T'étais là pourtant. Trente secondes après m'avoir fourré sa langue au fond de la gorge, il ronflait plus fort qu'un moteur de tronçonneuse. Ça montre bien que c'est moi la coupable, non ? Après tout, moi, j'avais encore tous mes esprits.

Angel but lentement au goulot. Il l'observait de ses yeux étrécis.

— Dis-moi un truc. Qui est-ce qui a initié le baiser ?

— Heu…

— C'était toi ?

Elle pinça les lèvres et se rejoua mentalement la scène pour ce qui devait bien être la millième fois. Frank qui la regardait avec une telle affection et frottait son visage contre sa main, qui levait le bras pour l'attirer à lui…

Elle secoua la tête.

— Non. Ce n'est pas moi qui ai commencé. Je me souviens clairement qu'il m'a attirée à lui, mais…

— Eh ben voilà.

— Quoi ? ça… Qu'est-ce que ça change ? bafouilla-t-elle. Il n'avait pas toute sa tête. J'aurais dû l'arrêter.

— Sur ce point, on est d'accord.

Elle lui tira la langue puis se laissa retomber contre les coussins.

— Ce que je veux dire, c'est que tu ne devrais pas endosser la responsabilité de ce qui s'est passé. Je t'assure que ça fait longtemps que Boss rêve de t'embrasser. Et il a profité de son euphorie passagère due aux médicaments pour le faire.

— Il rêvait de m'embrasser ? Comment tu sais ça ? Il te l'a dit ?

D'accord. Elle n'avait pas du tout l'air désespéré en lui demandant ça. *Calmos, ma fille...*

— Je le sais de la même manière que je sais qu'à chaque fois que tu le regardes, tu l'imagines écraser du pied un verre de vin tandis que tu te tiens sous la houppa.

Hein ?

— Heu, Angel ? Je ne sais pas ce qu'est une houppa, mais je comprends la référence au verre de vin et je ne l'imagine pas du tout en train de faire ça. Déjà parce qu'on n'est pas juifs, ajouta-t-elle dans un marmonnement.

— D'accord, alors disons que tu vois des colombes et des fleurs d'oranger. Là où je veux en venir, c'est que ton rêve façon « ils vécurent heureux et eurent beaucoup d'enfants » se lit sur ton visage.

Becky déglutit et s'enfonça encore un peu plus dans le sofa. Elle avait envie de... disparaître.

— Tu crois qu'il le sait ? demanda-t-elle sans vraiment avoir envie d'entendre la réponse.

— Il serait aveugle de ne pas le voir.

— Ah là là... Quelle cata...

Elle se plaqua une main sur les yeux ; la bière qu'elle avait avalée menaçait de faire le trajet en sens inverse. Angel lui saisit la main et l'obligea à le regarder.

— Ce n'est une cata que si tu laisses pourrir les choses, dit-il. Tu veux un conseil ?

Un conseil ? Mais carrément ! Elle avait besoin de tous les conseils qu'on pourrait lui donner.

— Oublie cette histoire, lui dit Angel. (Voyant qu'elle fronçait les sourcils, il ajouta :) Oublie ce baiser, oublie tes rêves de gamine, oublie-le, *lui*.

Becky poussa un soupir de frustration.

— Ouais, c'est plus facile à dire qu'à faire vu que je bosse avec lui.

— Très bien. Sers-toi de ça.

Elle haussa un sourcil interrogatif.

— C'est un collègue, c'est ça ? C'est toujours une mauvaise idée de nouer une relation avec un collègue. Crois-moi, je parle d'expérience. Et si ça ne suffit pas à te dissuader, rappelle-toi qu'il est engagé avec quelqu'un d'autre. Es-tu prête à endosser le rôle de maîtresse ? Parce que je n'ai pas l'impression que ce soit ton style.

— Bien sûr que non. Mais ça ne peut pas être si sérieux que ça, si ? Cette histoire avec la femme de Lincoln Park ? Je veux dire, il la fréquentait déjà le jour où je l'ai rencontré. Si c'était un truc sérieux, il l'aurait déjà demandée en mariage, tu ne crois pas ?

— Tu es vraiment naïve à ce point ?

Elle laissa échapper un gémissement et ferma les yeux.

— Je sais comme c'est dur de désirer quelqu'un qu'on ne peut pas avoir, dit Angel en la serrant contre son flanc.

En rouvrant les paupières, elle lut une émotion très vive sur son visage.

— Qui était-ce ? demanda-t-elle doucement.

Il se contenta de secouer la tête en guise de réponse.

— Aucune importance, dit-il.

Tu parles. Mais Becky savait reconnaître la manière qu'avaient les mecs de dire « je ne veux pas en parler ». Et elle jugea préférable de ne pas insister. Elle appuya sa tête contre son épaule et ils restèrent là un long moment à boire en silence jusqu'à ce qu'elle finisse par s'exclamer :

— On fait la paire, hein ? Deux idiots d'amoureux transis…

— Alors, quel est le problème avec ton épaule, cette fois ? demanda Shell.

Ils s'étaient installés sur le divan dans le salon et savouraient un deuxième verre de chardonnay devant le petit feu que Frank avait allumé dans la cheminée. Une cheminée qu'il avait personnellement restaurée, brique par brique.

Franklin avait été baigné et mis au lit, son petit ventre plein du bon bœuf stroganoff préparé en l'honneur de Frank.

Tout cela était si familier, si confortable, que la tension que Frank avait ressentie en arrivant commençait à se dissiper. Et, avec l'apaisement de l'anxiété accumulée durant la semaine passée, la douleur dans son épaule revenait sur le devant de la scène.

— En trois mots, répondit-il en se redressant pour alléger un peu la douleur, elle est niquée.

— Chirurgie obligatoire ? demanda-t-elle.

Après toutes ces années, ses grossièretés ne la choquaient même plus.

— Ouais. Pas moyen d'y couper si je veux garder mon boulot.

— Ce sera différent cette fois, dit-elle en lui tapotant gentiment le bras. Maintenant qu'on sait que tu réagis mal à l'anesthésie générale, ton anesthésiologiste fera très attention.

Il répondit d'un simple grognement. L'idée d'être endormi pour passer sur le billard après ce qui s'était produit la fois d'avant lui flanquait une trouille bleue. À choisir, il aurait encore préféré affronter un terroriste équipé d'un lance-roquettes ou un baron de la drogue camé jusqu'aux yeux plutôt qu'un mec masqué armé d'une piquouze.

— Tout se passera bien, lui dit-elle en se penchant pour l'embrasser sur la joue. Tu n'as pas survécu à toutes ces épreuves pour baisser le rideau durant une opération mineure de l'épaule.

Seigneur, faites qu'elle ait raison !

La dernière fois qu'il avait eu peur à ce point, c'était le jour où il s'était réveillé après une opération des amygdales pour découvrir que, un, il était mort sur la table d'opération avant d'être finalement ranimé et, deux, que le stress d'avoir presque perdu son fils était trop pour son père qui s'était empressé de décider qu'il n'était pas fait pour la vie de famille.

Robert Knight avait fait ses valises l'après-midi même.

— Alors, qui tu vas voir ? demanda-t-elle.

Il se figea l'espace d'une seconde avant de comprendre qu'elle parlait de son chirurgien. Shell était commerciale pour l'industrie pharmaceutique et connaissait la plupart des médecins de la ville.

— J'ai rendez-vous avec le Dr Keller dans la matinée.

Elle parut approuver.

— Bien. C'est le meilleur. Avec lui tu seras sur pied et au sommet de ta forme en un rien de temps.

— Merde, j'aimerais que ce soit vrai. Mais j'ai bien peur que le sommet de ma forme ne soit derrière moi depuis longtemps, répondit Frank en riant. Je deviens vieux, Shell. Trop vieux pour ce métier.

— Pas un mot de plus ! s'indigna-t-elle. Parce que si tu deviens vieux, ça veut dire que moi aussi je vieillis, et je refuse absolument d'y croire.

Il lui fit un grand sourire et passa son bras valide autour de ses épaules pour lui embrasser les cheveux. *Hmmm, vanille.* Cette odeur lui rappelait toujours la maison, et elle savait toujours quoi lui dire pour qu'il se sente mieux.

— Je t'aime, tu sais, lui dit-il.

— Ouais, soupira-t-elle en s'appuyant contre lui. Je sais.

Bill faisait les cent pas dans la chambre de son loft au deuxième étage du garage, son téléphone portable à la main, un exemplaire de *Moby Dick* ouvert sur le lit.

Devait-il appeler ou pas ?

Il avait vu les reportages et l'interview qu'elle et sa sœur avaient donnée. Aux yeux de ceux qui ne la connaissaient pas, Eve avait dû paraître posée et imperturbable.

Mais à ses yeux ? Bon sang, elle lui avait semblé au bord du gouffre.

Elle détestait la presse, détestait se retrouver sous les projecteurs, détestait voir sa vie exposée aux yeux du public, sans parler du contre-interrogatoire qu'elle avait sans doute subi de la part de son père…

Et qu'est-ce que ça peut te faire ?

Oui, c'était la question du jour, n'est-ce pas ? Pourquoi ressentait-il le besoin de s'en mêler ?

— Bordel ! jura-t-il.

Il se massa le ventre pour apaiser ses crampes d'estomac puis ouvrit la porte et passa la tête dans le couloir. Il espérait voir de la lumière sous la porte de la chambre de sa sœur mais…

Pas de bol.

Il s'apprêtait à rentrer quand il entendit un échange à voix basse et aperçut l'éclat chaud d'un feu de cheminée dans la salle vidéo.

Filant pieds nus sur le plancher ciré, il s'arrêta brusquement sur le seuil de la pièce, avec une vue imprenable sur le grand canapé et les deux têtes nichées l'une contre l'autre. L'odeur douceâtre de la fumée issue des bûches de pin emplissait la grande salle, accompagnée d'effluves plus terreux d'orge et de houblon.

Qu'est-ce que c'est que ça ? Sa sœur et le mystérieux agent du Mossad en train de boire des bières et de se câliner devant le feu ? Il faudrait lui passer sur le corps !

D'accord, Angel s'était conduit comme un pro durant l'opération, vif, agile et solide comme un roc. À l'inverse de beaucoup trop d'andouilles aux idées étroites du monde des forces spéciales, il avait l'air d'être cultivé et d'avoir beaucoup lu. Par-dessus le marché, il s'était montré prêt à risquer sa vie pour sauver celle de Becky. Mais tout ça ne suffisait pas à en faire le genre d'homme que Bill voulait voir sortir avec sa sœur.

Loin de là.

Parce que Angel et son passé constituaient toujours un gros point d'interrogation. Et s'il y avait une chose dont Bill se méfiait s'agissant de sa sœur, c'était bien les points d'interrogation.

Avant qu'il puisse entrer dans la pièce en exigeant de savoir ce qu'il se passait, la voix d'Angel se fit entendre :

— Joins-toi à nous, Bill.

Le mec n'avait pas tourné la tête, n'avait pas tressailli, n'avait même pas marqué le moindre temps d'arrêt dans la conversation qu'il avait avec Becky.

Waouh. Impressionnant au point que c'en était presque flippant.

Bien sûr, Bill avait l'habitude de travailler avec des hommes flippants. À vrai dire, certains auraient pu le qualifier, lui, de flippant…

Il vint se poster devant eux et plissa les yeux en voyant la main qui reposait sur l'épaule de Becky. Mais au lieu d'agir de manière intelligente et de retirer l'appendice incriminé après avoir déchiffré l'expression éminemment explicite – genre « touche pas à ma sœur » – sur le visage de Bill, Angel se contenta d'un petit sourire en coin.

Oh, t'as des couilles, l'ami. Des couilles énormes et suicidaires.

Bill ressentit une folle envie d'agripper Angel par le col en réclamant de savoir quelles étaient exactement ses intentions envers Becky. Malheureusement, il avait déjà essayé cette manœuvre sur un ou deux des prétendants de sa sœur et en avait payé le prix.

Sa petite sœur était diaboliquement sournoise et terriblement inventive quand il s'agissait de se venger. Et se mêler de ses affaires – en particulier de sa vie sentimentale – appelait systématiquement une vengeance. Dans son esprit en tout cas.

Têtue, orgueilleuse et revancharde qu'elle est !

Il ravala les mots qu'il était prêt à cracher et brandit son téléphone sous le nez de sa sœur.

— Appelle-la.

Elle plissa le nez et le regarda sans comprendre.

— Hein ?

— Appelle Eve. Assure-toi qu'elle va bien.

— Billy, rétorqua Becky en levant les yeux au ciel. Eve est sûrement en train de dormir.

— Non. (Il secoua la tête et agita le téléphone devant elle jusqu'à ce qu'elle lui arrache des mains avec un soupir.) Elle est sûrement en train de ruminer l'interview avec les journalistes et l'interrogatoire que son père lui aura fait subir en se rognant le pouce tellement elle angoisse. Il faut que quelqu'un lui dise qu'elle a fait ce qu'il fallait aujourd'hui en mentant à la presse et à son papa chéri.

— T'as un grain, Billy, dit-elle.

— Ouais, mais j'ai aussi la raison.

Elle le dévisagea pendant une fraction de seconde avant de grommeler un commentaire désagréable à propos de ses origines. Plutôt ironique dans la mesure où elle avait les mêmes ancêtres que lui.

— D'accord, je vais l'appeler. Mais si je la réveille, ce sera à toi de lui faire des excuses.

— Compris.

Il croisa les bras et la regarda composer le numéro en tâchant de ne pas prêter attention aux élancements de son ulcère. Il serait vraiment soulagé de pouvoir se laver les mains de toute cette situation. Peut-être qu'alors il pourrait ranger sa bouteille de Maalox.

— Eve ? dit Becky dans son téléphone. Excuse-moi de te réveiller mais… Oh, t'étais debout ?

Bill la gratifia d'un sourire triomphal qu'elle fit mine de ne pas voir.

— Bon, je voulais juste t'appeler pour voir comment tu allais et…

Elle écouta attentivement pendant un moment puis leva vers son frère un regard étonné.

— Eh bien, mets un pansement dessus pour ne pas être tentée de te le ronger jusqu'à l'os.

Angel, qui écoutait en silence, le bras toujours passé sur les épaules de Becky, haussa un élégant sourcil. Bill choisit de ne pas réagir. C'était ça ou céder à son désir quasi irrépressible de trancher ce fichu bras. La machette qu'il gardait rangée dans sa chambre ferait sans doute très bien l'affaire...

— Non, non, poursuivit sa sœur sur un ton rassurant, t'as été super. Et c'était la bonne chose à faire. Ne vois pas ça comme un mensonge mais plutôt comme l'omission de quelques détails... Ouais, d'accord, compte sur moi. Je t'appelle demain, d'accord ?

Elle coupa la communication et lui rendit son téléphone.

— Ne dis rien, grogna-t-elle en référence au « qu'est-ce que je te disais ! » qu'il avait sur le bout de la langue.

— Pas besoin. Tu sais que c'est vrai.

— Crois ce que tu veux.

Son expression favorite pour mettre fin à un débat qu'elle n'avait aucune chance de remporter.

— Bon, je suis vanné, je vais me coucher, annonça Bill. Tu devrais faire pareil.

Il tendit la main vers Becky tout en dardant un regard lourd de sens à Angel.

— J'irai au lit quand j'aurai fini ma bière, dit Becky en faisant comme si elle n'avait pas vu sa main tendue.

Parfois, son entêtement le rendait dingue. Non, soyons honnêtes : ça le rendait *toujours* dingue.

Et il pouvait difficilement s'asseoir avec eux après avoir dit qu'il était vanné. La manœuvre serait trop grossière et elle se paierait sa tête pendant des jours.

Ça va, tenta-t-il de se convaincre. *C'est une grande fille*.

Il ne put néanmoins s'empêcher de leur décocher un dernier regard inquiet par-dessus son épaule avant de quitter la pièce. Tout ça ne présageait rien de bon.

Son estomac émit un gargouillis d'approbation. Sur le chemin de sa chambre, Bill sortit de la poche de son jean la bouteille « format voyage » de Maalox qu'il avait pris l'habitude d'emporter avec lui.

Ce n'était pas encore ce soir qu'il décrocherait.

10

Il était presque deux heures du matin quand Frank hissa sa carcasse fatiguée sur les marches menant aux lofts et aux espaces communs du deuxième étage du garage.

Le murmure de l'écran géant et les crépitements du feu indiquaient qu'il restait encore quelqu'un dans la salle vidéo, ce qui n'avait rien d'étonnant étant donné les plannings complètement délirants des habitants des lieux.

Frank n'aurait d'ailleurs pas su dire pourquoi, arrivé sur le palier, il tourna à droite en direction de la salle vidéo plutôt que vers les chambres sur la gauche.

Son sixième sens, peut-être ? Ou une intuition venue d'en haut ?

Sans doute.

Parce que la scène qui l'accueillit lorsqu'il arriva au niveau du sofa constituait plus ou moins le coup de pied au cul dont il avait besoin pour se remettre les idées d'aplomb.

Tout devenait parfaitement clair à présent.

Le regard de tueur d'Angel sur le *Patton* quand il avait déclaré être prêt à donner sa vie pour Becky. Le grondement dans sa voix lorsqu'il avait affirmé que Frank n'était pas l'homme qu'il lui fallait. Le bras possessif qu'il avait enroulé autour de ses épaules durant les dernières heures du vol entre Israël et les États-Unis…

Ce même bras qui la tenait à présent par les épaules, ses doigts effleurant quasiment la courbe douce et ronde de son sein gauche.

Cette vision ébranla Frank comme un coup de tonnerre. Il n'aurait su dire s'il était simplement stupéfait ou bouillant de jalousie.

La première option, songea-t-il pour se rassurer. Mais l'onde de chaleur qui remonta le long de sa nuque jusqu'à enflammer ses lobes d'oreilles prouvait qu'il s'agissait d'un gros mensonge.

Génial. Lui qui se sentait déjà un parfait connard pour un paquet de raisons allait à présent pouvoir ajouter *salopard jaloux* à la liste.

Un grognement prit naissance dans sa poitrine, mais il le réprima de crainte de tirer les deux adorables tourtereaux – *je vais vomir !* – de leur sommeil réparateur. Angel avait appuyé sa tête sur les coussins du canapé, celle de Becky étant nichée sous son menton rasé de frais. Cacahuète était blotti contre eux et ronronnait tranquillement.

La scène avait quelque chose d'idyllique, de très… logique. Ils étaient tous les deux si jeunes et si beaux.

À l'inverse, quand Frank l'avait embrassée, ça ressemblait sûrement à une version moderne de *La Belle et la Bête*. Donc, ouais, ce qu'il avait sous les yeux rentrait davantage dans l'ordre des choses.

Bon sang, il s'était vraiment comporté comme un idiot, et même un idiot aveugle. Parce qu'il n'avait rien vu venir.

Bien sûr, depuis l'arrivée d'Angel, il les avait aperçus une ou deux fois en train de discuter en tête à tête. Mais Becky passait son temps à blaguer avec tous les gars. Elle les traitait comme des membres de sa famille. Frank ne s'était donc étonné de rien.

Ou peut-être qu'il s'était tellement persuadé qu'elle l'adorait qu'il n'avait pas su voir les signes du report de son affection vers quelqu'un d'autre.

Bordel ! C'était ça. Forcément.

Et ce n'était pas du désir qu'il avait vu briller dans ses yeux après les événements de l'infirmerie. C'était de l'humiliation et sans doute un peu de culpabilité parce que… ouais, elle lui avait rendu son baiser.

Il se rappelait très clairement cette partie-là.

Alors… pourquoi lui avait-elle rendu ce baiser ?

Par curiosité, sans doute. Par besoin de se prouver une bonne fois pour toutes qu'il n'était vraiment pas celui qu'elle désirait.

Et voilà. Saloperie de merde de bordel à queue. C'était fait.

Et tandis qu'il était là, devant cette image du couple idéal, son épaule se mit à l'élancer comme jamais et il sentit sur ses épaules le poids de chacune de ses trente-neuf années.

C'est comme ça que ça devait se passer, se dit-il en frottant machinalement le bandage autour de son épaule.

Après tout, il ne pouvait pas lui offrir ce dont elle avait envie ou besoin. Agir ainsi reviendrait à trahir Shell. Il aurait encore préféré se couper ce foutu bras à la con.

Donc, d'accord. C'était bon. C'était bien.

Mais alors pourquoi est-ce que tu te sens si mal ?

— Je peux faire quelque chose pour toi, Boss ?

La voix d'Angel le fit sursauter, d'autant plus que le mec n'avait pas ouvert les yeux ni modifié le rythme lent de sa respiration. Il semblait aussi profondément endormi qu'au moment où Frank était entré dans la pièce.

Flippant.

— Non, répondit-il.

Intérieurement, il avait plutôt envie de hurler : « Ouais, tu peux retirer tes sales pattes de ma copine ! » Mais c'était bien là tout le problème, non ? Becky ne pourrait jamais être à lui.

— Je venais voir qui était encore debout, dit-il simplement.

— Rien que toi et moi, on dirait.

Angel avait redressé la tête pour jeter un coup d'œil à Becky qui, tout adorable qu'elle était, bavait comme une bienheureuse sur son tee-shirt. Il sourit à cette vue puis leva vers Frank un regard où brillait une lueur de défi.

Ouh, il est couillu, le bougre. Frank serra les poings afin de ne pas être tenté de s'en servir pour débarrasser sans ménagement Angel de son petit air suffisant.

— Elle a traversé des moments difficiles, dit-il. Elle devrait être au lit.

— Je veillerai à ce qu'elle y aille, promit Angel sur un ton lourd de sous-entendus.

— Super, parvint à grommeler Frank avant de faire demi-tour et de quitter les lieux d'une démarche pesante.

Ouais, super. Vraiment… génial !

Il claqua la porte de sa chambre et entreprit de passer son tee-shirt par-dessus sa tête avant de se souvenir de cette satanée écharpe, des bandages et…

Putain de m…

Il se laissa tomber sur le lit et martela le matelas à coups de poing tandis que la douleur, la frustration et… la jalousie – oui, c'était clairement de la jalousie – se répandaient en lui tel un feu de forêt attisé par le vent. Les murs auraient sans doute fait une cible plus appropriée pour passer sa colère. Mais ils étaient en brique et épais de presque un mètre ; l'identité du vainqueur de ce petit duel n'aurait pas fait de doute.

Les mouvements répétés de son épaule ne tardèrent pas à déclencher une douleur lancinante qui le poignarda tel un couteau chauffé au rouge. Alors seulement il cessa de se la jouer Mohamed Ali contre son lit et releva la tête pour contempler sans vraiment le voir le mur de brique rouge en face de lui et la superbe peinture de la ligne des toits du Chicago nocturne.

Cette femme avait tellement de talent.

Bien que Becky ne peigne habituellement pas de paysages – elle préférait les portraits et les toiles abstraites – elle était parvenue à capter l'éclat et la vitalité de la ville. Au point que Frank avait presque l'impression d'entendre résonner les feux d'artifice au-dessus de la jetée de Navy Pier, de sentir le vent venu du lac Michigan, de goûter les arômes à la fois sucrés et salés du pop-corn de chez Garrett.

Il ne s'était pas douté qu'elle l'avait vu s'attarder devant une photo représentant la même ligne des toits un jour où leur petite bande s'était rendue à la foire d'art contemporain à Old Town. Il n'avait rien vu venir jusqu'à ce que, deux mois plus tard, elle lui remette cette toile qui reproduisait fidèlement la photo en question.

C'était son trente-septième anniversaire et il avait compris ce jour-là que ce qu'elle ressentait pour lui allait au-delà de la relation patron-employée. Et, que Dieu lui vienne en aide, il s'en était à la fois inquiété et réjoui. Inquiété parce que jamais il ne pourrait se permettre de donner prise au désir qu'il lisait parfois dans les yeux de Becky. Réjoui parce qu'elle était tellement belle et intelligente, tellement... *putain*... merveilleuse, qu'il était impossible de ne pas se sentir honoré d'être l'objet de son affection.

Et maintenant son affection s'était tournée vers un autre homme et...

Bordel de merde !

Mais ça devait bien finir par arriver, non ?

Il ne pouvait pas s'attendre à ce qu'elle sème éternellement les graines de son amour sur une terre aussi inhospitalière, n'est-ce pas ? Non. Il était inévitable qu'elle finisse par déménager vers des pâturages plus accueillants.

Et Angel, le salaud, semblait accueillant comme pas deux.

Frank donna un dernier coup de poing dans le matelas avant de se laisser retomber dessus, le regard perdu parmi les canalisations argentées qui zigzaguaient en travers du plafond en bois massif.

Il n'y avait que deux règles qu'il considérait comme inattaquables, absolument inviolables.

La première était qu'on n'abandonnait jamais un homme sur le terrain ; la seconde qu'on ne volait pas la femme d'un autre.

Et il était clair que la règle numéro deux s'appliquait à présent pleinement.

Au moment où il s'y attendait le moins, pendant qu'il regardait ailleurs, Becky était devenue la femme d'Angel.

Donc ça y est, pensa-t-il en repliant son bras valide par-dessus ses yeux. *Enfin, c'est terminé.*

Et, bon sang, ça faisait mille fois plus mal qu'il ne l'avait imaginé.

Qui est-elle ?

Telle était la question qui résonnait dans l'esprit de Becky quand elle se réveilla, seule, sur le sofa de la salle vidéo. Cacahuète était lové contre elle et il ne restait du feu que quelques braises orangées dans l'âtre.

Qui est la femme à qui Frank rend visite en toute discrétion ?

Ce ne pouvait pas être sa femme car tous les Navy SEAL avaient obligation de faire connaître l'identité de leurs proches et de leurs conjoints au JSOC, le commandement coordonnant les forces spéciales des différentes branches de l'armée américaine. Un moyen pour le gouvernement de garder un œil sur ses agents et leurs familles, mais aussi de préserver la sécurité desdites familles.

Et Becky avait vu le dossier SEAL de Frank.

Pas d'épouse. Pas de fiancée. Pas même de petite amie sérieuse qui soit portée au dossier.

Et, oui, elle serait sans doute dans de très sales draps si quelqu'un découvrait un jour qu'elle avait longuement consulté ces documents hautement confidentiels. Mais grâce à Ozzie – qui lui avait montré un accès secret au sein du réseau du JSOC en échange d'un cours sur la conception et la fabrication d'un réservoir d'essence – elle avait pu entrer et ressortir sans que personne n'en sache rien.

Becky avait brièvement envisagé la possibilité que la femme de Lincoln Park – qu'elle avait pris l'habitude de surnommer « Marie Couchetoila » – soit une rencontre récente. Mais elle avait rapidement écarté l'idée car, si sa mémoire était juste, à peine Frank et ses gars avaient-ils acheté l'usine croulante et pleine de rats qui deviendrait Black Knights Inc. que Frank avait commencé à faire ses petits trajets discrets vers le nord de la ville. Ce qui voulait dire que cette femme jouait déjà un rôle important dans sa vie avant Black Knights Inc. et qu'elle aurait dû apparaître dans son dossier. À moins, bien sûr, que ce ne soit qu'un flirt. Un flirt qu'il fréquentait à présent depuis plus de quatre ans…

Alors pourquoi ne se fiançait-il pas ? Pourquoi ne parlait-il pas d'elle ? Pouvait-il s'agir d'une simple copine de couette ?

C'était ce qui paraissait le plus logique.

Ouais, maintenant qu'elle y pensait, Mlle Couchetoila devait être celle à qui Frank rendait une petite visite dès que sa libido débordait un peu. Mais bon sang, pourquoi fallait-il que ce gros malin fasse tout le trajet jusqu'à Lincoln Park quand elle, Becky Reichert, était déjà sur place, disponible et désireuse d'occuper ce rôle dans sa vie ?

Si tout ce qu'il voulait était un petit graissage de piston, elle disposait d'un port A qui serait plus que ravi d'accueillir sa prise B à l'occasion. Après quoi, peut-être qu'ils pourraient…

— Ah, tu es réveillée. Bien.

Frank s'approcha du sofa, une tasse de café fumante dans une main et une Dum Dum à la pastèque dans l'autre. Il lui tendit les deux.

— Merci.

Elle accepta avec joie et ne put s'empêcher de noter qu'il lui apportait son petit déjeuner habituel, au lit pour ne rien gâcher… Enfin, sur le canapé, en tout cas.

Bref.

En tout cas, il était clair que s'il n'aimait pas se retrouver pris dans des liens interpersonnels compliqués, il connaissait fort bien les habitudes de Becky. Alors, que cela lui plaise ou non – et elle était certaine qu'il aurait préféré le « non » – il existait bel et bien un lien entre eux.

Un lien malheureusement beaucoup moins resserré qu'elle ne l'aurait voulu.

— Quoi de neuf ? demanda-t-elle.

Elle but une gorgée de café brûlant et retira l'emballage de sa sucette.

— On vient de recevoir une nouvelle commande de l'un des joueurs de l'équipe des Blackhawks[1]. Il voudrait un chopper Black Knights Inc. à mettre aux enchères pour un gala de charité qu'il sponsorise.

Il lui tendit le mémo contenant tous les détails. Les affaires reprenaient, retour à la routine. Circulez, y a rien à voir.

Génial. Super-méga-génial.

Cela dit, aurait-elle dû s'attendre à autre chose ?

— Mais… heu… tu n'as… Je veux dire que si tu n'es… si t'es pas prête…

Il prit une profonde inspiration, se gratta le menton et marmonna un juron en contemplant l'extrémité éraflée de ses bottes de motard comme s'il espérait y lire les plus grands secrets de l'univers.

D'accord, donc peut-être qu'on n'était pas retombé dans la routine habituelle parce que cet homme qui hésitait et bredouillait n'avait rien à voir avec le

1. Célèbre équipe de hockey de Chicago. (*N.d.T.*)

Frank Knight impérieux, directif et bosseur qu'elle connaissait depuis plus de trois ans.

Relevant la tête vers lui, Becky ne put que constater à quel point sa mâchoire carrée était crispée. Elle frotta ses yeux encore ensommeillés pour mieux voir l'homme qui se tenait devant elle.

— Quoi ? demanda-t-elle sans cesser de mâchonner sa sucette. Si je suis pas prête pour quoi ?

— Pour travailler, répondit-il en la dévisageant. Si tu as besoin de temps pour aller voir un médecin ou des spécialistes ou… Putain, j'en sais rien. Mais si t'as besoin de temps pour…

— Voir un médecin pour quoi ?

— Pour… pour…

Elle vit la pomme d'Adam de Frank osciller sous la peau de son cou épais.

— Pour tout ce qui t'est arrivé pendant que tu étais prise en otage par ces putains de pirates.

Elle redressa le menton et haussa les sourcils puis retira la sucette de sa bouche.

— Et qu'est-ce que tu crois qu'il s'est passé au juste pendant que j'étais prise en otage par ces putains de pirates ?

— Je ne sais pas, grommela-t-il en se frottant le torse comme si son palpitant lui faisait mal. Et ça me tue de ne pas savoir, mais j'ai peur que savoir soit encore pire. Parce que la seule idée de…

Elle leva une main pour l'arrêter. L'inquiétude qu'elle lisait dans son regard féroce lui réchauffait le cœur.

— Frank, dit-elle. Il ne s'est rien passé. Je n'ai pas été battue. Je n'ai pas été violée.

Elle le vit fermer les paupières et inspirer à fond.

— Le pire dont j'ai souffert durant ces six jours sur le *Serendipity*, c'est un coup de soleil pas trop méchant et une certaine angoisse.

Il ouvrit immédiatement les yeux et la dévisagea.

— Tu as besoin de parler à quelqu'un à propos de cette, heu, angoisse ? À un professionnel, je veux dire, s'empressa-t-il d'ajouter.

— Non. En tout cas, je ne crois pas, précisa-t-elle devant son regard sceptique. Je ne me sens pas traumatisée par la prise d'otage. Vraiment. Je savais que si je parvenais à maintenir le bateau en mer, toi et les gars finiriez par venir me chercher. J'en étais certaine. Et c'est cette certitude qui m'a permis de ne pas être terrorisée. Donc je ne crois pas souffrir de stress post-traumatique ou quoi que ce soit du même genre. Rien d'aussi sérieux. En fait, je me sens plutôt bien. Je me sentirais mieux si Sharif était en prison, mais…

Elle haussa les épaules.

— T'en fais pas pour ça. Interpol lui mettra le grappin dessus. Et s'ils échouent… eh bien disons que les gars et moi, on fera en sorte que cette histoire se termine comme il se doit. Même si on est obligés de passer les déserts de la Somalie au peigne fin, on le retrouvera et on veillera à ce qu'il soit traduit en justice.

— T'inquiète, Frank, répondit-elle à mi-voix. Je sais que je peux compter sur vous.

S'il y avait une chose pour laquelle les Black Knights étaient doués, c'était protéger les leurs. Ses gars resteraient vigilants jusqu'au moment où elle serait définitivement en sécurité et que Sharif ne représenterait plus la moindre menace. Ce lien d'entraide, la certitude qu'il y aurait toujours quelqu'un pour la secourir, était incroyablement précieux aux yeux de Becky.

C'était ce qui lui avait donné le courage et la force de continuer.

— Et puisqu'on évoque les trucs qui se sont passés sur l'océan Indien, je pense qu'on devrait parler de ce petit incident dans l'inf…

Frank l'interrompit d'un geste de la main. Son menton mal rasé s'était très nettement crispé.

— Laisse tomber, gronda-t-il.

— Mais…

— Et puisque tu te sens prête à te remettre au boulot, la date du gala de charité du mec des Blackhawks est dans deux mois. Ça te laissera largement le temps de concevoir et fabriquer la moto puis de réaliser la peinture et les chromes.

D'accord, donc apparemment toute discussion à propos de ce qu'il s'était passé sur le *Patton* était strictement prohibée.

C'était bien noté. Et totalement frustrant.

Deux jours plus tard…

Porté par une vague, Sharif put apercevoir un littoral doré parsemé d'une multitude de hautes structures verticales blanches. Dans le port visible au loin, les formes squelettiques des grues paraissaient minuscules à côté des coques gris acier des nombreux cargos.

Il s'agissait d'un port d'envergure et la cité qu'on devinait au-delà des quais animés paraissait plus vaste encore.

Un homme sain d'esprit aurait poussé des cris de joie, mais Sharif ne ressentait nulle allégresse. Parce qu'il craignait de ne plus être sain d'esprit. Parce qu'il ne pouvait plus se fier à ses propres yeux. Parce que ce spectacle pouvait très bien être un mirage.

Une hallucination.

Après tout, il avait bien eu le matin même une conversation avec sa mère décédée…

Sauf qu'elle paraissait bien vivante. Ce matin-là, elle était debout à la barre, vêtue d'une magnifique *guntino*, le regard braqué sur les voiles blanches et tendues.

— On t'a détourné du droit chemin, mon fils, avait-elle dit d'une voix douce.

Il était en train de lui expliquer à quel point les choses avaient changé depuis sa mort, la façon dont il s'était retrouvé piégé dans sa situation actuelle, lorsqu'elle s'était brusquement évanouie, disparaissant dans le néant à la manière du chat du Cheshire d'Alice. À ceci près qu'aucun sourire n'avait persisté dans le vent chaud. Il ne restait que ses paroles de condamnation subtile…

Donc non, il n'accordait aucun crédit à la vision qui s'étalait sous ses yeux. Il se contenta de passer la langue sur ses lèvres craquelées et de mettre le cap sur l'horizon en attendant que tout cela disparaisse.

Sauf que rien ne disparut.

Un bateau à moteur le dépassa à toute vitesse, projetant des embruns salés et agitant des algues d'un vert vif dans son sillage.

Il ne s'agissait pas d'une hallucination. Même son cerveau saisi par la fièvre n'aurait pas pu créer de tels détails.

Sa progression était si lente, cependant, qu'il eut l'impression que des années entières s'écoulaient tandis qu'il se rapprochait d'un immense cargo pénétrant pesamment dans le port. Un homme debout sur le pont du navire agita les bras et lui cria quelque chose.

Sharif ne parlait pas le swahili, mais il en connaissait assez pour comprendre que l'homme lui disait qu'il n'aurait pas dû naviguer dans ces eaux. Quelque chose à propos d'espace réservé aux navires marchands.

Sharif tenta de l'interpeller, mais seul un croassement étranglé émana de sa gorge parcheminée. Il brandit donc sa main blessée, désormais noire et gonflée sous l'effet de l'infection, et ne parvint qu'à murmurer un mot en anglais, « hôpital », avant qu'un rideau d'obscurité s'abatte sur le monde.

— Interpol a besoin d'un portrait-robot de Sharif.

Ce nom, et les souvenirs qui y étaient associés, firent frissonner Becky comme si elle venait de s'asseoir dans un seau d'eau glacée. S'écartant de l'ordinateur dont elle se servait pour concevoir la future moto du joueur des Blackhawks, elle se tourna vers le visage soucieux de Frank.

— Tu crois pouvoir t'en charger ? demanda-t-il d'une voix douce.

Elle fit une grimace et agita la main en direction des caricatures des Black Knights qu'elle avait peintes sur les grands murs de l'atelier. Hautes de cinq mètres, toutes étaient uniques et riches en détails, en plus d'être extrêmement fidèles aux hommes qu'elles représentaient.

— À ton avis ? demanda-t-elle.

— Je ne te demande pas si tu serais capable de bien le *dessiner*.

Frank fronça les sourcils et fit mine de croiser les bras avant de se rappeler que l'un d'eux était en écharpe. Ça faisait plusieurs jours qu'il aurait dû se faire opérer mais, pour une raison inconnue de Becky, il semblait repousser sans cesse l'inévitable. *Gros balourd têtu qu'il est.*

— Je veux savoir si tu es prête, émotionnellement parlant, à revoir ce visage.

Émotionnellement prête ? Heu, non. Elle aurait volontiers passé le reste de sa vie sans poser les yeux sur la sale gueule de Sharif. Mais elle n'était pas du genre à lâcher l'affaire en jouant les victimes blessées alors qu'on lui offrait la possibilité d'aider à mettre ce salopard derrière les barreaux.

— Et les photos de surveillance que vous avez prises de nous sur le voilier ? Il n'y en a pas où on voit son visage ?

— Non. Les drones n'ont pris qu'un aperçu de son profil et l'arrière de son crâne. Insuffisant pour alimenter les logiciels de reconnaissance faciale. Et parmi le petit million de Sharif qu'il y a dans le monde, figure-toi qu'une centaine environ ont bossé comme interprètes pour l'ONU. Les gens d'Interpol aimeraient beaucoup savoir après quel Sharif ils courent.

— Ouais, d'accord.

Elle hocha la tête et se prépara mentalement non seulement à *revoir* ce visage malfaisant mais à le *reconstruire* personnellement. D'une certaine façon, c'était pire, plus… intime.

— J'imagine que personne n'a rien signalé du côté des ports ?

Frank secoua la tête ; le regret et la frustration se lisaient clairement sur ses traits.

Ouais, elle-même avait son lot de regrets et de frustrations. Regret de n'avoir pas planté le poignard en plein dans le cœur noir de Sharif quand elle en avait l'occasion. Frustration de le savoir en liberté, quelque part là-dehors.

À cette idée, un frisson d'inquiétude lui parcourut l'échine, mais elle refusa d'y céder. Avec la mobilisation des ressources du gouvernement américain et de la communauté internationale, Sharif finirait pas se faire prendre.

Cela dit, il avait fallu presque dix ans pour retrouver Oussama ben Laden, donc Becky faisait peut-être preuve d'un excès d'optimisme.

Enfin bref. Elle ne voulait pas s'appesantir là-dessus. Pas maintenant. Surtout qu'elle avait besoin de déballer ce qu'elle avait sur le cœur à propos de Frank. Et, ô miracle, il était là. Elle était là. Et pour la première fois depuis deux longues journées, ils étaient seuls.

— Frank, murmura-t-elle, je sais que tu m'as dit d'oublier tout ça, mais je ne peux pas m'empêcher de remarquer cette… cette tension entre nous. Et je… je voulais juste te dire…

— Bon, tu peux faire ce foutu portrait-robot ou pas ?

Tous les poils de Becky se hérissèrent sous l'effet de la colère.

— Oui ! siffla-t-elle, menton pointé vers lui. Je vais te le faire ton putain de portrait-robot !

Espèce de gros couillon !

— Bien.

Il hocha la tête puis tourna les talons et sortit d'un pas lourd.

Oh, quel type insupportable, celui-là…

Comment elle pouvait continuer à le désirer, à l'aimer, après la façon dont il l'avait traitée ces derniers jours constituait un mystère total.

Elle était maso. C'était la seule réponse possible.

11

Une porte venait de s'ouvrir plus loin dans le couloir avec un grincement caractéristique. Becky était levée. Frank attrapa sa montre de plongée sur la table de nuit et jeta un coup d'œil au cadran luminescent. Trois heures du matin.

Qu'est-ce qu'elle fichait debout à cette heure ?

Il craignait bien d'avoir la réponse à cette question. Une réponse dont le nom commençait par A et finissait par L…

Bordel !

Il se plaqua le bras sur les yeux en tâchant de ne pas imaginer Becky avec Angel.

Impossible.

Depuis la nuit où il les avait surpris blottis l'un contre l'autre sur le canapé, c'était le seul truc qu'il voyait dès qu'il fermait les yeux : Becky dans les bras de ce foutu agent du Mossad. De quoi lui donner envie de piquer le Maalox que Bill avait pris l'habitude de trimballer avec lui.

Bon, d'accord, Angel ne l'avait pas mise dans son lit ce soir-là, car elle était toujours étendue sur le canapé le lendemain matin. Un miracle pour lequel

Frank avait failli tomber à genoux en louant le Seigneur. Mais ça ne voulait pas dire qu'ils n'étaient pas en train de jouer à la bête à deux dos en cet instant même.

Beurk ! Rien que l'idée lui donnait envie de vomir.

Sur le point de se boucher les oreilles pour ne pas entendre s'ouvrir la porte d'Angel, il se redressa brusquement sur son lit. Son oreille avait capté le « tchic-tchic » étouffé d'une balle glissant dans la chambre d'une arme automatique.

C'est quoi ce délire ?

Il repoussa les couvertures et fonça jusqu'à la porte. Ouvrant le panneau avec précaution, il se retrouva nez à nez avec le regard paniqué de Becky et le canon d'un pistolet compact Springfield XD-9.

— Houlà !

Il leva instinctivement les mains en l'air et grimaça quand son épaule blessée se rappela à son bon souvenir.

— Il est là, chuchota Becky d'une voix rauque.

Elle pivota sur elle-même pour braquer son arme vers le fond du couloir plongé dans l'ombre.

— Il a réussi à s'introduire dans la base et…

— De qui tu parles, Becky ?

— Sharif ! siffla-t-elle. Il a tué Toran dans la guérite et maintenant il est là et…

Elle fit soudain volte-face et faillit bien vider son chargeur sur le pauvre Cacahuète qui avait eu la mauvaise idée de quitter le lit de Becky pour s'aventurer dans le couloir.

— Oh, mon Dieu, Cacahuète ! J'ai failli t'expédier au paradis des chats ! s'exclama-t-elle.

Dans le même mouvement, elle se retourna et brandit de nouveau son arme vers le corridor obscur.

Puis elle s'avança lentement en direction de l'escalier.

— Becky, je vais te demander de…

— Où est ton arme, Frank ? Il te faut une arme !

Des accents d'hystérie tiraient sa voix vers les aigus. Frank comprit ce qu'il se passait.

Il avait déjà vu ça auparavant. Des hommes fraîchement revenus du terrain qui semblaient aller bien et partaient se coucher une nuit pour se réveiller d'un cauchemar tellement intense qu'ils étaient incapables de distinguer la réalité du fruit de l'imagination de leur cerveau surmené.

— Becky, dit-il d'une voix calme, tu as fait un cauchemar. Sharif n'est pas ici. Il n'est pas entré chez nous. Toran va bien, il est toujours…

Il comprit à ses yeux écarquillés qu'elle ne le croyait pas.

— Viens avec moi, dit-il.

Il posa doucement la main sur son épaule et la guida lentement dans les escaliers jusqu'à la rangée d'ordinateurs au même étage que les bureaux. Durant tout le trajet, Becky ne relâcha pas sa prise sur son pistolet et continua de scruter les alentours, canon pointé devant elle, tel un commando bien entraîné.

— Regarde.

Il désigna l'écran qui montrait Toran en poste dans la guérite. Le garde mangeait un donut à la confiture en sirotant du café dans son thermos vert pâle. On ne pouvait plus vivant.

— Mais je… je l'ai vu… Je pense, je… Oh, mon Dieu.

Elle secoua lentement la tête puis ravala sa salive et posa précautionneusement son arme sur la table de réunion.

Il sentit ce qui allait suivre. Elle rentra la tête dans les épaules et sa lèvre inférieure se mit à trembler. Et puis le cœur de dur à cuire de Frank se fendit en voyant l'implacable Rebelle Reichert fondre en larmes. Non. Pas de simples larmes. C'était des sanglots violents, hachés, qui vous retournaient l'estomac.

— Je dois devenir dingue, gémit-elle en se cachant le visage dans ses mains. J'étais tellement certaine…

Elle ne termina pas sa phrase. C'était inutile. Il savait exactement ce qu'elle traversait.

— Je sais, murmura-t-il.

Il la serra contre lui, et tant pis pour les protestations de son épaule en vrac. Tant pis pour la promesse qu'il s'était faite de ne plus la toucher.

— Je sais, répéta-t-il en l'escortant dans les escaliers jusqu'à la salle vidéo.

Il s'assit sur le canapé, la prit sur ses genoux et lui caressa les cheveux en la laissant se vider de ses larmes. Il dut faire appel à toute sa volonté pour ne pas sécher de ses lèvres chacune de ses larmes, mais il se contenta de plonger le nez dans sa chevelure blonde et de respirer son odeur propre et douce.

— Je me croyais plus forte que ça, chuchota-t-elle dans son cou un peu plus tard.

Il fit de son mieux pour ignorer son souffle chaud contre sa peau.

Sans succès.

Pire encore, son superbe derrière recouvert d'un simple boxer était planté au-dessus de son membre qui, en réaction, entonnait un vibrant alléluia.

Bon Dieu, il se comportait comme un vrai dépravé. Elle était là, effondrée, et lui ne pensait qu'à la déshabiller pour plonger au plus profond de sa moiteur féminine.

— Tu es forte, lui affirma-t-il.

Il rajusta sa position afin qu'elle ne sente pas son pénis qui, éternel optimiste, pulsait en rythme avec son cœur battant.

— C'est normal d'avoir des cauchemars après une situation de ce genre. Surtout que le dossier n'est pas clos. Pas encore, s'empressa-t-il d'ajouter.

Elle renifla et s'inclina en arrière pour le regarder.

— Je pense que c'est parce que j'ai fait son portrait cet après-midi. Revoir son visage… Ça a ravivé tous mes souvenirs.

Elle était toute dépeignée, ses yeux étaient gonflés et injectés de sang, et sa joue toujours bleuie par les hématomes, et c'était la plus belle femme qu'il ait jamais vue.

— Je comprends, dit-il. Mais rappelle-toi que tu es chez toi maintenant. Tu es en sécurité.

Et il ferait tout pour qu'elle le reste.

Après avoir respiré un grand coup, elle hocha la tête et descendit précautionneusement de ses genoux.

La chaleur de son contact manqua immédiatement à Frank.

Becky se roula en boule à l'extrémité du sofa et glissa ses pieds nus et froids sous la cuisse de Frank. Puis elle poussa un soupir quand il la recouvrit à l'aide du jeté en laine posé sur le dossier du canapé.

— Tu veux bien rester avec moi jusqu'à ce que je m'endorme ? demanda-t-elle en étouffant un énorme bâillement.

À présent que le flot d'adrénaline dans ses veines s'était tari, l'extinction des feux n'allait pas tarder.

— Bien sûr, dit-il.

Il lui prit un pied et le frotta pour le réchauffer.

Becky avait les plus jolis pieds du monde. Longs et fins avec des orteils toujours décorés de vernis délirants, cela grâce à sa « pédi » hebdomadaire, comme elle aimait l'appeler.

Cette femme était un fichu paradoxe. Malgré ses airs durs et son côté garçon manqué, il suffisait parfois d'un rien pour qu'elle lui apparaisse comme la créature la plus douce, la plus gentille et la plus féminine sur laquelle il ait un jour posé le regard.

Alors qu'elle se mettait discrètement à ronfler, Frank sourit. Un sourire qui, à la faveur de l'obscurité, se changea en grimace à l'idée de ce qu'il allait absolument devoir faire.

Impossible de retarder plus longtemps l'échéance. Il devait se faire opérer.

Il s'était dit que peut-être… Mais non. S'il voulait pouvoir protéger Becky et continuer de faire son travail, il devrait avoir l'usage de ses deux bras.

Depuis qu'il était ressorti du cabinet du Dr Keller avec l'assurance que tout se passerait bien, qu'ils feraient très attention au dosage durant l'anesthésie générale et contrôleraient de près ses signes vitaux, il n'avait pas pu se débarrasser de la conviction que cette opération se terminerait par une poignée de main avec la Grande Faucheuse.

Il aurait voulu mettre ça sur le compte de sa parano, mais une part grandissante de lui-même commençait vraiment à croire qu'il s'agissait plutôt d'une prémonition. D'un autre côté, Shell lui assurait qu'il se faisait peur pour rien et, ouais, lorsqu'il prenait du recul pour examiner rationnellement la situation, il était bien obligé d'être d'accord.

Bref, il était temps de cesser d'agir comme un trouillard et de se comporter comme le guerrier aux couilles d'acier qu'il était. Ses hommes avaient besoin de lui. Becky avait besoin de lui. Et s'il y avait une chance pour qu'il retrouve le plein usage de ses capacités...

Il appellerait le cabinet du Dr Keller dans la matinée.

La douleur dans sa main était de retour, aussi vive et lancinante qu'au moment où la salope l'avait transpercée de son couteau.

— Haaaaa... gémit-il.

Il n'avait pas envie de se réveiller tout à fait, de peur qu'en ouvrant les yeux il ne découvre qu'un ciel bleu sans nuages et l'océan mouvant et lumineux à perte de vue.

— Réveillez-vous ! ordonna une voix dans un anglais à l'accent marqué.

Sharif cligna plusieurs fois les paupières et dévisagea, l'esprit encore confus, l'inconnu penché sur lui. Il grimaça quand quelque chose se resserra douloureusement autour de son bras, puis ravala un sanglot de soulagement en comprenant qu'il s'agissait d'un tensiomètre.

— Comment vous appelez-vous ? demanda l'homme aux traits sombres.

Il avait l'air d'un médecin. Le stéthoscope, la blouse blanche et l'expression sévère correspondaient au personnage.

Sharif tourna la tête, et la pièce dans laquelle il se trouvait lui apparut plus clairement. Murs blancs, carrelage blanc et une porte métallique bleue sur laquelle était fixé un support pour dossiers.

C'était un hôpital. Il était dans un *hôpital*. Il avait réussi ! Il était vivant !

Il aurait voulu pousser un grand cri de joie, mais un éclair de souffrance dans sa main lui arracha plutôt un gémissement de douleur.

— Comment vous appelez-vous ? répéta le docteur en somali.

Mais Sharif ne put que secouer la tête en se mordant la lèvre pour supporter le mal brûlant qui remontait dans son bras. Malgré la fraîcheur qui régnait dans la pièce climatisée, des gouttes de sueur apparurent sur son front et sa lèvre supérieure.

— D'accord, dit le docteur, ne vous fatiguez pas. Nous répondrons plus tard à toutes ces questions. Comme de savoir qui vous êtes et pourquoi vous pilotiez un bateau déclaré comme ayant été détourné il y a presque deux semaines.

Sharif rouvrit les yeux pour observer les traits durs du médecin. Son corps fut parcouru par un frisson glacé qui gela momentanément la transpiration sur sa peau et les battements de son cœur.

Le médecin savait ce qu'il était ou, plus précisément, ce qu'il était devenu. Un pirate. Ce qui signifiait qu'il allait au-devant de gros, gros ennuis.

— Où suis-je ? parvint-il à articuler.

Le docteur eut un petit sourire et déroula le stéthoscope autour de son cou.

— Ah. Donc vous comprenez ce que je dis.

Sharif déglutit. Sa gorge était affreusement sèche, comme s'il avait passé une semaine à manger des morceaux de coton.

— Vous êtes à Mombasa au Kenya, expliqua le médecin.

Il enfila son stéthoscope et appliqua le rond froid du diaphragme au-dessus du cœur battant de Sharif.

— Et c'est une bonne chose, poursuivit-il. Si vous aviez rejoint la côte somalienne, il vous aurait fallu beaucoup de chance pour trouver quelqu'un capable de sauver cette main.

Sharif baissa les yeux vers sa main blessée, mais ne vit rien d'autre que les épais bandages blancs enveloppant son appendice douloureux.

— Nous vous avons réhydraté et débarrassé de l'infection. Le petit doigt a dû être amputé. Impossible de le sauver, l'infection avait gagné l'os.

De la bile remonta dans le gosier de Sharif à l'idée d'être ainsi estropié de manière permanente, mutilé. Et la rage brûlante qui suivit balaya la glace qui avait brièvement inondé ses veines à la mention du catamaran détourné.

— Nous devrons attendre de voir à quel point les nerfs sont endommagés avant de savoir si vous retrouverez pleinement l'usage de vos doigts, poursuivit le médecin.

Ce dernier n'avait aucune idée des pensées macabres et vengeresses qui traversaient le cerveau enfiévré de son patient.

Quand enfin le Kenyan quitta la pièce, Sharif s'efforça de respirer à fond pour recouvrer tout son sang-froid avant de se redresser sur l'étroit lit d'hôpital. Les murs s'inclinèrent vers lui tandis que le sol faisait une embardée. C'était comme visiter une attraction de foire… en beaucoup moins amusant.

À force de respirations par le nez lentes et mesurées, il parvint à dissiper son vertige. Et quand enfin sa tête cessa de tourner, il entreprit d'évaluer son état.

De sa main valide, il attrapa l'une des poches de liquide suspendues à la barre métallique près de son lit. Elle portait la mention « saline ». Serrant les dents, il arracha de son bras l'aiguille par laquelle la perfusion lui était administrée. Il saisit ensuite l'autre poche. De la nafcilline. Un antibiotique. Il détacha celle-ci du support métallique pour la glisser sous son aisselle en sueur.

Il refusait de prendre des risques vis-à-vis de l'infection de sa main. Il passa les pieds par-dessus le bord du lit pour tester la force de ses jambes. Celles-ci s'avérèrent pathétiquement faibles, mais il serra les dents et fit néanmoins un premier pas. Il n'avait pas une minute à perdre.

Satisfait de constater qu'il ne s'effondrait pas au sol, il se traîna jusqu'à la petite armoire en contreplaqué dans le coin opposé de la chambre. Elle était vide, à l'exception d'une couverture et d'un oreiller supplémentaires. Frustré, il se dirigea vers la porte qu'il entrebâilla prudemment. À sa grande joie, il constata que le couloir était désert et silencieux.

Avec un petit sourire victorieux, il se glissa hors de sa chambre et s'avança à petits pas jusqu'à la porte suivante. Il frappa au panneau, tendit l'oreille sans percevoir la moindre réponse et se faufila à l'intérieur.

Un homme était étendu sur le lit, relié à plusieurs appareils de monitoring qui émettaient des séries de bips et des bruits de soufflet. La peau sombre du malade s'étirait sur son visage tel un linceul brun. La chambre sentait les produits d'entretien, l'urine et l'odeur de putrescence tenace qui accompagne une mort imminente.

Sharif ravala une puissante envie de vomir, se mit à respirer par la bouche et alla ouvrir la petite armoire.

Ah-ha !

Il eut le plaisir de découvrir le tissu en damier rouge et blanc d'un keffieh. Un agal noir circulaire était posé au sommet de la coiffe arabe soigneusement repliée.

La plupart des Kenyans, surtout ceux qui vivaient le long de la côte, avaient pris l'habitude de s'habiller à l'occidentale. Mais Sharif était ravi de constater que cet homme – qui que puisse être ce pauvre diable aux portes de la mort – s'en était abstenu. Dissimuler sa blessure et sa poche d'antibiotique dans les plis d'une tenue arabe traditionnelle serait bien plus simple. Il n'aurait pas pu choisir de déguisement plus adapté ou plus confortable.

— Merci, chuchota-t-il au mourant après avoir enfilé ses vêtements.

Il revint vers la porte et jeta un nouveau coup d'œil dans le couloir. Toujours désert.

Quittant la chambre, Sharif essuya la transpiration sur son front et se dirigea vers l'extrémité du couloir en allongeant le pas pour dissimuler sa faiblesse.

Ce n'est qu'après avoir franchi les grandes portes d'entrée de l'hôpital pour se retrouver sous la lumière brûlante du soleil africain qu'il s'autorisa à reprendre son souffle.

Ses genoux flageolaient comme s'ils étaient en pâte à modeler, il avait un marteau-piqueur à l'intérieur du crâne et son bras tout entier paraissait sur le point de se détacher de son épaule. Mais il avait réussi.

Il était temps de trouver un téléphone et de s'en aller loin, très loin des forces de police internationales qui étaient certainement déjà sur sa piste.

Frank était appuyé contre la rambarde du premier étage, les yeux baissés sur le sol taché du garage en contrebas.

Dan « The Man » Currington avait réussi à s'extraire de sa bouteille ce matin-là et travaillait assidûment sur une moto de série : le modèle standard de chopper que les Black Knights fabriquaient à destination du grand public par opposition aux bécanes uniques et hautement personnalisées réalisées pour les entreprises ou les clients pleins aux as.

L'assemblage d'une moto de série constituait sans doute le mieux que Dan, qui s'appliquait scrupuleusement à se suicider au Jack Daniel's depuis la mort brutale de sa femme, puisse accomplir. Après la tripotée de motos qu'il avait assemblées, il aurait sans doute pu le faire à moitié dans les vapes, avec un bandeau sur les yeux et dix grammes dans le sang.

Ce matin, pâle comme un linge et les traits tirés, Dan semblait remplir ces trois critères.

Il était toujours soûl. Et clairement à bout de forces. Il s'arrêtait de temps en temps pour appuyer ses paumes sur la plate-forme élévatrice et laisser sa tête retomber entre ses épaules osseuses. Et même si le pauvre gars n'avait pas les yeux bandés, cela aurait aussi bien pu être le cas. Il n'était pas nécessaire d'avoir le QI d'Ozzie pour constater que Dan était en pilotage automatique, ses mouvements guidés par les réflexes plutôt que la réflexion, ses yeux vitreux perdus dans le lointain.

Cela fendait le cœur de Frank de voir l'un de ses hommes tomber si bas, mais rien de ce que chacun d'eux avait pu dire ne semblait faire la moindre différence.

Il ne restait donc plus qu'à observer et à attendre. Laisser à Dan le temps nécessaire pour faire son deuil. En priant pour qu'il soit capable de se reprendre avant que son foie abandonne la partie.

Quelle chierie...

Un échange de voix moqueuses attira son attention vers l'autre côté du garage où Becky et Angel étaient penchés sur une grande planche à dessin appuyée contre le mur est. Leurs têtes étaient toutes proches, leurs épaules se touchaient. En entendant quelque chose qu'Angel venait de dire, Becky rejeta la tête en arrière et éclata de ce rire sombre et rauque qui faisait toujours à Frank l'effet d'un millier de langues venues le chatouiller, ce qui ne manquait jamais de réveiller toutes ses terminaisons nerveuses.

Il grogna en sentant son membre se durcir comme pour rendre son propre hommage à Becky. Il n'avait visiblement toujours pas reçu le mémo l'informant que Rebecca Reichert n'était plus intéressée.

Étonnant, non ?

Son pénis était toujours le premier à réagir et le dernier à piger ce qu'il se passait. Ce qui, dans le cas présent, n'était pas follement pratique. Les hommes de presque quarante ans n'étaient plus censés avoir la trique rien qu'en entendant une femme rire, si ?

Non, clairement pas. Mais, une fois de plus, Popaul avait choisi de ne pas s'encombrer d'un quelconque bon sens. Frank fut obligé d'ajuster discrètement ses bijoux de famille, son regard ombrageux toujours fixé sur les deux tourtereaux.

Durant les dernières quarante-huit heures, il avait discrètement observé l'évolution de leur relation tandis que Becky et Angel finalisaient le concept du chopper de l'ex-Mossad. Frank alternait entre la jalousie radioactive et un sentiment d'acceptation teinté de douleur sourde. À cet instant, il se trouvait quelque part entre les deux, même si, en voyant Angel passer un bras musculeux sur les épaules de Becky, la balance s'inclina nettement vers la jalousie radioactive.

Il aurait adoré débarquer au pas de charge et arracher à mains nues la mimine coupable du beau gosse enjôleur. Oui chef, c'était officiel : ses barres de combustible n'étaient plus correctement refroidies et la fusion semblait imminente.

Cela avait sans doute quelque chose à voir avec le fait qu'il connaissait Becky depuis plus de trois ans et que la nuit précédente il l'avait serrée dans ses bras tandis qu'elle pleurait pour exorciser sa peur. Tout cela lui donnait le sentiment qu'il avait une sorte de droit sur elle.

Ce qui était ridicule.

— Alors... (Bill s'était appuyé à son tour contre la rambarde. Il croisa les bras, le tissu de son tee-shirt tendu par-dessus ses larges épaules.) C'est demain le grand jour, hein ? Tu passes sur le billard.

Le venin bouillonnant qui avait réchauffé les sangs de Frank s'évanouit instantanément, remplacé par un frisson, comme si un fantôme venait de faire courir ses doigts glacés le long de ses vertèbres. Ou peut-être était-ce simplement la Mort venue lui offrir un avant-goût de ce qui l'attendait ?

Bon, au moins je suis débarrassé de ma jalousie et du petit problème derrière ma braguette, songea-t-il. *Merci mon Dieu pour ce petit miracle.*

Ou pas.

Peut-être aurait-il dû se réjouir de l'intensité émotionnelle de cette jalousie bouillonnante et du plaisir d'une érection inopportune. Après tout, c'était peut-être la dernière fois qu'il éprouvait l'une comme l'autre.

Non, bordel !

Il n'allait pas se laisser aller à ce mauvais pressentiment qui le tracassait. S'il avait une chance, même mince, de s'en sortir vivant, d'être en mesure de protéger Becky et de continuer à faire son boulot, il devait la saisir.

Et malgré ce que lui soufflaient ses tripes, la seule chose dont il pouvait être certain, c'était que… rien n'était jamais certain.

— Ouais.

Il opina du chef en tâchant de chasser ce ressenti troublant. Le travail lui fut facilité par Angel – ce petit con – qui se pencha pour murmurer quelque chose à l'oreille de Becky. Frank n'avait aucun espoir d'entendre ce qu'il disait. Pas avec le groupe Poison et Ozzie (le gamin était revenu le matin même de sa réunion de super-geeks) entonnant bruyamment *Every Rose Has Its Thorn* sur la musique que crachaient les enceintes informatiques dans le dos de Frank.

Ozzie aurait franchement gagné à se diversifier un peu musicalement parlant, mais la surabondance de musique des années 1980 qui retentissait en permanence entre les murs de brique du garage était le cadet des soucis de Frank.

— C'est demain le jour J, confirma-t-il. Ça passe ou ça casse.

Il craignait sincèrement que cela ne se termine par la deuxième option, mais c'était un risque qu'il se devait de prendre.

— C'est bien. Il était temps que tu t'occupes de cette épaule, déclara Bill avec un hochement de tête enthousiaste. (Il n'avait visiblement pas conscience du tourment intérieur de Frank.) Tu gobes de l'ibuprofène depuis tellement longtemps que c'est un miracle que tes muqueuses gastriques soient encore en état, ajouta-t-il.

— J'ai jamais eu de problème avec mon estomac, murmura Frank.

Il avait conscience que c'était effectivement une chance après des années passées à prendre des antalgiques au lieu d'accepter de se faire opérer.

Bill tapota le flacon de Maalox dans sa poche de jean avec une petite grimace.

— J'aimerais pouvoir en dire autant.

— Je t'ai vu écluser des bouteilles entières. Il y a... euh... quelque chose dont tu aurais envie de me parler ?

— Absolument pas, répondit Bill.

Un truc de mec pour dire « tant que je n'en parle pas à voix haute, le problème n'existe pas vraiment ».

Frank comprenait. Il n'était pas très porté sur les sensibleries et le blabla du genre « raconte-moi tout pour que je puisse compatir ». Parfois, un homme devait régler ses difficultés personnelles à son rythme. Il espérait simplement que Wild Bill réglerait les siennes avant d'avoir besoin d'une greffe d'estomac.

Ah... Parfait. Donc maintenant, Dan Man allait avoir besoin d'une greffe du foie et Bill d'un nouvel estomac. Impossible pour Frank de rater toute l'ironie de la situation : ces hommes ne tomberaient pas sous une volée de balles mortelles ou les coups des forces ennemies. Trop facile. Non, la cause directe du mal qui les démolissait l'un et l'autre était une femme ou, plus exactement, l'*absence* d'une femme.

Bon Dieu, n'était-ce pas toujours comme ça que ça se passait ? Les mecs les plus solides et les plus dangereux de la planète se changeaient en buveurs de whisky et en écluseurs de Maalox avec de la bouillie à la place du cerveau dès qu'une fille au cul rond et à la chevelure parfumée se taillait une place dans leur cœur.

Il y avait presque de quoi inciter tout mec intelligent à éviter complètement le sexe faible. Presque.

Un éclat de rire se fit entendre au milieu du numéro de chant d'Ozzie, et Frank reporta son attention sur le couple en contrebas. En voyant Becky glisser une sucette dans la poche de chemise d'Angel, il serra si fort les mâchoires que ses orbites en devinrent douloureuses. Un voile rouge passa carrément devant ses yeux quand il se demanda si la sucette était aromatisée au cola.

Becky s'était mise à manger des Dum Dum des années auparavant, comme un substitut pour arrêter de fumer. Elle aimait tous les parfums, à l'exception du cola qu'elle avait pris l'habitude de jeter à la poubelle jusqu'au jour où elle avait découvert que c'était les préférées de Frank. Elle s'était alors mise à cacher les sucettes dans des endroits où elle était sûre qu'il les trouverait. Le tiroir de son bureau, sa tasse à café, la poche de *ses* chemises.

Il avait prétendu s'en agacer à l'époque. Parce qu'il était incapable de résister à ces sucreries et qu'il s'énervait chaque fois que sa propre volonté le trahissait. Mais à cet instant précis, il aurait donné n'importe quoi pour redevenir le destinataire de l'une de ces délicieuses sucettes.

Au lieu de quoi, c'était Angel qui y avait droit. Ce petit con.

Bill se tourna pour faire face à l'atelier, les coudes posés sur la rambarde. D'un geste du menton, il désigna le duo qui riait et plaisantait en contrebas.

— Je me demande ce que ça te fait, dit-il.

— Je me pose la même question, admit Frank.

Bill lui lança un coup d'œil acéré.

— J'ai toujours plus ou moins pensé que ce serait toi.

— Que ce serait moi quoi ?

Bill haussa les épaules.

— Tu sais bien… Je pensais que ce serait toi qui finirais avec Becky.

— Et pourquoi penserais-tu un truc pareil ?

— À cause de la manière dont vous arrêtiez pas de danser l'un autour de l'autre comme deux boxeurs, toujours à essayer de forcer l'autre à s'exposer un peu plus.

Frank dévisagea Bill comme si celui-ci était sous le coup d'une soudaine crise de démence. Bill leva les yeux au ciel.

— Bon sang, Boss. Tu vas m'obliger à dire les choses tout haut ?

— J'imagine, vu que je ne vois pas du tout de quoi tu parles.

— La façon dont vous vous balancez continuellement des piques… Ça m'a toujours fait penser à… je sais pas… à des préliminaires, quoi.

— Merde, Bill !

— Quoi ? Tu m'as obligé à le dire. Et parce que c'est ma sœur, je serais censé ne rien remarquer ?

— Exactement ! rétorqua Frank.

Il se sentait embarrassé, furieux et franchement mortifié. Parce que, pour tout dire, lui aussi avait parfois vu ça comme des préliminaires.

— Oh, arrête ! Il faudrait que je sois aveugle.

— Ouais, bon, mais je ne me serais jamais permis quoi que ce soit.

En tout cas, pas tant que je suis sobre. Par contre, donne-moi quelques médocs et hop, me voilà incapable de garder les mains dans mes poches.

Bill acquiesça sans cesser de l'observer attentivement.

— Je sais. Tu ne ferais rien qui puisse compromettre la sacro-sainte relation patron-employée. Et Dieu sait que je te respecte pour ça. Mais je m'étais dit qu'un jour…

Il laissa sa phrase en suspens.

« Un jour ». S'il savait ce qu'il s'était passé dans l'infirmerie du *Patton*…

— Elle est trop jeune pour moi.

Frank avait prononcé à voix haute le mantra qui tournait dans sa tête depuis plus de trois ans.

— Peut-être, admit Bill. Mais qu'est-ce que c'est quelques années quand on parle d'*amour*[1] ?

Ah, bon sang. Il fallait qu'il tue ce truc dans l'œuf, ici et maintenant. Desserrant les dents, Frank se tourna vers Bill, une lueur ouvertement égrillarde dans le regard.

— Qui parle d'amour, Bill ?

Tu vois ? Tu vois ce que m'inspire ta sœur ? C'est du désir pur jus, façon « baisons toute la nuit ».

Mais au lieu de s'emporter comme il l'aurait dû – et comme Frank voulait qu'il le fasse – Bill se contenta d'incliner la tête sur le côté, les yeux étrécis, songeur.

— « Bois à ma santé, des yeux seulement, et je m'engagerai par les miens. Ou laisse juste un baiser sur la coupe. Et je n'aurai pas besoin de vin…[2] »

— C'est quoi ce délire ? Tu me cites de la poésie maintenant ? Putain !

Que quelqu'un me tire une balle !

— Ce que je veux dire, Boss, expliqua Bill, c'est que ce que je vois dans tes yeux quand tu regardes ma sœur n'est pas toujours ce que tu m'as montré à l'instant.

---

1. En français dans le texte (*N.d.T.*)

2. Début d'une élégie de Ben Jonson, qui figure parmi les poèmes les plus célèbres de la littérature anglaise. (*N.d.T.*)

Avec un grognement, Frank refit face à la balustrade en maudissant silencieusement Bill d'être à ce point observateur. Après un long moment, une fois son hostilité ravalée, il demanda :

— Et tu aurais accepté ça ? Becky et moi ?

— Si tu étais amoureux d'elle ?

Frank gémit comme si on le torturait. Ce qui était le cas.

— Ouais, si j'étais amoureux d'elle.

— Ouais, Boss. J'aurais accepté ça. Mais pas toi, à mon avis.

— Et t'as on ne peut plus raison ! Ça fait de moi un obsédé dégueulasse.

C'est à cet instant qu'il capta dans le regard sombre de Bill un éclair de compréhension, l'équivalent muet d'un « eurêka ! » Cela dit, si Bill ne prenait conscience que maintenant du fait que Frank était trop vieux pour Becky, alors il était beaucoup plus lent à la comprenette que Frank ne l'avait imaginé. Mais ça ne collait pas avec le profil de Bill, qui passait généralement son temps le nez dans un bouquin aussi épais qu'une table basse.

— Je crois pas que la différence d'âge soit le problème, Boss, répondit Bill. D'abord, qu'est-ce qu'une décennie et quelque quand on y pense vraiment ? Et puis je te connais. Ça n'a rien à voir avec l'âge de Becky ou le tien. Ça concerne la femme de Lincoln Park.

Ne le frappe pas. Ne le frappe pas. Ne…

— Merde ! grogna Frank.

Il s'éloigna de la rambarde d'un pas lourd, claqua la porte de son bureau derrière lui et se laissa tomber sur son fauteuil avec une telle force que les ressorts demandèrent pitié.

Plutôt que de flanquer un coup de poing à Bill en guise de réponse à son commentaire malvenu, il exprima sa frustration en abattant sa paume sur la surface abîmée de son bureau. Un mouvement qu'il regretta quand une pile de documents posés en équilibre précaire se répandit à terre dans un complet désordre.

— Merde, merde, *merde* ! s'écria-t-il.

Son œil noir se fixa sur l'unique feuille de papier de la pile encore posée sur son bureau. Elle était là, en partie suspendue dans le vide, comme pour le narguer par sa présence tenace. Il imagina que cette feuille de papier représentait sa tocade ridicule pour Becky Reichert, s'accrochant obstinément malgré les événements qui auraient dû l'engloutir et la faire disparaître.

D'un revers violent de la main, il l'envoya voler et rejoindre ses semblables éparpillées à terre.

Cela aurait dû le soulager. Ce n'était pas le cas. Surtout quand il entendit la voix d'Ozzie à travers la porte fermée.

— Purée, mais qu'est-ce que t'as fait à Boss ?

— Je lui ai balancé une violente torpille de vérité, je crois, répondit Bill.

— Ah ouais, t'es un vrai Charlie Sheen ! s'exclama Ozzie avec un rire sec.

Frank n'avait aucune idée de ce dont il parlait[1]. Sans doute quelque chose en lien avec la pop culture ; Ozzie était un spécialiste en la matière. En tout cas, quelle que soit la signification de cette

---

1. Référence à un spectacle live controversé du comédien Charlie Sheen intitulé *My Violent Torpedo of Truth* (« ma violente torpille de vérité »). (*N.d.T.*)

expression, la justesse des propos de Bill l'avait effectivement frappé telle une violente torpille de vérité.

Car Bill avait absolument raison. Si les choses avaient été différentes, si Shell n'avait pas fait partie de l'équation, il se serait laissé aller à ses bas instincts depuis des mois. Peut-être même des années. Ce qui signifiait qu'il ne valait pas mieux que l'homme qui lui avait donné la vie, l'homme qu'il avait juré de ne jamais devenir.

Tel père, tel fils, hein ? Ouais, merci papa.

12

— Il fait étonnamment beau pour la saison, annonça Becky.

Une Dum Dum au coin de la bouche, elle avait passé la tête dans le bureau de Frank, interrompant au passage le rapport qu'Ozzie était en train de faire à l'ensemble des Black Knights. Tous étaient enfin de retour au terme des conférences, missions et autres expéditions qu'on leur avait confiées (à l'exception de Spectre, qui resterait sur la côte est avec sa fiancée Ali jusqu'à ce qu'elle termine son semestre d'enseignante). Le petit bureau était plein à craquer d'agents endurcis.

L'absence d'une personne sautait pourtant aux yeux. De qui pouvait-il s'agir ? Ah, mais oui. *D'elle*.

Elle n'était pas autorisée à participer à ces réunions et ça l'agaçait au plus haut point. Elle bossait quotidiennement avec ces mecs et cette fille (il n'aurait pas fallu oublier Vanessa Cordera, la nouvelle spécialiste des communications). Elle nettoyait leurs blessures et leurs caleçons. Ils étaient carrément sa famille, en fait.

Mais dès qu'il s'agissait de leurs missions, ils traitaient Becky comme une civile trop curieuse. Et ça la mettait vraiment très, très, *très* en rogne.

Ce qui ne voulait pas dire qu'elle ignorait ce qui arrivait à ses gars sur le terrain…

Elle avait mis à profit les compétences de hacking acquises auprès d'Ozzie pour s'introduire dans leur système informatique et s'offrir un accès à tous les fichiers confidentiels des Black Knights. À chaque nouveau rapport sur les hommes en mission, elle recevait un e-mail l'informant de leur statut. Donc, ouais, Frank avait beau faire de son mieux pour la tenir à l'écart, elle n'en était pas moins parfaitement informée. Et, rien que pour l'embêter, elle se faisait un devoir de s'immiscer dans leurs réunions lorsqu'elle savait que les informations communiquées n'étaient pas top secret. Comme à présent.

— Beau comment ? demanda Ozzie.

Ses yeux bleus s'étaient illuminés comme ceux d'un gamin à qui l'on viendrait d'offrir un beau vélo tout neuf. Ce bon vieil Ozzie. Elle pouvait toujours compter sur lui pour se rallier à son camp, surtout quand ça voulait dire faire quelque chose de marrant. Et une journée ensoleillée en plein octobre à Chicago constituait une occasion à ne pas manquer.

Elle sortit sa sucette goût raisin pour lui tirer bruyamment la langue puis sourit largement en agitant les sourcils à destination du reste du groupe.

— Il fait quinze degrés dehors, sans doute la dernière journée assez belle pour sortir les motos. Ça vous dirait qu'on prenne les bécanes pour aller au *Delilah Rouge* se manger des hot-dogs ? Frank ?

La nuit dernière, quand elle avait pété les plombs, il l'avait tenue au chaud et en sécurité entre ses bras. Mais aujourd'hui ? Aujourd'hui, il la traitait de nouveau comme une pestiférée. Ce qui était absolument parfait. Ou pas !

— Quand est-ce que tu dois arrêter de boire et de manger ? lui demanda-t-elle.

— Je suis censé jeûner à partir de dix-huit heures, grommela-t-il.

Il avait visiblement fait un effort pour ravaler les réprimandes sévères qu'il lui réservait dès qu'elle interrompait l'une de leurs « réunions confidentielles ».

Billy était appuyé contre le mur près de la porte. Elle lui saisit le poignet pour jeter un coup d'œil à sa montre de plongée. Ils avaient deux heures devant eux.

— Bon, eh ben on mangera à l'heure des petits vieux. Ça me va. Qu'est-ce que vous en pensez, les gens ? Ce sera peut-être notre dernière chance, lança-t-elle avec un nouveau mouvement de sourcils incitatif.

Tous les Black Knights souffraient de dépression saisonnière quand l'hiver arrivait. Oh, pas parce que les journées de grisaille et de froid interminable de la Ville des vents[1] les faisaient déprimer, mais parce que ce fameux climat les privait de leur passe-temps favori, à savoir enfourcher deux tonnes d'acier façonné à la main et tailler la route en faisant rugir les moteurs.

Ozzie secoua la tête avec une expression de détresse.

— Mais les nouveaux n'ont pas encore leur moto, dit-il en faisant référence aux trois derniers membres de Black Knights Inc. Et Boss ne pourra pas conduire Boss Hog d'une seule main. La fourche est bien trop longue.

1. Surnom donné à la ville de Chicago. (*N.d.T.*)

C'était vrai. Le chopper de Frank – un engin couleur perle moitié Belle moitié Bête et portant le nom on ne peut plus approprié de Boss Hog[1] – ne pouvait pas être conduit d'une main. En fait, aucun de leurs choppers ne se conduisait d'une main. Et toute tentative était vouée à se terminer par une rencontre mortelle avec le bitume.

— Boss n'aura qu'à monter avec moi. Et les autres, vous pourrez prendre une moto de série, répondit-elle.

Elle avait hâte de sortir, d'échapper à l'atmosphère tendue que Frank avait créée depuis leur retour. Et quand Becky disait tendue, c'était vraiment tendue à craquer. Il y avait toujours eu de l'électricité dans l'air quand ils étaient dans la même pièce, mais à présent ? À présent, elle avait l'impression que les cheveux sur sa nuque étaient constamment dressés pour la mettre en garde.

Ce sentiment permanent d'être au bord d'une possible explosion devenait vraiment pénible. Si seulement ce gros balourd de Frank l'avait laissée lui faire des excuses pour qu'ils puissent reprendre des relations normales, elle n'aurait plus à…

— Je ne monterai pas avec toi, bredouilla-t-il, sa paupière gauche animée par un tic nerveux.

— Bon, ben alors monte avec Rock. Je m'en fiche, rétorqua-t-elle en levant les yeux au ciel.

Elle était en réalité loin de s'en moquer. Pourquoi fallait-il qu'il se comporte comme si être passager sur Général Lee revenait à se jeter la tête la première dans un volcan en ébullition ?

Pfff. Ce qu'il s'était passé entre eux sur le destroyer n'était quand même pas si grave.

---

1. En anglais argotique, le terme *hog* (littéralement « cochon » ou « verrat ») désigne aussi une moto. (*N.d.T.*)

— Je n'ai qu'une place, *ma chère*, lui rappela Rock. Il n'y a que ta moto et celle de Spectre à pouvoir accueillir deux personnes. Et Spectre a pris Fantôme avec lui.

— Alors Frank se privera du beau temps et prendra le Hummer, grogna-t-elle en levant les mains dans un geste de frustration.

Pourquoi fallait-il toujours qu'ils compliquent tout ?

Ah ouais. Parce que c'étaient des mâles alpha bouffis de testostérone et d'orgueil, habitués à faire la moindre petite chose à leur manière toute personnelle.

Que Dieu la préserve !

Ozzie passa une main dans ses cheveux blonds ébouriffés à la Einstein.

— Oh, heu… J'ai oublié de te dire.

Elle braqua les yeux sur lui et le vit grimacer.

— Bon sang, qu'est-ce que t'as encore fait ? demanda-t-elle.

Les lèvres d'Ozzie esquissèrent ce que Billy aimait appeler son « sourire de mange-merde », une expression dont elle aurait bien aimé connaître l'origine exacte. Qui pouvait bien manger de la merde et, plus important encore, le faire en souriant ?

— Bon, heu… Je faisais un peu de tout-terrain et…

— Oh, pour l'amour de Dieu ! Ozzie, je t'ai dit et répété de ne pas faire ce genre de trucs avec…

— Hé ! l'interrompit-il. Ces engins sont conçus pour ça ! Je le maintenais en condition de fonctionnement optimal, c'est tout.

Mais bien sûr. Rien à voir avec le fait qu'il n'était qu'un grand gamin qui adorait jouer. Malheureusement, ses jeux étaient bien plus spectaculaires et infiniment plus dangereux qu'une simple partie de cache-cache. Et tout ça se terminait généralement avec Becky contrainte de passer des heures à réparer ses « jouets ».

Il fit une nouvelle (et vaine) tentative pour dompter sa chevelure hirsute puis gratta du bout des doigts l'imprimé de son tee-shirt qui annonçait : « Le reste du temps, je pilote un vaisseau spatial ».

— Et puis, j'ai prévu de t'aider à le réparer, ajouta-t-il.

— Ouais, j'espère bien ! rétorqua Becky avec un sourire sadique. Et peut-être qu'après plusieurs jours passés à trifouiller cet énorme moteur avec du cambouis jusqu'aux coudes, tu réfléchiras à deux fois avant de repartir en virée. Autre chose, tu...

— Les enfants, les enfants ! intervint Rock. On s'égare, là. Donc le Hummer est HS.

Il se tourna vers l'ancien membre du SAS assis près de la fenêtre qui observait les événements avec intérêt.

— Christian, va falloir que t'emmènes Boss dans ta Porsche.

— Ha ! s'exclama Ozzie en faisant claquer une paume sur sa cuisse. J'aimerais bien voir ça. Ce sera comme d'essayer de fourrer un thon entier dans une boîte de sardines.

— J'ai installé des sièges baquets, je doute sérieusement que Boss puisse tenir dedans, expliqua Christian avec son accent digne de la noblesse britannique.

— Oh...

Rock se gratta l'oreille en décochant à Frank un regard navré.

— Je prendrai le train, comme on fait quand le temps est merdique, maugréa celui-ci.

Visiblement, l'idée de cette sortie ne l'enchantait guère, mais il semblait résigné. Becky résista à l'envie de s'autocongratuler pour cette petite victoire. Avec Frank, chaque succès comptait.

— Ou peut-être que je vais abandonner toute prudence et appeler un taxi, poursuivit-il. Problème réglé.

— Que se passe-t-il, Boss ? grinça Angel. Tu serais trop fier pour monter derrière une femme ?

Houlà, d'où ça sort, ça ?

Les Black Knights passaient leur temps à vanner Frank, mais leurs piques étaient toujours lancées sur le ton de la plaisanterie. L'expression impitoyable d'Angel, qui donnait à ses pommettes proéminentes un faux air d'ailes de F-22 Raptor, était tout sauf joueuse.

— Ça n'a rien à voir, gronda Frank.

— Vraiment ? rétorqua Angel d'une voix pleine de défi.

C'est quoi, ce bordel ? Angel s'imaginait-il *aider* Becky en provoquant Frank ? Si c'était le cas, il allait avoir besoin qu'on lui explique prestement le fonctionnement du groupe.

Tous les regards passaient de l'un à l'autre des deux hommes, comme devant un match de ping-pong endiablé. À ceci près que l'affrontement semblait sur le point de prendre une tournure bien plus physique, à en juger par la mâchoire crispée de Frank et les poings serrés d'Angel.

— C'est ça que tu veux, Angel ? demanda Frank d'une voix glaciale. Que je monte avec elle ?

Becky n'arrivait pas à déchiffrer l'expression de Frank, mais Angel, lui, semblait l'avoir parfaitement comprise car tous deux s'affrontèrent du regard pendant un très long moment. Becky s'imagina que si elle se concentrait en plissant les yeux, elle pourrait voir de petits éclairs crépiter de l'un à l'autre.

— Je veux que tu fasses ce qui est convenable, Boss, finit par dire Angel. Rien de plus.

Qu'est-ce que *ça* pouvait bien vouloir dire ?

— D'accord. (Frank acquiesça et décocha une dernière œillade assassine à Angel avant de se tourner vers Becky.) Alors on dirait que je vais monter derrière toi, lui dit-il.

Elle était complètement déconcertée. Elle avait conscience d'être au centre d'une étrange tension entre les deux hommes, mais malgré tous ses efforts et ses coups d'œil répétés à Angel et à Frank, elle était incapable d'en déterminer la cause.

Les hommes. On peut pas vivre sans... et on ne peut pas se contenter de les balancer par la fenêtre. Pfff !

Frank s'installa avec précaution derrière Becky en prenant soin de s'asseoir aussi loin d'elle que possible. Mais la taille du siège double était largement insuffisante.

Ses cuisses massives touchaient les hanches fines de Becky et la chaleur de la jeune femme s'immisça à travers l'épais denim de son jean, allumant immédiatement un brasier au creux de ses tripes.

Et puis cette odeur qui émanait d'elle ! Un parfum de bonbon sucré, de peinture acrylique, de lotion pour la peau avec, en dessous de tout cela, un soupçon de dentelle chaude et de féminité vivace et éclatante.

Ça n'allait pas le faire.

Il recula encore un peu, mais se figea quand elle tourna la tête pour le fusiller du regard.

— Encore trois centimètres et tu vas te retrouver sur le garde-boue arrière.

Garde-boue sur lequel était inscrit « C'est moi qui conduis ».

Sainte Marie mère de Dieu, cette femme était trop. Tout chez elle le scotchait : son attitude pleine de cran et de repartie, son incroyable talent, son corps fin et sexy.

— Je promets de ne pas te tripoter même si tu daignes passer ton bras autour de ma taille, ajouta-t-elle, ses lèvres pleines froncées par l'agacement.

Ouais, mais lui, pourrait-il faire la même promesse ?

Pour la première fois de sa vie, il pouvait honnêtement admettre qu'il n'en était pas certain. Le spectre sinistre de ce qui l'attendait le lendemain mettait la pagaille dans ses émotions, sa volonté et… bon, autant être honnête, ça lui retournait complètement le cerveau.

Serrant les dents, il se laissa glisser en avant jusqu'à ce que les hanches de Becky soient nichées contre son bas-ventre. Enveloppant sa taille de son bras valide, il appuya son torse contre le dos de Becky et prit conscience qu'elle était dans ses bras… une nouvelle fois.

C'était le paradis… et l'enfer.

C'était la sensation la plus merveilleuse et la plus érotique qu'il ait jamais connue. Encore plus quand elle démarra Général Lee et que la moto se mit à gronder de puissance à peine contenue.

Nom d'un chien. C'était comme s'ils étaient assis sur un vibro géant.

Et… *waouh*. Jamais il n'aurait imaginé que son petit chopper, avec ses peintures orange et noires en hommage à la Dodge Charger rendue célèbre par *Shérif, fais-moi peur*, décoifferait à ce point.

En y repensant, il ne comprenait pas comment il avait pu imaginer que Becky chevaucherait autre chose qu'une bécane de tueuse. Cette femme vivait moto, mangeait moto, respirait moto. Évidemment que la sienne était un monstre mécanique avec tous les curseurs à fond. Ce n'était pas parce qu'elle était petite qu'elle n'envoyait pas du bois.

Un peu comme Becky elle-même.

Donc, oui monsieur, avec le moteur grondant sous lui et le corps svelte de Becky appuyé contre le sien, il était au paradis. Et aussi en enfer.

Car pour s'éviter une trique de la taille du mât dressé dans la cour de Black Knights Inc., il était obligé de se représenter les villages rasés d'Herzégovine après un bombardement par l'armée de la République serbe de Bosnie.

D'accord, ça fonctionnait.

Enfin, cela fonctionna jusqu'à ce que Becky fasse vrombir le moteur. Après quoi il ne put que se répéter en boucle la longue liste de choses à ne pas faire qu'il avait compilée mentalement avant de grimper derrière elle.

Comme *ne pas* plaquer son nez contre son épaule parfumée, *ne pas* faire courir sa langue le long de son cou gracieux, *ne pas* lever discrètement la main jusqu'à ce que son pouce caresse l'arrondi inférieur de son sein.

Ou comme ne pas s'appesantir sur le fait que sans ces quelques couches de vêtements il serait en elle, écartant les demi-lunes rondes et chaudes de ses fesses pour s'introduire à l'intérieur de quelque chose d'encore plus doux, d'encore plus chaud et…

Merde.

Il se transformait en vrai connard. Et un connard stupide, qui plus est, puisqu'il s'imposait cette torture uniquement pour faire à Angel – ce petit con – un gros doigt d'honneur.

Alors qu'il s'apprêtait à descendre brusquement de la moto – il n'allait pas y arriver, c'était trop – Bill leva le pouce pour donner le signal et le groupe s'ébranla derrière Christian et sa Porsche telle une meute de fauves d'acier jaillissant par la porte latérale de l'atelier.

Et le tonnerre les accompagnait.

D'habitude, Frank adorait ce boucan infernal qui vous fouettait les sangs, et savourait la puissance brute d'un moteur V-twin en parfait état de marche.

Mais pas cette fois.

Parce que, à présent, ce son signifiait qu'il allait rester coincé dans sa position actuelle pendant tout le trajet jusqu'au *Delilah Rouge*, soit une dizaine de minutes en fonction de la circulation. Et ces dix minutes promettaient d'être les plus longues et les plus insoutenables de son existence.

13

Becky lécha les dernières traces de sel de céleri sur ses doigts. Son hot-dog dévoré, elle tourna son attention vers le bar et fronça les sourcils en voyant Frank qui tentait vainement de ne pas plonger le regard dans le Grand Canyon du décolleté de Delilah.

Becky aimait beaucoup la propriétaire des lieux, celle qui lui avait donné son nom.

Delilah était intelligente et marrante. Elle savait servir une Guinness surmontée d'une couche de mousse parfaite. Un talent précieux aux yeux de Becky. Delilah était chaleureuse et accueillante, prompte à offrir une oreille compatissante quand une fille qui avait bu un verre de trop commençait à se plaindre de la trajectoire pathétique de sa vie amoureuse... voire d'une absence totale de vie amoureuse.

La barmaid avait une connaissance quasi encyclopédique pour tout ce qui touchait aux classiques du rock, pouvait désamorcer une bagarre rien qu'avec un sifflet suraigu et escorter de force un ivrogne récalcitrant jusqu'à son taxi...

Il se trouvait aussi qu'elle était dotée d'une spectaculaire silhouette en huit, avec des courbes qui défiait l'imagination. Et même si en règle générale Becky n'avait que de la sympathie pour Delilah, à cet instant précis elle lui enviait terriblement ces courbes et l'effet quasi hypnotique qu'elles avaient sur Frank.

Ouaip. Peut-être que si *elle* était taillée comme un sablier, il aurait enfin daigné lui prêter attention et la laisser lui faire des excuses. Car elle en avait plus qu'assez de marcher sans cesse sur des œufs en sa présence… ou que lui marche sur des œufs quand il la voyait…

Bref, marre du phénomène qui déclenchait un hiver nucléaire instantané dès qu'ils se retrouvaient dans la même pièce.

— Te voilà rassasiée ? demanda Angel en passant une jambe musclée par-dessus le tabouret à côté d'elle.

Il déposa sur le bar sa bouteille de bière anglaise ruisselante de condensation.

— Je pourrais en manger deux de plus, répondit-elle en détournant presque à regret son regard du couple à l'extrémité du bar. Mais je viens de me payer un nouveau jean 7 For All Manking et ce serait dommage de ne pas pouvoir entrer dedans.

Angel lui sourit en inclinant la tête sur le côté. Elle aurait aimé pouvoir décoder la lueur dans ses yeux sombres mais… elle n'y arrivait pas. Même après toutes les heures qu'ils avaient passées ensemble, il restait si mystérieux qu'elle se demandait si qui que ce soit sur Terre connaissait vraiment Jamin « Angel » Agassi.

Comme souvent par le passé, elle tenta de deviner quel avait pu être son véritable nom. Peut-être quelque chose de cool comme Asher ou Raphael. Quoique, si l'on tenait compte des petites ironies de l'existence, c'était probablement plutôt un truc comme Bob ou un autre prénom décevant du même genre.

— Qui est ce type ? demanda « Bob » en la tirant de ses pensées.

Elle jeta un coup d'œil dans la direction qu'il indiquait. Dans l'ombre, on discernait vaguement le profil d'un homme installé dans un box à l'autre bout du bar.

— Je ne sais pas. Je le vois pas vraiment d'ici. Pourquoi tu me demandes ça ?

— Il nous observe.

Becky plissa les yeux en tentant de distinguer le visage au sein de l'obscurité. En vain.

— Comment tu vois ça ? Il fait bien trop sombre.

— Je sais ce que je dis.

Sa voix rauque ne souffrait pas la contradiction.

D'accord. Donc l'homme de l'ombre les observait. Et alors ?

Elle but tranquillement une gorgée de sa bière.

— Bon, c'est pas comme s'il se passait des tonnes de trucs à cette heure-ci. On constitue sans doute l'attraction principale, dit-elle.

Et en parlant d'attraction, il était temps de retourner voir comment Frank s'en sortait avec son défi personnel consistant à ne pas baver sur le col en V de Delilah.

Lorsqu'elle tourna la tête dans leur direction, elle put constater que personne ne bavait. Mais les regards complices et les sourires charmeurs, par contre…

Grrr.

— Tu devrais lui dire de venir et régler ça ici, déclara Angel.

Dans le genre changement de sujet soudain… Mais Becky ne pouvait pas faire mine d'ignorer de quoi il parlait.

— Je croyais que tu m'avais dit que c'était pas nécessaire. Que je devrais me contenter d'oublier tout ça.

— Oui, soupira Angel en secouant la tête d'un air irrité. Et je crois toujours que c'est un bon conseil. Mais tu ne seras visiblement pas en paix avant d'avoir pu lui présenter tes excuses. Et, pour tout dire, je refuse de rester là à te regarder t'agiter dans tous les sens jusqu'à ce que tu plotz.

— Beurk !

— Ça ne veut pas dire ce que tu as l'air d'imaginer.

Sur ces mots, il reprit sa bière et se leva. Et avant qu'elle puisse l'arrêter, il se dirigea nonchalamment vers l'extrémité du bar où Frank et Delilah s'interrompirent pour tourner vers lui des regards interrogateurs.

Les joues de Becky s'empourprèrent violemment en voyant Frank froncer les sourcils avec un air si féroce qu'elle fut stupéfaite de constater qu'Angel ne se recroquevillait pas instantanément sur lui-même. Cette expression particulière de Frank avait toujours cet effet sur elle.

Angel, par contre, paraissait complètement imperméable. Il se contenta de croiser les bras, un petit sourire narquois aux lèvres, sans céder un pouce de terrain.

Avec un juron qu'elle entendit de là où elle était malgré les grosses basses du juke-box, Frank passa devant Angel en heurtant « accidentellement » son épaule et fonça droit vers elle. Les épluchures de cacahuètes qui jonchaient le plancher usé furent réduites en poudre sous ses lourdes bottes de moto.

— Quoi ? gronda-t-il en la dominant de toute sa taille.

Elle tâcha de se rappeler que c'était simplement un homme très athlétique, comme tous les hommes qu'elle côtoyait, des agents qui maintenaient leur corps au summum de ses capacités parce que leur vie en dépendait. Mais ce fut un échec. Malgré tout ce qu'elle pouvait se dire, Frank Knight serait toujours à ses yeux le plus méchant, le plus rude et le plus *massif* de tous les mecs qu'elle ait jamais connus.

— Quoi, quoi ? répondit-elle, immédiatement hérissée.

— Angel m'a dit que tu voulais me parler. Alors de *quoi* tu voulais me parler ?

— C'est quoi le problème entre vous deux, d'ailleurs ? demanda-t-elle en songeant à la tension bizarre et pleine de testostérone qu'elle avait perçue dans le bureau un peu plus tôt.

— C'est ça que tu voulais me demander ? tonna-t-il.

Toutes les têtes dans le bar se tournèrent dans leur direction. Par chance, il était tôt et il n'y avait pas grand monde en dehors des Black Knights.

— Mais non ! siffla Becky en tentant de juguler l'embarras qui la faisait rougir et lui serrait la gorge. Je veux juste comprendre pourquoi vous êtes…

— Becky… grogna-t-il.

Mais au moins avait-il baissé la voix afin de ne pas faire profiter tout le bar de leur conversation. Elle lui en fut reconnaissante… jusqu'à ce qu'il reprenne :

— Pour l'amour de Dieu, crache ta Valda.

Oh, maintenant c'était elle qui allait faire une scène.

— Je suis désolée, d'accord ! cria-t-elle.

Sans prévenir, des larmes s'étaient invitées pour lui piquer les yeux, ce qui ne faisait que l'irriter un peu plus. S'il la faisait pleurer ici, au milieu de son bar préféré, jamais elle ne lui pardonnerait.

— Tu es… tu es *désolée* ? bredouilla-t-il.

Ouaip. L'incrédulité de Frank était compréhensible ; jamais auparavant elle ne lui avait fait des excuses de son plein gré.

— Désolée de quoi ? demanda-t-il.

Il la surplombait toujours du haut de son mètre quatre-vingt-quinze au point qu'elle avait envie de se ratatiner sur elle-même. Elle dut faire un effort conscient pour garder le dos droit et s'empêcher de rentrer la tête dans les épaules.

— Pour ce moment où on s'est… Pour ce qui s'est passé sur le *Patton*, marmonna-t-elle. (Elle balaya les alentours du regard pour s'assurer que personne d'autre n'avait entendu cette petite info juteuse.) Je n'aurais pas dû profiter de toi comme ça, reprit-elle. Et je suis… Je voulais juste te dire que je suis désolée, d'accord ? Je sais que tu ne veux pas en parler, mais je voudrais que les choses redeviennent normales entre nous.

— Bordel…

Il se couvrit brièvement les yeux de sa grande main avant de faire courir sa paume le long de son visage et de ses joues recouvertes d'une barbe de trois jours. Puis, avec l'air d'avoir vieilli de dix ans en une seconde, il prit une profonde inspiration, passa le pied sous le barreau d'un tabouret de bar, le tira à lui et se laissa tomber dessus avec un grognement de lassitude, d'embarras ou d'une autre émotion que Becky n'aurait pas su nommer.

Houlà. Tout ça était en train de prendre une tournure bien pire que ce qu'elle avait imaginé. Elle aurait peut-être dû écouter Angel. Sauf que… Une minute… Lorsqu'il se tourna enfin vers elle, il y avait quelque chose de très doux dans le regard de Frank.

— Ce n'était pas ta faute, ma biche.

Ma biche. *Ma biche ?*

Si un disque avait été en train de jouer, le diamant aurait fait un gros « scriiiiitch ! » sur la surface du vinyle. Parce que Frank Knight n'était pas du genre à employer des mots tendres. En fait, avant l'accord qu'ils avaient conclu sur le *Patton,* il avait refusé de l'appeler autrement que par un très formel « Rebecca ». Sans même parler d'un terme aussi personnel et affectueux que « ma biche ».

Becky resta assise là en silence, complètement prise de court. Les mots tournaient en boucle dans son esprit : ma biche, ma biche… ma biche ?

Enfin, secouant la tête comme un chien qui sort de l'eau, elle parvint à retrouver un semblant de voix :

— Bien sûr que c'est ma faute. Tu étais complètement dans les vapes.

— Hmmm, admit-il en hochant la tête. Juste assez pour faire un truc dont j'avais envie depuis toujours.

Le cœur de Becky avait cessé de battre.

— Qu'est-ce que tu veux dire ?

— Allons, Becky…

Il soupira, saisit sa pinte de Guinness et but une longue gorgée.

Elle ne put s'empêcher de consulter l'horloge Budweiser décorée de néons au-dessus du bar pour être certaine qu'il ne dépassait pas l'horaire de début de son jeûne. Il lui restait quinze minutes.

— Tu ne vas pas choisir ce moment pour devenir bouchée, ajouta-t-il.

Donc Angel avait raison. Il avait bel et bien voulu l'embrasser.

— Mais si t'as toujours eu envie de m'embrasser, pourquoi tu ne l'as jamais fait, bon sang ?

Elle pensa à tout le temps qu'ils avaient perdu. Du temps qu'ils auraient pu passer à s'aimer et à vivre leur vie ensemble plutôt que de se maintenir constamment à distance l'un de l'autre.

— Parce que je suis ton boss et trop vieux pour toi, répondit-il.

Il y avait de la tristesse dans le regard qu'il gardait braqué sur les bouteilles d'alcool alignées devant le grand miroir derrière le bar.

Elle ne put s'empêcher de remarquer qu'il n'avait pas mentionné la femme de Lincoln Park. Est-ce que ça signifiait que Becky avait eu raison de penser que ce n'était pas du sérieux ? Que cette femme n'était qu'une copine de couette ? Non seulement son cœur se remit à battre, mais il frémit d'espoir.

— Techniquement parlant, déjà, tu n'es pas mon patron. Mon salaire provient directement de la vente des motos, pas du gouvernement des États-Unis. Ensuite, avec treize ans de différence, c'est pas comme si on pouvait parler d'une relation printemps-automne, Frank. S'il fallait mettre ça dans une case, ce serait plutôt une relation printemps-été…

L'agacement la gagnait un peu plus à chaque seconde à l'idée que les choses auraient pu être si différentes si seulement ce gros malin les avait laissées se faire.

— Ou alors, termina-t-elle, tu pourrais regarder les choses d'une manière un peu plus moderne et admettre qu'en matière de relations l'âge n'a pas d'importance.

Il se tourna vers elle, une expression étrangement douloureuse sur le visage.

— Mais si, Becky.

Comme elle ouvrait la bouche pour le contredire, il la prit de vitesse.

— Et puis ça n'a plus d'importance maintenant, dit-il.

— Qu'est-ce que je suis censée comprendre quand tu dis ça ?

— Ce que je viens de dire, rien de plus. (Il haussa les épaules.) Peu importe ce qu'on aurait pu ou non partager maintenant que tu as Angel.

Becky eut un blanc. Un gros blanc. Elle comprenait les mots qui étaient sortis de la bouche de Frank – il parlait la même langue qu'elle, après tout – mais ils n'avaient aucun sens.

— Qu'est-ce que tu racontes ? s'exclama-t-elle avant de jeter des coups d'œil inquiets autour d'elle.

Par chance, tout le monde à l'exception d'Angel semblait décidé à ne pas empiéter sur leur intimité. L'ex du Mossad, pour sa part, s'était simplement installé en bout de comptoir, sa bière à la main, sans chercher à dissimuler qu'il observait attentivement leur échange.

Cette fois, Becky aurait vraiment, *vraiment* voulu pouvoir déchiffrer l'expression du mystérieux Israélien. Car il était clairement impliqué dans ce… ce… cette situation, quelle qu'elle puisse être.

— Je veux parler de ta relation amoureuse toute fraîche avec notre bellâtre et ancien du Mossad préféré.

C'était comme s'il lui avait balancé des formules mathématiques complexes. Ses mots étaient intelligibles, mais il aurait aussi bien pu lui parler en mandarin.

— Amoureuse ?

— Tu ne l'es pas ?

— Mais non !

Il la regarda en clignant les paupières. La cicatrice qui lui fendait le coin de la bouche s'était complètement décolorée et la grande qui lui traversait le sourcil se fripa et prit une teinte rose vif comme il fronçait furieusement les sourcils. Il y avait quelque chose de beau dans ce visage brut et ravagé. Une vraie gueule qui constituait une sorte de cartographie de l'existence rude qu'il s'était choisie. Becky avait la conviction qu'elle aurait pu la contempler pendant un siècle en trouvant sans cesse quelque chose de nouveau à admirer.

Après un long moment, Frank se passa la langue sur les lèvres et demanda, d'une voix encore plus grave que d'habitude :

— Tu n'es pas amoureuse d'Angel ?

— Bien sûr que non. À vrai dire, je suis presque sûre qu'il a une fille de chez lui dans la peau et... Quoi ? C'est quoi cette expression ?

Il avait vivement redressé le menton comme si elle lui avait donné un coup de poing et la dévisageait intensément de ses yeux d'un gris orageux.

— Mais... À la façon dont vous vous conduisez tous les deux, j'ai pensé...

Elle leva une main pour l'interrompre.

— Et on se conduit comment ? Comme des amis ? Comme des collègues ?

— Comme des amants, gronda Frank.

D'accord, il était temps d'arrêter les conneries.

— Tu rêves, Frank. Je n'ai pas traité Angel différemment des autres gars. Réfléchis un peu.

— Je vous ai vus vous câliner sur le canapé.

— « Câliner » est un peu fort, tu ne crois pas ? Disons plutôt que je me suis endormie sur lui, le pauvre, et qu'il a été assez gentil pour ne pas me réveiller alors que je ronflais et bavais sur son tee-shirt.

— Mais…

Il secoua la tête en faisant de son mieux pour ne pas la croire. Dieu seul savait pourquoi. Elle, en tout cas, n'en savait fichtre rien.

— Mais depuis ton retour, vous êtes inséparables tous les deux.

— Heu… ouais. Parce qu'on se magne pour finaliser les plans de sa bécane vu que tu viens de m'en donner une nouvelle à construire. T'as quand même pas oublié toutes les heures que toi et moi avons passées à concevoir Boss Hog ?

Becky, elle, s'en souvenait très bien. Les meilleurs moments de sa vie, immédiatement suivis par certains des pires. Parce que après des journées entières passées à bosser côte à côte et main dans la main, il filait passer l'essentiel de ses soirées à Lincoln Park. Chez Marie Couchetoila.

Grrr.

— Je me rappelle très précisément comment c'était de travailler aussi étroitement avec toi, Becky. Et je peux te garantir qu'on ne blaguait pas et qu'on ne rigolait pas comme toi et Angel aujourd'hui.

Cet homme était un idiot.

— C'est parce que les choses sont différentes entre nous, espèce de gros malin ! Elles l'ont toujours été !

Il ouvrit la bouche pour rétorquer quand soudain la porte du bar s'ouvrit. Samantha Tate, la plus futée et la plus tenace de la jeune génération de journalistes de Chicago, venait d'arriver.

Becky leva les yeux au ciel en réprimant un gémissement. *Par tous les saints, non, pas maintenant !*

La journaliste lui avait laissé à peu près trois milliards de messages auxquels Becky avait pris soin de ne pas donner suite. Parce que Samantha Tate n'était pas en quête de nouvelles citations pour son article sur l'attaque des pirates. Sur ce point, Becky n'avait absolument aucun doute. Quant à savoir ce qu'elle voulait vraiment, c'était encore assez flou.

Et quand il s'agissait de traiter avec la presse, Becky détestait le flou. Non, oubliez ça : en fait Becky détestait traiter avec la presse, point final.

La nouvelle venue fila droit sur Becky.

Putain, si c'est pas génial, tout ça !

Pour la première fois depuis plus de trois ans, Frank et elle se parlaient, se parlaient *vraiment*. Et c'est ce moment que choisissait la seule personne capable de faire fuir à coup sûr le grand, l'inébranlable Frank Knight pour pénétrer dans le bar et les interrompre.

Dans la mesure où la profession de Frank était en opposition directe avec la liberté de la presse, Becky ne fut pas surprise de le voir descendre de son tabouret et s'éloigner prudemment, la laissant seule face à la journaliste.

— Qu'est-ce que vous voulez, mademoiselle Tate ? grogna-t-elle avant que celle-ci puisse s'asseoir.

— Approfondir un peu mon sujet.

Samantha Tate déposa un fourre-tout rose en croco sur le bar et fit un signe de la main à l'intention de Delilah avant de s'approprier le tabouret que Frank venait d'abandonner.

Becky secoua la tête.

— N'y comptez pas, dit-elle. Au cas où vous n'auriez pas compris, j'ai accordé toutes les interviews que j'avais à accorder. J'ai raconté mon histoire autant de fois que j'étais prête à le faire et…

— La conférence de presse que vous avez donnée le jour de votre retour et les quelques interviews téléphoniques qui ont suivi ne satisferont pas la soif d'information du public à propos de votre douloureuse expérience, déclara fermement la journaliste.

Elle se tourna ensuite vers Delilah :

— Je vais prendre un martini, avec une bonne dose de saumure et deux olives.

— Et pour moi, ce sera l'addition, Delilah, annonça Becky. Ajoutes-y son verre.

— Merci, dit la journaliste.

— Je vous en prie.

— J'imagine que c'est la moindre des choses après avoir refusé de répondre à mes appels.

— Comme je vous l'ai dit, j'en ai fini avec les interviews.

— Mmm.

Samantha Tate hocha lentement la tête puis décocha à Becky un regard calculateur qui fit dresser les poils sur sa nuque.

— Alors, comment votre employé s'est-il blessé ?

— Quoi ?

— La grosse brute qui était assise ici.

Du menton, elle désigna l'endroit où Frank avait rejoint les autres Black Knights, près du juke-box.

— C'est bien l'un de vos employés, non ? Alors, comment s'est-il fait mal ?

— Ça n'est pas vos oignons.

Si l'ambition était un parfum, il se serait sans doute appelé *Eau de Samantha Tate*. Becky espérait seulement que le scoop qui propulserait Mlle Tate au sommet ne reposerait pas sur la découverte d'un groupe secret d'ex-militaires au service du gouvernement installé dans cette bonne vieille ville de Chicago.

— Pourquoi tant d'hostilité ? demanda la journaliste en feignant d'être vexée. Ce n'était qu'une question innocente.

— J'ai appris qu'aucune question n'est innocente quand c'est la presse qui la pose.

Samantha Tate secoua la tête en riant.

— Exact, admit-elle. Alors, il a été blessé en venant vous secourir ?

Elle prit une longue gorgée du martini trouble que Delilah venait de poser devant elle.

Ouais, question innocente, mon cul.

— Me secourir de quoi ?

— Des pirates.

— Bien sûr que non. C'est l'un de mes mécanos. Qu'est-ce qu'il irait faire dans l'océan Indien ?

La journaliste haussa un sourcil aussi élégant qu'exaspérant.

— Très bonne question, en effet.

— Merci, Delilah, murmura Becky comme celle-ci lui remettait l'addition.

Elle jeta un coup d'œil au total et sortit son portefeuille de sa poche en priant pour avoir assez de liquide et ne pas être obligée d'attendre pour payer par carte.

C'était le cas. *Merci mon Dieu !*

Elle se leva en déposant quelques billets sur le bar.

— Je ne sais pas ce que vous attendez de moi, mademoiselle Tate. Comme je vous l'ai dit, j'ai déjà trop raconté mon histoire. Et je suis sûre que les gens en ont autant assez de l'entendre que moi de la répéter.

— Il s'est passé autre chose sur ce pétrolier, n'est-ce pas, mademoiselle Reichert ? lui lança la journaliste comme elle s'éloignait vers la porte. On dirait qu'il se passe toujours des choses étonnantes quand vous êtes dans le coin. Comment ça se fait, dites-moi ?

Becky eut l'impression que le sol s'ouvrait sous ses pas. Mais elle fit néanmoins volte-face et repartit vers le bar pour se dresser au-dessus de la journaliste trop curieuse. À ceci près qu'elle était trop petite pour se dresser au-dessus de qui que ce soit ; elle se contenta donc de la fusiller du regard.

— Je vous ai dit tout ce que je sais. En temps normal, quand quelqu'un veut se lancer dans une quête futile, je laisse faire. Mais là, vous n'êtes pas seulement en train de perdre votre temps en vous fourrant le doigt dans l'œil, vous me faites aussi perdre le mien. Et, oui, je sais que je viens de m'emmêler les pinceaux dans la métaphore, alors profitez-en, citez-moi dans votre torchon !

Samantha Tate se mit à rire.

— Si le contexte était différent, j'ai l'impression que nous pourrions devenir très bonnes amies, mademoiselle Reichert.

— J'en doute.

— On ne sait jamais.

— Si vous le dites.

— Vous avez l'habitude d'avoir le dernier mot, Rebecca ?

— Toujours, Samantha.

La jeune femme gloussa et leva son verre de martini pour saluer Becky. Celle-ci ne put réprimer un début de sourire.

Secouant la tête, elle repartit vers la sortie, mais prit soin de ralentir le pas pour scruter le coin plongé dans l'ombre. Bien que les traits de l'homme dans le box soient toujours dissimulés par la pénombre, il y avait quelque chose de familier dans la forme de son visage, dans sa mâchoire carrée et son large front.

Hmmm...

— Qui c'est ? chuchota-t-elle à Frank qui lui tenait la porte, désignant l'homme d'un petit geste du menton.

Les autres Black Knights étaient déjà dehors. Ouaip, faites entrer une journaliste dans la place et ces hommes dont la vie dépendait du maintien de leur couverture se hâtaient de quitter les lieux. Les grondements de leurs engins qui démarraient dans la rue faillirent noyer sa question. Mais Frank était doté d'une ouïe aussi exceptionnelle que son physique.

— Un certain ex-agent de la CIA du nom de Dagan Zoelner, répondit-il.

Surprise, Becky se retourna avec l'espoir de reconnaître Zoelner, mais il faisait décidément trop sombre.

Dagan Zoelner avait travaillé pour le sénateur responsable de la mort violente de deux des employés de Black Knights Inc. Cependant, après avoir pris conscience de la trahison du sénateur, Zoelner s'était retourné contre lui pour participer à le faire tomber.

La dernière fois que Becky l'avait vu, il ressemblait à un punching-ball humain à la suite d'une dérouillée administrée par Dan. Pas étonnant qu'elle ne l'ait pas reconnu.

Ils franchirent le seuil pour s'avancer sous le soleil déclinant d'octobre.

— Qu'est-ce qu'il fait là ? demanda Becky.

Frank haussa les épaules.

— Aucune idée. J'imagine qu'il faudra attendre qu'il vienne nous le dire, hein ?

— On va de surprise en surprise aujourd'hui ! commenta Becky en élevant la voix pour se faire entendre par-dessus le grondement des moteurs.

— À qui le dis-tu.

Elle plongea son regard dans celui de Frank.

— Tu pensais vraiment que j'étais amoureuse d'Angel ?

— C'est si dur à croire ? C'est quand même toi qui disais qu'il était « beau à tomber ».

Il avait prononcé ces derniers mots avec une pointe de mépris.

— Ouais, c'est vrai, admit-elle.

Elle hésita un instant en se demandant si elle pouvait pousser la chose un cran plus loin et lui livrer le fond de sa pensée. *Oh, et puis qu'est-ce que j'ai à perdre ?*

— Mais il n'est pas toi, Frank, dit-elle.

Il s'immobilisa si brusquement que c'était un miracle qu'il ne se soit pas démis une vertèbre. Quand elle leva les yeux vers lui, elle lut l'émotion sur ses traits.

— Mieux vaut ne pas s'aventurer sur ce terrain, Becky, souffla-t-il d'une voix si basse qu'elle était à peine audible.

Mais elle en avait assez des petits jeux auxquels ils se livraient depuis plus de trois ans.

— Pourquoi ? demanda-t-elle. Je croyais qu'on pouvait enfin être honnêtes l'un envers l'autre aujourd'hui.

— Alors crois-moi quand je te dis très honnêtement qu'il ne pourra rien en ressortir de bon. Je ne peux pas te donner ce que tu veux.

Pourquoi les hommes pensaient-ils toujours savoir ce que voulaient les femmes ? N'apprendraient-ils donc jamais ?

— Et qu'est-ce que tu penses que je veux, exactement ?

— Ce que veulent toutes les femmes. Tout !

Ah, la bonne vieille excuse du « je ne suis pas du genre à m'engager ». Si elle n'avait pas été si énervée, ou si triste, ou… en fait, elle ne savait pas trop ce qu'elle ressentait… elle aurait éclaté de rire tellement le cliché était pathétique.

— Bon sang, Frank. C'est toi qui es bouché, là ! Tu penses que parce qu'il y a toujours eu ce… cette… (Son doigt fit plusieurs allers-retours entre eux.)… ce truc entre nous, je voudrais forcément *tout* ? Et qu'est-ce que tu fais du sexe rien que pour le plaisir ?

Il parut tellement surpris qu'elle faillit bien en rire.

— Ne me tente pas avec ce genre de truc, grogna-t-il. Pas aujourd'hui.

— Pourquoi ? Qu'est-ce qu'il y a de différent aujourd'hui ? demanda-t-elle en scrutant son visage à la fois dur, têtu et si merveilleux.

Une lueur effrayante passa dans le regard de Frank, et Becky sentit un étrange frisson remonter le long de son échine.

— Peu importe, dit-il.

Il secoua la tête avec une telle vigueur qu'elle n'était pas sûre de savoir s'il cherchait à la convaincre, elle, ou à se convaincre lui-même.

— Je refuse de céder à ce truc entre nous, dit-il.

Aïe. D'accord, ça, ça faisait mal.

— Comme tu veux, répondit-elle en se dirigeant vers Général Lee.

Elle enfila son casque, monta en selle et fit de son mieux pour ne pas s'appesantir sur le contact érotique du corps massif de Frank contre son dos lorsqu'il prit place derrière elle. Elle avait l'air minuscule par rapport à lui et elle prit conscience qu'il était le seul homme sur cette planète à lui faire pleinement apprécier sa féminité.

La plupart du temps, avec la peinture qui maculait son tee-shirt, du cambouis sous les ongles et un outil électrique à la main, elle avait l'impression de faire partie du groupe de mecs.

Mais quand Frank entrait dans la pièce, si imposant, si puissant, si viril, elle se rappelait soudain qu'elle avait des seins, un sexe, des désirs et… *Oh, par tous les diables !*

Avant de démarrer et de rejoindre les autres dans les rues de la ville, elle décida d'étaler ses cartes sur la table, une bonne fois pour toutes. Une sorte de va-tout émotionnel. Tournant la tête par-dessus son épaule, elle planta son regard dans le sien.

— Si jamais tu changes d'avis, tu sais où je dors…

14

Grafton Manor, St. Ives, Angleterre

Le voyage avait été interminable, la douleur insupportable.

Mais Sharif serra les dents pour résister à une immense envie de s'allonger sur le gazon frais et humide de la vaste pelouse pour une petite sieste d'un siècle ou deux. Au lieu de quoi, il gravit d'un pas traînant les grandes marches de pierre de la demeure au style Tudor modernisé et ouvrit maladroitement la porte.

Il aurait sans doute pu sonner. Phelps, âgé, stoïque et si typiquement britannique, aurait rapidement répondu à l'appel. Mais Sharif n'aurait pas l'énergie de répondre à l'interrogation qu'il lirait forcément dans le regard sagace du vieux majordome.

En s'avançant dans la fraîcheur de l'entrée carrelée, avec son alignement précis de piédestaux en bois de cerisier sur lesquels se dressaient des vases Ming d'une valeur inestimable, il poussa un bref soupir de soulagement.

Il avait réussi.

Durant le vol, alors que la souffrance était telle que son champ de vision s'était réduit à un minuscule tunnel où passait à peine un rayon de soleil, il s'était dit que c'était peut-être la fin. Et il avait pleuré, d'une manière étrangement détachée, l'idée de ne plus jamais revoir les champs verdoyants d'Angleterre. L'Afrique était peut-être sa terre natale, mais l'Angleterre était sa terre adoptive.

Après s'être autorisé quelques instants d'apaisement, il finit par se diriger vers les énormes portes d'acajou sculpté à l'extrémité du hall plongé dans l'ombre. Une fois devant les battants, il ferma les paupières, frappa à la porte et rassembla son courage pour la confrontation à venir quand une voix grave énonça :

— Entrez.

Né de la brève aventure d'un riche seigneur anglais et d'une princesse africaine fortunée, Asad Grafton avait lutté pour se frayer un chemin à la croisée de deux mondes. Ce combat avait fait de lui l'homme qu'il était à présent. Dur, tranchant comme un rasoir et absolument impitoyable.

Sharif avait un jour eu l'occasion de voir ce caractère cruel à l'œuvre et ce souvenir continuait à le hanter…

Poussant les lourdes portes, il entra dans la vaste bibliothèque qui, outre sa grande cheminée où crépitait un feu, accueillait de hautes étagères remplies d'éditions originales. Le sol était constitué d'un parquet ajusté à la main et si soigneusement verni que le reflet de Sharif lui rendait son regard. Les meubles de style Chippendale, imposants et chargés de décorations, provenaient de chez les meilleurs antiquaires.

Et, au milieu de toute cette opulence était assis Asad, occupé à feuilleter la dernière édition du *London Times*.

— Tu n'aurais pas dû venir. Interpol en a après toi. Mes sources m'indiquent qu'ils ont déjà remonté ta piste depuis le Kenya jusqu'à Heathrow. Il aurait été souhaitable de te montrer plus prudent.

Un sourire cynique déforma les lèvres de Sharif.

— Moi aussi, ça me fait plaisir de vous voir en vie, *père*.

— Ne sois pas si sensible, gronda Asad. On dirait ta mère.

Ah, la pire insulte qui soit dans la bouche de cet homme.

— Je suis venu parce que j'ai besoin d'informations. Et je n'avais pas le temps de me montrer plus prudent.

— Alors tu aurais dû éliminer ce bouseux de pilote que tu as payé pour t'emmener jusqu'en Angleterre. À mon avis, tu n'avais pas encore quitté la piste qu'il était déjà en train d'appeler les autorités pour leur donner ta description.

Sharif leva sa main bandée. Le mouvement déclencha une pulsation à travers sa blessure qui lui donna l'impression qu'un second cœur battait dans sa paume. Un second cœur aux crocs acérés et dégoulinants de venin.

— Ce bouseux de pilote faisait deux fois ma taille et, au cas où vous ne l'auriez pas remarqué, je suis nettement diminué physiquement parlant.

— J'ai cru comprendre que tu avais perdu un doigt.

— J'aurais pu perdre beaucoup plus, rétorqua Sharif.

Une vague de fièvre le submergea. Depuis qu'il s'était réveillé dans l'hôpital kényan, il oscillait sans cesse entre sueurs froides et bouffées de chaleur.

— J'aurais pu y perdre la vie, souffla-t-il.

Asad – Sharif ne pensait jamais à lui en tant que « papa » – s'appuya contre le dossier de son fauteuil en cuir, les mains jointes sous son menton aristocratique.

— Et tu m'en tiens pour responsable ?

— Je ne me serais pas retrouvé sur ce tanker si vous ne m'y aviez pas envoyé.

Le sourire d'Asad ressemblait à celui d'un requin : tout en dents et dénué de la moindre émotion.

— Oh, comme ta mémoire est sélective. N'est-ce pas toi qui m'as supplié de te trouver une tâche qui te rapporterait assez pour que tu puisses te retirer des affaires ?

En apprenant à vivre à cheval sur les univers différents de ses parents, Asad avait perfectionné sa capacité à évoluer dans les deux à la fois. Il avait investi la richesse héritée de son appartenance à la dynastie des Grafton dans des transactions auprès de contacts noués du côté de sa mère. Les entreprises commerciales publiques d'Asad n'étaient que des façades pour les affaires qu'il menait en privé. À savoir la drogue, les armes, le trafic d'esclaves et, plus récemment, la piraterie.

— Je n'aurais jamais imaginé que vous me placeriez directement face au danger, répliqua froidement Sharif.

Pendant une longue minute, Asad se contenta de l'observer sans rien dire. Une expérience semblable à celle d'une gazelle blessée sur laquelle se poserait le regard d'un lion paresseux au ventre plein. Avoir conscience de la possibilité d'une mort rapide et douloureuse tout en gardant espoir que le grand fauve ne daignerait pas déployer l'énergie nécessaire.

Finalement, Asad étendit les bras pour désigner le luxe qui l'entourait.

— T'imagines-tu que j'ai obtenu tout ceci en restant en sécurité du bon côté de la barrière ? En ne prenant jamais le risque de croiser la Faucheuse ?

— Je voulais seulement dire que…

— Assez ! rugit Asad.

Sharif ferma brièvement les paupières comme le son résonnait sous son crâne enfiévré avec la force d'une enclume s'écrasant au sol.

— Rien de tout ceci ne compte plus, poursuivit Asad. L'opération a échoué et nous n'avons d'autre choix que d'aller de l'avant. Mais tu dois d'abord débarrasser le plancher. On ne doit pas te voir en ma compagnie.

— Et pourquoi quiconque aurait-il l'idée de venir me chercher ici, *père* ? demanda Sharif en insistant avec colère sur ce dernier mot. Personne n'est au courant du lien qui existe entre nous.

Comme son père avant lui, Asad Grafton avait voyagé jusqu'en Afrique et y avait rencontré une femme très belle et très exotique. Mais, à l'inverse de son géniteur, Asad avait refusé de reconnaître publiquement l'enfant né de cette brève et tumultueuse liaison. Sharif n'avait même jamais su qu'il avait un père avant d'être en âge d'aller à l'école. Alors sa mère l'avait envoyé en Angleterre où, grâce à l'argent d'Asad Grafton, il avait reçu la meilleure éducation… et rien de plus.

— Et personne n'en sera jamais informé, répliqua Asad avec un détachement rageant. En particulier maintenant que ton visage est connu de la police. Et puisqu'on en parle, il faut que tu quittes l'Angleterre.

Immédiatement. Rends-toi dans un pays sans accords d'extradition et fais modifier ton apparence par un chirurgien esthétique. Nous te fournirons une nouvelle identité, ce ne sera pas un problème.

Il agita la main comme si la contrefaçon de passeports, histoires personnelles, certificats de naissance et autres documents similaires n'était qu'un détail. Ce qui, pour un homme disposant d'autant de ressources et de pouvoir que lui, était sans doute le cas.

Sharif était d'autant plus d'accord que cela faisait depuis le départ partie de son plan.

— C'est ce que je vais faire, affirma-t-il. Mais d'abord, j'ai besoin de toutes les informations que vous pourrez me fournir sur Rebecca Reichert.

Asad se rembrunit.

— Quoi ? Pourquoi aurais-tu besoin de cela ?

Sharif leva de nouveau sa main malgré la douleur qui accompagnait son geste.

— Parce qu'elle doit payer pour ceci.

— Ah. Mais se venger pour une blessure aussi insignifiante semble presque tenir du caprice, tu ne crois pas ?

— Insignifiante ! enragea Sharif. Je suis estropié à vie ! Aucun chirurgien ne pourra réparer ça !

— Certes, mais tu peux difficilement blâmer cette femme. D'après les rapports que j'ai reçus, tu braquais une arme contre sa tempe et menaçais de la jeter par-dessus bord. T'attendais-tu à ce qu'elle se laisse faire sans résister ?

Sharif aurait donné cher pour savoir comment Asad avait pu obtenir de telles informations. Cet homme lui faisait parfois l'effet d'un dieu doué d'omnipotence.

— Elle n'a pas cessé de m'insulter. Vous plus que quiconque devez bien comprendre que je ne peux pas laisser passer un tel affront.

— C'est une Américaine, déclara Asad comme si cela excusait son comportement.

— C'est une salope insolente et je veux la faire taire. Définitivement.

— Mmm.

Asad avait adopté cet air complaisant et ce sourire entendu qui donnaient systématiquement la chair de poule à Sharif. Cette occasion ne faisait pas exception.

— Et de quelle manière la feras-tu souffrir avant de la faire taire définitivement ?

— Je ne sais pas, père, rétorqua Sharif. Peut-être de la même manière que vous avez fait souffrir ma mère.

Sharif terminait sa sixième année de pensionnat quand sa mère avait pour la première fois fait le déplacement jusqu'en Angleterre pour le voir. Elle lui avait paru hagarde et affaiblie, l'ombre de la belle femme qu'il avait laissée en partant.

La guerre civile en Somalie avait décimé le pays et condamné la population à la famine et au plus grand dénuement. Sharif ne l'avait pas su à l'époque, mais sa mère était désespérée. Et ce désespoir avait causé sa perte, car elle avait gravement sous-estimé Asad Grafton. Quand elle avait tenté de faire chanter Asad en menaçant de révéler publiquement l'existence de son fils illégitime, il avait réagi comme il le faisait face à n'importe quel obstacle sur son chemin. De façon décisive et définitive.

En rentrant au dortoir où sa mère avait promis de l'attendre après sa dernière heure de cours, Sharif avait eu la surprise d'y trouver son père. Durant le trajet jusqu'à l'hôtel, il trépignait de joie, persuadé que ses parents allaient se marier, que son père allait sauver sa mère et faire en sorte que tout finisse bien.

Mais Asad avait tout autre chose en tête que le salut de Nadifa Garane.

Pour bien faire comprendre à son fils que personne ne pouvait s'opposer à Asad Grafton et survivre assez longtemps pour s'en vanter, son père l'avait ligoté sur une chaise dans une suite opulente du *Savoy* de Londres avant de violer puis d'étrangler sa mère sous ses yeux.

Sharif avait bien retenu la leçon. Mais, malgré la peur que lui inspirait la désapprobation paternelle, il était obnubilé par l'idée de faire payer Rebecca Reichert pour ce qu'elle lui avait fait.

La référence aux événements qui s'étaient déroulés dans cette chambre d'hôtel tant d'années plus tôt fit ricaner Asad.

— Ça t'a plu, n'est-ce pas ? Voir le pouvoir qu'un homme exerce sur une femme ?

Non. Cela ne lui avait pas plu à l'époque. Il avait pleuré à en avoir les yeux bouffis, avait hurlé dans son bâillon jusqu'à ce que sa gorge soit en feu et s'était débattu contre ses liens au point d'avoir les poignets en sang.

Tout cela en vain, bien entendu.

Mais à l'idée de faire subir à cette salope de blonde américaine le sort que son père avait réservé à sa mère, il sentit sa virilité gonfler sous un afflux de sang. Peut-être son psychisme s'était-il brisé en ce jour fatidique, ou peut-être avait-il simplement été perverti au-delà de tout espoir de rédemption. Malheureusement, il commençait à croire qu'il tenait surtout davantage de son père qu'il ne l'avait imaginé jusque-là.

— Je veux ces informations, déclara-t-il.

Il résista à l'envie d'essuyer les gouttes de sueur sur son front. Cela aurait été perçu comme un signe de faiblesse et il avait appris à ne jamais laisser paraître sa faiblesse devant son père.

— Et tu les auras, répondit celui-ci.

Il ouvrit un tiroir de son bureau et en sortit un dossier qu'il tendit à Sharif. Pour la première fois de sa vie, celui-ci crut lire une étincelle de fierté dans les yeux de son père.

En ouvrant le dossier, il se sentit bouillir. Elle était là, son visage rieur étalé sur un grand cliché en couleur.

Rebecca Reichert.

Prépare-toi, j'arrive…

Mais qu'est-ce que je fous ici ?

C'était la troisième fois en autant de minutes que Frank se posait cette question. Il se tenait debout dans le couloir désert et plongé dans le noir du deuxième étage de l'atelier, son front appuyé contre la porte de la chambre de Becky.

Il était une heure du matin. Tout le monde était parti se coucher depuis plusieurs heures, lui compris. Et, malgré sa conviction qu'il n'y parviendrait pas, il avait fini par s'endormir. Mais il s'était réveillé en sursaut un peu plus tard. Son épaule l'élançait et des frissons lui parcouraient l'échine, accompagnés de la certitude absolue que demain verrait son dernier lever de soleil.

Alors qu'avait-il fait ?

Il avait bondi hors de son lit comme si le matelas était en feu pour enfiler un vieux jean et une chemise, son bras valide passé dans la première manche tandis que la seconde pendait par-dessus son membre en écharpe. Puis, il s'était glissé pieds nus dans le couloir pour se tenir devant la seule porte sur toute la planète face à laquelle il n'aurait jamais dû se trouver.

Cette invitation… Bon Dieu, il n'arrivait pas à se la sortir de la tête…

« Si jamais tu changes d'avis, tu sais où je dors. » Les mots résonnaient à l'intérieur de son cerveau en surchauffe, en même temps que « et qu'est-ce que tu fais du sexe rien que pour le plaisir ? ».

Et juste derrière, une petite voix qui murmurait : *ça n'a pas d'importance. Tu es toujours son patron. Elle est toujours trop jeune pour toi. Et pense à l'effet que ça aurait sur Shell.*

Malheureusement, avec l'approche du matin et de son opération à l'épaule, cette petite voix se faisait de plus en plus inaudible au profit d'une autre bien plus tentante qui, elle, gagnait en force.

Celle-là lui affirmait qu'à la même heure le lendemain il pourrait bien être mort. Quel serait alors son plus grand regret ? Avoir manqué l'occasion de passer une nuit dans les bras de la femme qu'il désirait plus que son prochain souffle ? Ou avoir trahi une personne qu'il aimait ?

En réponse, un souvenir se manifesta derrière ses paupières closes…

C'était une belle journée de juin et il roulait vitre ouverte, installé sur le siège passager de la Thunderbird turquoise de son père. Il avait dix ans et était en route pour aller « manger une glace ». C'était le code qu'employait Robert Knight quand il allait rendre visite à l'une de ses *petites dames* comme il aimait les appeler.

Ces balades pour « manger une glace » se déroulaient toujours selon le même scénario.

Son père lui achetait deux boules de glace « Rocky Road », chocolat, marshmallow et amandes, ainsi qu'une bande dessinée. Puis il l'installait sur le perron de l'appartement où sa petite dame du moment habitait. Une heure plus tard, son père ressortait, l'air enjoué et les cheveux en désordre, et ils rentraient à la maison en souriant de leur petite ruse parce que c'était amusant d'avoir des secrets *entre mecs*. Des choses qu'ils ne partageaient que tous les deux. Des choses que les filles de la famille ignoraient.

Mais en ce jour fatidique de juin, tout avait changé. Parce que ce matin-là Timothy Murray, le meilleur ami et voisin de Frank, était venu le voir en larmes, racontant que ses parents divorçaient parce que son père couchait avec une autre femme que sa mère. Un éclair de compréhension avait traversé l'esprit de Frank.

Pour la première fois, il avait pris conscience que peut-être son père ne se contentait pas de boire du Coca-Cola, de fumer des Marlboro et de jouer au poker avec ses petites dames.

— Tu couches avec elle ? avait-il demandé alors qu'ils se garaient devant une petite maison à bardeaux avec un porche couvert et un gazon épars.

La maison avait un jour été blanche, mais la peinture s'était écaillée, défraîchie jusqu'à devenir grisâtre. Et même le jeune Frank pouvait sentir le parfum de désespoir qui flottait dans l'air comme les émanations d'une raffinerie.

— Est-ce que tu sais vraiment de quoi tu parles ? avait rétorqué son père.

Il avait appuyé un bras musculeux sur le bord de la vitre ouverte et actionné l'allume-cigare au-dessus du vide-poches central.

Robert Knight avait la beauté du diable ; c'était ce que tout le monde disait.

Frank n'aurait pas su dire si c'était vrai. Mais il savait que son père était plus grand, plus impressionnant et plus costaud que la plupart des hommes. Et il se sentait minuscule en comparaison, surtout à cet instant où l'atmosphère qui régnait dans la voiture était devenue aussi tendue qu'une corde de piano.

— J'en sais assez pour comprendre que t'es pas censé coucher avec quelqu'un d'autre que maman, avait-il répondu d'un ton maussade.

Puis il avait jeté son cornet de glace par la fenêtre et l'avait regardé s'écraser sur le trottoir, le cône dressé en l'air tel un petit chapeau pointu tristounet.

Ce qu'il se passait ici ne méritait pas d'être fêté, et manger cette glace aurait rendu Frank complice des actes de son père.

Cette pensée lui donnait le sentiment d'être plus sale qu'il ne l'avait jamais été, comme s'il avait besoin d'être récuré des pieds à la tête avec plusieurs litres d'eau de Javel.

— Qui dit que je ne dois coucher avec personne d'autre que ta mère ? avait demandé son père à mi-voix.

— Tout le monde ! s'était écrié Frank, le visage rougi par l'embarras et la colère.

Il ne voulait pas être le fils d'un « don Juan », une expression qu'il avait entendue dans l'un des feuilletons que sa mère regardait l'après-midi. Quand Frank lui avait demandé ce que cela voulait dire, elle lui avait expliqué qu'il s'agissait d'un homme qui trahissait les promesses faites à sa femme et à ses enfants.

Son père n'avait même pas tressailli face à son rugissement d'indignation. Il s'était contenté de saisir l'allume-cigare et d'allumer la cigarette fraîchement sortie du paquet coincée entre ses grandes dents blanches. Il avait inhalé la fumée puis l'avait laissée ressortir en regardant tranquillement les volutes tournoyer le long du plafond recouvert de feutre. Puis il avait demandé d'une voix posée :

— Tu as déjà entendu le dicton « ce que tu ne sais pas ne peut pas te faire de mal » ?

— Oui.

Frank avait croisé les bras sur sa poitrine maigrichonne. Pour la première fois de sa vie, il avait envie de donner un grand coup de poing dans quelque chose. Il était surpris que ce quelque chose s'avère être son propre père.

— Mais c'est pas parce que maman le sait pas que c'est bien. Ce que tu fais, c'est mal.

Son père avait haussé les épaules.

— Mais à qui ça fait du tort ? Je paie les factures. Je mets un toit au-dessus de sa tête. Elle est contente avec ses réunions entre femmes, ses jolies robes et sa belle voiture neuve. Et je me montre discret avec mes petites dames. Tu sais ce que veut dire « discret », n'est-ce pas ?

Frank avait fait oui de la tête.

— D'accord. Donc, je te le redemande : à qui ça fait du tort ?

Frank n'avait pas su quoi répondre, car son père avait raison. Sa mère était effectivement heureuse et elle le resterait tant qu'elle ne découvrirait pas la vérité.

Il avait soudain pris conscience qu'il était piégé. Piégé dans la tromperie paternelle comme une mouche piégée par une araignée dans sa toile soyeuse.

— J'y vais, avait annoncé son père après un long silence.

Frank avait tourné la tête vers la maison. Une femme se tenait sur le seuil, vêtue d'un jean coupé très court et d'un petit haut en dentelles.

C'était la première fois que Frank voyait l'une des petites dames de son père, et cette vision le laissa stupéfait. Lorsqu'il imaginait une petite *dame*, il se représentait le genre de femmes que sa mère aimait inviter pour prendre le thé et jouer au bridge. Des femmes rondes, douces, maternelles, avec de petites pattes-d'oie aux coins des yeux et un soupçon de gris dans leurs cheveux.

La fille debout près de la porte ne ressemblait à rien de tout ça.

D'abord, elle était mince, et même maigre. Ses côtes étaient visibles comme les barres d'un xylophone. Ensuite, malgré son apparence émaciée, c'était l'une des plus jolies femmes qu'il ait jamais vues, avec des pommettes hautes, des grands yeux aux cils épais et une bouche qui, pour la première fois, lui faisait sentir à quel point la bouche d'une femme pouvait être fascinante. Sa peau était d'une blancheur lisse et sans défauts et sa chevelure d'un roux chatoyant.

— Elle a quel âge ? avait-il demandé avant que son père soit sorti de la voiture.

— Dix-huit, je crois.

Frank avait eu un mouvement de recul à l'idée que son père puisse coucher avec quelqu'un du même âge que la fille qui venait parfois faire du baby-sitting. Son père avait ri de cette réaction.

— Ce qu'il y a de bien quand on est un homme, c'est qu'on se bonifie avec l'âge. On vieillit, d'accord, mais pas les femmes qui nous désirent. Et un jour, tu découvriras qu'il n'y a rien de meilleur qu'une fleur qui vient tout juste d'éclore.

Et sur cet ultime conseil, son père avait claqué la portière et s'était avancé vers la maison d'un pas nonchalant en projetant d'une pichenette son mégot de cigarette au milieu des touffes d'herbes folles.

C'était la dernière fois que Frank avait accompagné son père pour « manger une glace ». Mais il n'avait révélé à personne le secret paternel.

Deux ans plus tard, après qu'il eut attrapé angine sur angine, son médecin l'avait envoyé se faire opérer des amygdales. C'était ce jour-là que la vie de Frank avait basculé. Quand les choses s'étaient mal passées sur la table d'opération et qu'il avait failli mourir, Robert Knight s'était servi de cette crise comme prétexte pour se déclarer inapte à la vie de famille et les abandonner tous une bonne fois pour toutes.

Frank secoua la tête pour chasser ce souvenir douloureux et recula d'un pas face à la porte de Becky.

Qu'est-ce que je fous ici ?

La question résonnait une fois de plus sous son crâne douloureux, mais il n'eut pas le temps d'y répondre que la porte s'ouvrit. Soudain, il ne se rappelait plus de son propre nom, sans même parler de la réponse à la question. Son esprit s'était enrayé.

Arrêt total.

Plus aucune pensée.

Parce qu'elle se tenait là, devant lui. La femme de ses rêves, les cheveux en bataille, l'air grognon, sa peau encore chaude et rose du sommeil dont elle émergeait.

Il n'avait jamais été un inconditionnel de quoi que ce soit qui n'offre pas de chargeur supplémentaire ou la possibilité d'être aiguisé comme un rasoir. Mais à cet instant, il aurait voulu se prosterner devant les fonts baptismaux de la dentelle rouge.

Mon Dieu, ce petit haut qu'elle portait…

C'était une pièce de satin rouge cerise au col décoré de dentelles qui effleuraient les rondeurs souples de ses seins libérés de toute gaine. Et, oui chef, c'étaient bien ses mamelons qui apparaissaient légèrement en relief sous le tissu soyeux.

— Qu'est-ce que tu veux, Frank ? grommela-t-elle.

Elle se frotta les paupières et tourna vers lui ses yeux étrécis en allumant la lumière. Celle-ci vint éclairer sa chevelure emmêlée, les marques laissées par l'oreiller sur sa joue lisse et encore légèrement décolorée et sa tenue qui, hormis son haut sexy, se résumait à un petit boxer en flanelle rouge et vert.

Était-ce déjà Noël ?

Non. Pas avant dix semaines.

Mais en la contemplant, surtout vêtue de ces couleurs, il avait l'impression qu'on lui offrait le plus beau cadeau au monde.

Qu'est-ce qu'il voulait ?

Heu… rien… que… du sexe.

Oui chef, du sexe.

Ce fut la seule réponse qui lui vint durant ces quelques interminables secondes où il se retrouva face à elle, comme paralysé, le regard braqué sur ses mamelons, puis sur son boxer, puis plus bas le long de ses jambes sveltes et nues jusqu'à ses orteils vernis de couleurs pétantes qui lui faisaient toujours un effet bœuf.

— Heu…

Avec un effort digne d'Hercule abattant le lion de Némée, il parvint à relever les yeux vers le visage de Becky.

— Je… j'arrivais pas à dormir parce que je m'en voulais de ne pas t'avoir dit à quel point t'avais bien géré la journaliste cet après-midi.

Impeccable. Il était désormais prêt à concourir pour le prix du Crétin de l'Année.

— Hein ?

Becky bâilla et s'étira avec une grâce toute féline. Son top se releva, laissant apparaître le cercle d'étoiles qu'elle s'était fait tatouer autour de son mignon petit nombril.

Bon, c'était trop. Il fallait qu'il se tire de là. Deux minutes plus tôt…

— Je voulais juste te dire que t'as bien esquivé les questions de la journaliste aujourd'hui, murmura-t-il en reculant vers le couloir.

— Frank…

Elle s'était penchée en avant pour l'appeler, et la vue plongeante que son décolleté offrait sur les doux globes de ses seins le pétrifia.

— C'est l'opération de demain qui te rend nerveux ? demanda-t-elle. T'as besoin de quelqu'un avec qui en parler ?

Il s'efforça de soutenir son regard inquiet – *arrête de regarder ses seins, arrête de regarder ses seins* – et secoua la tête. La peau au-dessus des pommettes de Becky se tendit et rosit tandis qu'une flamme nouvelle s'allumait dans ses yeux.

— Alors peut-être que tu voudrais entrer pour une autre raison ?

Elle fit un pas en arrière et ouvrit grand la porte.

Oui. Oh, ma biche, s'il te plaît, oui !

— Ce serait pas une bonne idée, dit-il, mâchoires serrées.

Malgré ses efforts, il ne put s'empêcher de poser de nouveau le regard sur ses seins et la forme de ses mamelons visible à travers le satin.

— Ce n'est pas un « non » que j'entends là, chuchota Becky avec sa voix digne du téléphone rose.

Et, avant qu'il comprenne ce qu'il se passait, elle saisit l'ourlet de son haut et, d'un geste vif, le fit passer au-dessus de sa tête.

Même avec beaucoup d'imagination, personne n'aurait pu prétendre que Becky avait une grosse poitrine. Ses seins étaient menus, hauts et ronds à la peau laiteuse, et surmontés par des mamelons couleur de pêche.

En un mot : la perfection.

Il essaya de dire quelque chose. Il ne savait absolument pas quoi, sans doute une nouvelle protestation à propos de cette mauvaise idée, mais seul un bruit étranglé et bizarre sortit de sa gorge serrée.

Alors Becky fit quelque chose de plus dingue encore.

Elle passa les pouces sous l'élastique de son short et l'abaissa le long de ses jambes lisses et bronzées avant de le projeter nonchalamment du pied vers la chambre, comme elle l'avait fait de son haut.

Bordel. Elle était là. À même pas deux mètres de lui. Complètement, merveilleusement et indéniablement nue. Et lui restait bouche bée comme un crétin des Alpes parce que le mot « perfection » ne suffisait même plus pour un tel spectacle. Pour tout dire, il n'avait pas de mots pour décrire la beauté radieuse, splendide et féminine de Rebecca Reichert dans toute sa nudité.

— Bon, Frank… murmura-t-elle.

Elle souriait du sourire d'une femme qui sait qu'elle a entièrement sous sa coupe un homme qui a cessé de réfléchir avec la tête perchée sur ses épaules pour ne plus penser qu'avec celle qui pend habituellement entre ses cuisses.

— Est-ce qu'on va enfin se laisser aller ? À toi de décider.

À cet instant, quelque chose en lui céda, se brisa et se libéra brutalement de la même manière que les ligaments et les tendons de son épaule.

Il se fichait de savoir qu'il était son patron et qu'elle était trop jeune pour lui. Il se fichait du souvenir de son père et de savoir qu'il allait commettre le même péché que Robert Knight avait commis encore et encore.

C'était ce qu'il désirait, voilà ce qui importait. Et il n'allait pas s'en priver plus longtemps.

Cette femme. Cette nuit.

C'était tout ce qui comptait.

De toute façon, tout pourrait très bien s'arrêter dès le lendemain…

15

Mince, est-ce que je viens de faire l'erreur de ma vie ? se demanda Becky tandis qu'une vague de chaleur la submergeait des pieds à la tête.

Elle avait ressenti une telle certitude quand le bruit de quelqu'un derrière sa porte l'avait réveillée. La certitude que Frank avait enfin dépassé l'obstacle qui l'empêchait d'aller vers elle. Et quand elle avait ouvert la porte et l'avait trouvé debout sur le seuil, elle en avait été convaincue à cent pour cent.

Mais au lieu de se précipiter pour la soulever dans ses bras et la jeter sur le lit, il restait là, silencieux et haletant. Au lieu d'écraser ses lèvres sous un baiser à lui embraser l'âme, il s'accrochait à la ceinture de son jean comme à une sorte de filin de sécurité.

Allez, Frank. Fais quelque chose.

Mais la seconde d'hésitation se changea en dix autres et il demeura là. Immobile.

Bon, s'il décidait de la repousser de nouveau, elle allait faire en sorte que ce moment reste imprimé au fer rouge dans son souvenir. Parce qu'elle avait abattu toutes ses cartes, joué son va-tout. Il n'y aurait pas de prochaine fois. Alors, elle laissa ses yeux se repaître du spectacle devant elle, s'autorisa à l'admirer sans la moindre retenue.

Il était si grand, si beau.

Le regard de Becky remonta depuis ses orteils jusqu'à ses mollets puis vers ses cuisses et ses hanches minces. Avec sa chemise à moitié enfilée, elle profitait d'un spectacle auquel elle avait rarement droit : le torse de Frank. Des touffes de poils sombres garnissaient ses pectoraux gonflés puis descendaient en une ligne étroite entre les muscles arrondis de son ventre pour disparaître derrière la ceinture de son jean. La ceinture à laquelle il s'accrochait toujours comme s'il craignait que son pantalon ne lui tombe sur les chevilles.

Comme si je pouvais avoir une telle chance, se dit Becky.

Et au moment où elle se convainquit qu'elle avait fait erreur, au moment où elle s'apprêtait à reculer pour lui claquer la porte au nez (il y avait des limites à ce qu'une femme pouvait offrir et au nombre de refus qu'elle pouvait essuyer), quelque chose changea dans l'expression de Frank.

Son visage qui ressemblait à celui d'un homme torturé évoqua soudain le faciès d'un faucon qui vient d'apercevoir une souris blessée boitillant dans l'herbe haute. Le cœur de Becky faillit exploser de joie quand il fit deux grands pas vers elle et la repoussa en douceur à l'intérieur de la chambre avant de refermer et verrouiller la porte derrière lui.

Il aurait voulu baisser son jean, incliner Becky au-dessus du bureau et s'enfoncer en elle jusqu'à ce que ses bourses surchauffées s'écrasent contre ses fesses lisses.

Une moitié de lui désirait cela, en tout cas.

L'autre moitié savait qu'il n'aurait que cette nuit. Une seule nuit pour en faire une expérience inoubliable.

Il tendit la main pour toucher ses cheveux et prit plaisir au spectacle de ses doigts épais et rugueux glissant au milieu des mèches dorées et soyeuses.

Il avait toujours aimé les cheveux de Becky, surtout détachés comme maintenant. Elle les rassemblait habituellement en queue-de-cheval. Une coiffure maîtrisée, contenue, qui interdisait qu'on y touche. La façon dont cette cascade de boucles blondes retombait à présent sur ses épaules et dans son dos semblait à l'inverse inviter au contact.

Il descendit vers sa joue et caressa du bout du pouce les derniers vestiges de son hématome. Il frissonna en repensant à l'absolue terreur qui lui avait agrippé le cœur lorsqu'il avait cru qu'elle allait passer par-dessus bord et à l'explosion de soulagement et de joie presque étourdissante quand il était parvenu à refermer ses doigts autour de sa fine cheville.

Il suivit doucement le tracé de sa gorge et s'arrêta à l'endroit où battait son pouls empressé. Il sentit le gland de son sexe pulser en rythme avec le cœur de Becky.

Deux cœurs battant à l'unisson. Il avait entendu cette phrase quelque part. À l'époque, il s'était dit qu'il s'agissait d'un gros cliché sirupeux, mais à présent… Il comprenait. Oh que oui. Et ce n'était pas sirupeux du tout. C'était incroyablement érotique.

Becky devait penser la même chose car elle respirait bruyamment, ses grands yeux pleins de douceur emplis de confiance, d'espoir et d'*envie*.

Il se passa la langue sur les lèvres en laissant ses doigts dériver vers le bas, au-dessus de sa clavicule délicate, puis plus bas encore, jusqu'à frôler le bourgeon durci de son téton. Elle tressaillit et, en retour, Frank sentit une vague de sensations lui remonter la colonne vertébrale.

— Frank, murmura-t-elle.

Elle tremblait franchement désormais.

Il ne savait pas précisément à quel genre de sexe elle s'attendait. Quel genre de sexe elle attendait de lui…

La plupart du temps, il aimait que ce soit lent et intense, un peu coquin quand sa partenaire était d'accord, et très débridé quoi qu'il arrive. Mais de quel style d'ébats Becky avait-elle envie ? Car, même si cette nuit représentait pour lui une occasion unique, son seul souci était que ce soit parfait *pour elle*.

Elle s'approcha de lui à cet instant – elle n'avait visiblement plus envie d'attendre qu'il agisse – pour refermer ses bras minces autour de son cou et, dressée sur la pointe des pieds, essayer d'atteindre ses lèvres. Même ainsi, l'adorable créature était encore trop petite. Alors il pencha la tête et s'émerveilla de la douceur de ses lèvres lorsqu'elles effleurèrent les siennes, le goût de sa langue lorsqu'elle l'introduisit avec audace dans sa bouche. Il ne put s'empêcher de lui incliner légèrement le menton à l'aide de la paume de sa main et de lui rendre ce baiser à pleine bouche…

Pastèque.

Ce devait être le parfum de la dernière Dum Dum qu'elle avait mangée.

Une véritable ambroisie. Le nectar des dieux. Et elle-même était une déesse.

Surtout quand elle se rapprocha et se blottit contre lui. Seins contre torse. Hanche contre hanche. Peau contre peau.

Elle était tellement chaude, tellement douce et souple et tellement, tellement féminine.

Oui, oui, oui, oui…

C'était la seule chose qui résonnait dans son esprit. Cet unique petit mot qui se répétait, encore et encore face à cette sensation étourdissante, hallucinante, d'avoir Becky, nue, entre ses bras. Plus hallucinant encore fut le moment où elle coinça son talon derrière le genou de Frank pour se frotter de bas en haut sur toute la longueur de son membre gonflé. Et lorsque son ventre chaud appuya sur le gland éminemment sensible qui émergeait de sous la ceinture de son jean, Frank se figea…

— Becky…

Il tenta d'échapper à ses lèvres, à la prise de ses bras si doux autour de lui, mais elle se plaqua encore un peu plus contre son corps. Elle poussa un soupir d'approbation en réponse au grondement qui jaillit alors de la gorge de Frank. Celui-ci referma sa main sur ses fesses pour la tenir contre lui en écrasant son bas-ventre contre la douce chaleur nichée entre les cuisses de Becky.

Il avait eu l'intention de lui demander quelque chose, mais avait désormais le plus grand mal à se remémorer quoi. D'autant plus que les mains de Becky étaient partout, dans ses cheveux, sur son torse, glissant dans son dos pour se refermer sur son derrière, puis soudain empressées de déboutonner son jean…

Bon Dieu !

C'était trop bon. Cette langue dans sa bouche, ce sein au creux de sa paume dont le mamelon durcissait sous son pouce. S'il ne lui demandait pas maintenant, il allait se laisser emporter et se retrouverait incapable de poser sa question.

— De quoi tu as envie, Becky ?

— Que tu continues à m'embrasser, à me caresser, souffla-t-elle avant de lui lécher le cou d'une manière qui le rendait fou.

Ouais, d'accord, mais ça je le savais déjà. Il ne put s'empêcher de rire.

— Mais *précisément*, de quoi tu as envie ? Quel genre de baisers, quel genre de caresses, comment tu…

Elle lui dévora la bouche. Il n'y avait pas d'autres mots pour décrire ça. Elle saisit son visage, plaqua ses lèvres sur les siennes et se délecta de lui comme une affamée. Dans le même temps, elle glissa de nouveau les mains entre eux et écarta les pans de sa braguette pour le caresser.

Le contact de son adorable main calleuse – les mains de Becky n'étaient pas douces ; elle travaillait avec et cela se sentait – était si incroyable qu'il éprouva une tension immédiate dans ses testicules, accompagnée d'un premier picotement d'avertissement à la base de son échine.

Oui, oui, oui, oui. Dans son cerveau, la scansion avait repris sa cadence et écarter les doigts de Becky de son sexe exigea de lui un effort incroyable. Mais il y parvint néanmoins. Après quoi il embrassa la courbe pulpeuse de sa lèvre inférieure soudain exposée par sa moue boudeuse digne d'une enfant à qui l'on vient de confisquer son jouet préféré.

Becky croyait mourir.

Elle aurait voulu lui arracher son jean et s'empaler sur la colonne lisse et dure qu'elle venait juste de tenir entre ses mains. Soit ça, soit grimper le long de son corps de géant pour refermer ses cuisses autour de la tête de Frank et insister pour qu'il la garde ainsi plaquée contre son visage, aussi serrée qu'un masque à gaz militaire.

Mais lui semblait déterminé à faire durer les choses, à y aller doucement, alors qu'elle n'avait qu'une envie : que ce soit très fort, très vif et maintenant, maintenant, *maintenant* !

Parce qu'on y était. Enfin. Après toutes ces années à se désirer et à mettre ce désir de côté, ils pouvaient enfin s'y abandonner et se saisir mutuellement à pleines mains. Littéralement.

Enfin, pas tout à fait. Frank ne pouvait utiliser qu'une main, celle qu'il avait en écharpe n'ayant guère le loisir de bouger.

— Frank, gémit-elle, arrête de gagner du temps…

Le gloussement grave qu'il émit alors lui fit un effet renversant, d'autant plus qu'elle le sentit vibrer à l'endroit où ses seins s'écrasaient contre son torse viril. La décharge électrique qui lui parcourut les mamelons la fit loucher.

D'accord. Oubliée l'histoire du masque à gaz. Il lui suffirait de chevaucher la poitrine de Frank en lui chatouillant les flancs. Vibrations intenses et orgasme garanti.

— Je n'essaie pas de gagner du temps, dit-il en lui mordillant le cou. J'essaie d'établir de bonnes bases.

— Base numéro un, souffla-t-elle dans un frisson comme il atteignait la jonction entre le cou et l'épaule, j'ai envie de toi. Base numéro deux, tu as envie de moi. Base numéro trois, je ne suis pas fragile. Je ne vais pas me casser, donc tu n'as pas à t'inquiéter de devoir faire attention ou réprimer tes ardeurs.

Parce que, ouais, elle le sentait plaqué contre elle, si gros et dur et *gros*. Et elle connaissait Frank : il allait vouloir être certain qu'elle était bien, qu'il ne ferait rien qui puisse lui faire mal, lui faire peur ou la mettre mal à l'aise.

Et ça n'était pas acceptable.

Elle ne voulait pas qu'il se retienne, qu'il garde le contrôle, qu'il jugule son désir.

Elle le voulait *lui*. Elle voulait *du sexe*. Du sexe débridé et sans ménagement.

Ce qu'elle tenta de lui faire comprendre en l'agrippant par les oreilles pour reprendre possession de sa bouche puis en glissant audacieusement la main entre eux pour le caresser.

Elle ne put s'empêcher de gémir à son contact ; il était si chaud, si doux, si palpitant et si *masculin*...

Elle baissa le menton pour pouvoir le regarder, contempler sa virilité qui jaillissait, sans honte, du V de son jean déboutonné.

Hé, bonjour !

D'accord. Donc l'engin de Frank était... redoutable. Long et épais, d'un rouge violent et dur comme le roc. Les veines qui serpentaient sur sa longueur étaient nettement visibles, son gland large et humide.

Elle se mit à genoux. Elle n'avait soudain plus qu'une seule idée en tête. Le goûter, refermer sa bouche sur...

— Je ne tiendrai jamais, gronda-t-il.

Il la saisit par l'épaule et la remonta contre sa poitrine puis plaqua sa bouche sur la sienne jusqu'à ce qu'elle ne perçoive plus rien d'autre que lui, ses mains et sa peau, ses dents et sa langue, son odeur sexy et épicée d'homme affamé emplissant ses narines.

Il la fit petit à petit reculer en direction du lit et, quand les mollets de Becky touchèrent le matelas, elle agrippa Frank par la taille et le fit pivoter afin que ce soit *lui* qui tombe en arrière sur le lit.

Avec son bras en écharpe, elle ne voulait pas qu'il se fasse mal en se maintenant au-dessus d'elle. Elle le voulait libre de ressentir et de prendre librement son plaisir. Car c'était bien ce qu'elle, de son côté, s'apprêtait à faire !

Regarde-la... songea Frank qui, allongé sur le dos, observait Becky sous ses paupières mi-closes.

Elle agrippa le jean de Frank par la ceinture, l'abaissa sur ses cuisses puis le lui retira complètement avant de le jeter par-dessus son épaule.

Elle ressemble à une chasseuse venue achever sa proie.

Si sauvage, fière et déterminée. Si féminine, aussi, avec ses membres lisses et fins, sa taille de guêpe et ses hanches saillantes.

— Becky, dis-moi simplement ce qui te plaît. Dis-moi comment te faire... du bien.

Les deux derniers mots étaient sortis dans un grognement étranglé car elle avait posé un genou sur le matelas avant de grimper sur lui.

L'espace d'un instant, il fut envahi par le doute, se demanda si ce qu'il faisait était bien. La réponse, évidemment, était « non ». Mais, cela dit, était-ce vraiment mal ?

Pas tant que ça puisque, primo, elle en avait envie. Elle l'avait clairement dit. Et, secundo, elle venait de lui prendre la main pour la plaquer entre ses cuisses.

Ce fut la seule réponse qu'elle lui donna. Et, en toute franchise, la seule dont il eut besoin car, oui, ce qu'il sentait entre ses doigts était doux, lisse et chaud.

C'était également trempé.

Elle mouillait pour lui. Pour ce qu'il se passait. Pour tout ce qu'il pouvait lui donner… Et il était bien décidé à tout lui donner.

Maintenant.

Fini de retarder le moment.

Il observa son visage tandis qu'il glissait un doigt, puis un deuxième, en elle. Il vit l'onde de rougeur s'élever depuis ses seins jusqu'à son cou puis jusqu'à ses joues. Il la vit passer sa langue sur ses lèvres puis mordre sa lèvre inférieure.

Elle était tout ce que devrait être une femme. Bouillante, humide et merveilleuse.

Tout à son plaisir, elle porta les mains à ses seins pour pincer doucement les mamelons durcis. Cette vision le foudroya et son membre affamé se mit à frétiller contre son ventre, comme s'il criait : « regarde-moi, regarde-moi, regarde-moi ! » Becky capta le mouvement et baissa la main pour le caresser de manière douce, presque paresseuse.

Elle gémit en même temps que lui, cambra le dos et écarta plus largement les cuisses. De son pouce, Frank localisa la petite perle au sommet de son sexe. Il se mit à la frotter langoureusement et observa, fasciné, la façon dont la chair rougissait.

Doux Jésus, elle était incroyablement délicieuse, en tous points parfaite.

— Oh, Frank, je vais…

— Ouais, ma biche, gronda-t-il en accélérant le mouvement de ses doigts. Jouis pour moi.

— Non.

Elle secoua la tête et, en l'espace d'un battement de cœur – et même moins, car il ne l'avait carrément pas vu venir – elle l'enfourcha. L'inclina vers l'entrée de son intimité et s'abaissa sur lui.

Tout l'univers de Frank explosa.

Avec une décharge de plaisir si délirante qu'il se demanda s'il avait éjaculé, elle s'empala sur sa hampe, l'enveloppa de sa moiteur chaude, accueillit chaque centimètre en elle dans un long glissement vers le bas.

Il n'aurait su dire si une minute ou une heure passa tandis qu'ils restaient tous les deux immobiles, savourant la sensation merveilleuse de leurs deux corps joints d'une façon telle qu'il semblait impossible qu'ils se séparent de nouveau un jour.

Puis Becky se pencha en avant, l'embrassa et se mit à osciller des reins. Deux pensées traversèrent alors l'esprit de Frank. Un, il n'avait pas joui – *merci mon Dieu !* – et deux, il ne portait pas de préservatif.

Il tenta de lui communiquer cette info importante tandis qu'elle enfonçait ses ongles courts dans sa poitrine. Elle s'accrochait à lui comme si elle craignait de les voir exploser tous les deux.

Et il n'était pas certain qu'elle se trompe. Raison pour laquelle il avait intérêt à ouvrir son caquet et…

— Becky… parvint-il à articuler alors même que ses yeux se révulsaient, que ses orteils se recroquevillaient et que son cerveau semblait totalement concentré sur une partie bien spécifique de son anatomie.

Cela n'avait jamais été si bon. Jamais. Même la première fois où, à quinze ans, il avait été si excité qu'il avait cru mourir d'extase.

— Becky… répéta-t-il dans une deuxième tentative malgré les mèches blondes et parfumées qui lui caressaient le visage.

Pendant des jours, il aurait pu improviser des odes à sa bouche affamée et à sa langue exploratrice, écrire des sonnets sur la force délicieuse de ses cuisses chaudes autour de ses hanches et la façon dont elle faisait aller et venir son bassin le long de son membre, composer des symphonies en hommage à la douceur voluptueuse de ses seins plaqués contre son torse ou à la ferme rondeur de ses fesses au creux de sa paume.

Mais il n'en aurait pas le temps. Car il était sur le point de jouir, ce qui signifiait une fin prématurée de ces délices, et ce qui lui rappelait surtout qu'il *n'avait pas mis de préservatif !*

Elle retira ses lèvres des siennes.

— Oh, Frank, je vais...

Ouais, il savait exactement ce qu'elle allait faire car ses muscles s'étaient contractés autour de lui et s'il la laissait faire... Eh bien, il ne pourrait que l'imiter, sans espoir de s'arrêter.

Avec un effort surhumain, il la saisit par les hanches et la retira de son membre dressé, luttant avec lui-même pour ne pas renoncer face au cri angoissé qu'elle poussa. S'il ne s'était pas mordu la langue, lui aussi aurait crié au moment de s'extraire de son fourreau brûlant.

— Capote ! grogna-t-il avec difficulté.

Ils s'entre-regardèrent pendant quelques tic-tac d'horloge puis Becky se précipita vers sa table de nuit. Elle en sortit un gode en silicone bleu – *bonjour !* – qu'elle balança par-dessus son épaule avant de s'emparer d'une boîte de préservatifs.

Frank n'aurait pas su dire pourquoi il se sentit si bêtement satisfait en constatant que l'emballage était intact.

— Boîte neuve ? demanda-t-il juste pour le plaisir de l'entendre répondre par l'affirmative.

— Pas vraiment, répondit Becky.

Il fronça les sourcils.

— Je l'ai achetée il y a trois ans, expliqua-t-elle.

Une émotion terrible et merveilleuse explosa en lui. C'était de la possessivité et quelque chose de plus… quelque chose qu'il refusait de nommer.

Elle déchira l'une des pochettes métallisée puis tourna la tête vers lui.

— Je ne suis pas sûre d'avoir pris la bonne taille.

— Ça m'ira, lui assura-t-il.

Avec une rapidité stupéfiante, elle déroula le préservatif sur lui, s'installa à califourchon au-dessus de ses hanches et se laissa glisser sur toute sa longueur.

Le cou de Frank se tordit en arrière et il comprit qu'il n'aurait jamais dû se demander de quoi elle avait envie. Il n'aurait pas dû se soucier de lui *donner* ce qu'elle voulait. Rebecca Reichert n'était pas le genre de femme à attendre qu'un homme initie les choses. Ce qu'elle voulait, elle le *prenait*. « Au diable les torpilles, en avant toute ! »

Il était si profondément enfoncé en elle, autant qu'il lui était possible de l'être. Elle se tenait au-dessus de lui, ses bras appuyés de chaque côté des épaules de Frank, son visage à quelques centimètres du sien. Elle plongea son regard dans le sien et le feu dans ses yeux aurait à lui seul pu le faire jouir.

— Si je bouge, je vais perdre la tête, chuchota-t-elle.

Il aurait aimé pouvoir lui dire que ça n'avait pas d'importance, pouvoir lui promettre qu'il la lui ferait perdre cent fois encore. Mais ça aurait été un mensonge.

Il laissa échapper un petit rire de regret.

— J'aimerais pouvoir te dire autre chose, ma biche… Mais tu ne vas même pas avoir besoin de bouger parce que, dans deux secondes, c'est moi qui vais jouir…

Elle gémit puis elle bougea et…

— Becky, hoqueta Frank en sentant les muscles internes de Becky se refermer sur lui, se contracter, l'aspirer…

Bordel ! Il explosa. Son échine se contracta, des éclairs crépitèrent derrière ses paupières et son univers se changea en un kaléidoscope de sensations qui le traversèrent comme autant de décharges électriques.

Enfin, il comprenait pourquoi certains parlaient de l'orgasme comme d'une expérience dévastatrice. Il eut l'impression d'éclater en mille morceaux, d'être réduit à un état élémentaire, éparpillé en milliers de molécules d'extase scintillantes.

Quand son corps se reconstitua quelques instants plus tard, il ouvrit les yeux pour découvrir Becky allongée sur lui, un sourire satisfait sur les lèvres.

La petite dévergondée, rit-il intérieurement.

Il la souleva et la fit basculer contre son flanc de manière que sa joue repose contre sa poitrine velue et qu'il puisse faire courir ses doigts dans ses cheveux.

— Alors, heu, c'est quoi ce jouet ? demanda-t-il.

— Mister Blue ?

Il ne put retenir un grognement moqueur.

— C'est comme ça que tu l'appelles ?

— Ouaip, répondit-elle.

Elle caressa les poils de son torse et, même sans la voir, il savait qu'elle souriait.

— « Blue » parce que, ben, il est bleu. Et « mister » parce que, ben, c'est un garçon. Il m'a bien servi toutes les fois où toi et moi, on s'est mis dessus, verbalement je veux dire, et que je n'avais pas d'autre moyen d'évacuer ma frustration.

Il grogna en l'imaginant allongée dans son lit en train d'utiliser ce jouet à la couleur absurde tout en fantasmant sur lui. C'était drôle de penser qu'il s'était sans doute trouvé à trois portes de là, en train de faire la même chose. Oh, il n'employait pas de sex-toy, il avait une main droite expérimentée pour ça. Mais ils avaient sans doute vécu d'innombrables moments à se donner du plaisir en pensant l'un à l'autre.

Une idée incroyablement sexy.

— Ne t'inquiète pas, souffla-t-elle en glissant la main entre eux pour le prendre au creux de sa paume. Mister Blue ne supporte pas la comparaison avec toi.

Dieu bénisse cette femme.

En se réveillant un peu plus tard, Becky sentit les grands doigts calleux de Frank qui virevoltaient d'un téton à l'autre.

— Mmm…

Elle gémit et s'étira, puis entrouvrit les yeux pour jeter un regard au réveil sur la table de nuit. Frank avait dû se lever à un moment pour éteindre la lumière car les chiffres rouges brillaient faiblement dans l'obscurité.

— Frank, il est trois heures et demie du matin, maugréa-t-elle.

Elle inspira vivement quand les lèvres de Frank se refermèrent sur son sein gauche. Le contact torride de la pointe de sa langue contre l'écheveau de nerfs du mamelon lui fit rouler les yeux en arrière.

— T'es censé te lever dans deux heures, dit-elle. Il faut que tu te reposes avant l'opération.

— Je me reposerai quand je serai mort, grommela-t-il.

Sa voix avait quelque chose d'étrangement menaçant et d'étrangement... chargé de sens.

Elle n'eut pas le temps d'essayer de déchiffrer le sens en question ; il se rapprocha d'elle et elle sentit sa hampe, dure, brûlante, palpiter contre sa hanche. Elle tendit la main et se saisit de lui en s'émerveillant du toucher soyeux de la peau de son membre aussi dur que du marbre.

— Oh, c'est toi, s'amusa-t-elle en l'entendant gémir à son contact. Pendant une minute, j'ai cru que j'étais au lit avec une batte de baseball.

— Mmm, très drôle, chuchota-t-il avant de s'attaquer à l'autre sein.

Oh, c'est parfait, songea-t-elle en le caressant doucement. Elle sentit son intimité se contracter sous l'effet d'une succion appuyée de ses lèvres. *C'est comme ça que ça aurait dû être depuis le départ*.

Tous les deux à rire, se taquiner et faire l'amour.

Pourquoi avaient-ils attendu si longtemps ?

D'accord, elle en connaissait la raison. Une raison qui habitait à Lincoln Park. Mais Becky n'allait pas songer à ça, pas maintenant. Elle refusait d'y penser...

La réalité, ce serait pour le lendemain.

Cette nuit... Cette nuit était dédiée au fantasme.

Et pour tout dire, ses fantasmes n'étaient pas à la hauteur de la réalité de Frank. Si massif, si chaud, si fort. Sa peau si douce, excepté autour de ses cicatrices. Ses muscles si durs, sans exception aucune. Et son odeur...

C'était le parfum le plus sexy qu'elle ait jamais rencontré car il n'était ni appliqué ni artificiel. Les effluves entêtants d'un mâle en pleine santé. À chaque fois qu'elle en respirait une bouffée, un délicieux picotement naissait dans son bas-ventre.

La bouche de Frank abandonna son mamelon, et son pénis durci échappa à ses doigts travailleurs.

— Non... se plaignit-elle en le sentant s'écarter. T'en va pas...

— T'inquiète pas, là où je vais, ça va te plaire, annonça la voix de Frank dans l'obscurité.

Une seconde plus tard, ses larges épaules ouvraient en douceur les cuisses de Becky.

Oh, non. Il avait vu juste. Cette destination ne pouvait que lui plaire.

— Tu veux bien garder cette jambe levée pour qu'elle ne cogne pas contre mon épaule ? demanda-t-il en repoussant son genou jusqu'à le lui plaquer sur la poitrine.

Il plaisantait ? Elle se serait laissé ligoter dans un ruban géant si cela avait pu faciliter ce qu'il s'apprêtait à faire.

— Avec plaisir, dit-elle en plaçant une main derrière son genou pour maintenir sa jambe loin de lui. Si c'est pour... un moment masque à gaz, termina-t-elle avec un gloussement.

— Un quoi ?

Elle sentit qu'il avait relevé la tête pour la regarder.

— C'est ce que j'ai pensé quand tu es arrivé, que tu étais planté là à me rendre folle en me touchant du bout des doigts. Je me suis dit que si tu ne te déshabillais pas rapidos pour entrer en moi, j'allais te grimper dessus comme un chat grimpe à un arbre et envelopper ta tête avec mes jambes pour que tu me portes comme un masque à gaz militaire.

— Bon sang, Becky... grogna-t-il.

Mais sa poitrine se mit à vibrer entre les jambes de Becky et il ne fallut pas longtemps pour que son grand rire grave résonne dans la chambre.

— Mais si tu commences à faire *ça*, lança-t-elle, alors je vais te plaquer sur le dos, me mettre à califourchon sur ta poitrine et te chatouiller les côtes jusqu'à ce que ma vision devienne floue.

— J'ai presque peur d'entendre tes explications, murmura-t-il en embrassant sa cuisse droite.

Son souffle était chaud, humide… et terriblement éloigné de l'endroit où elle aurait le plus aimé le sentir.

Le cœur de la cible, Frank. Vise le cœur de la cible.

— Bon, au cas où personne ne te l'aurait jamais dit, ton rire fait vibrer ta cage thoracique.

— Je pige toujours pas…

Il déposa un nouveau baiser brûlant plus haut sur sa cuisse frémissante.

Tu te rapproches…

— Eh bien, je me dis que si je m'asseyais sur ta poitrine en te faisant rire, ce serait comme chevaucher un vibro poilu gé… oh !

En plein dans le mille !

— Laisse tomber, haleta-t-elle.

La langue de Frank s'enfonça en elle puis ressortit et se mit à tournoyer au sommet de son sexe en titillant son clitoris en rythme avec son pouce qui allait et venait en elle.

— Ce que tu me fais là est mille fois mieux…

— Mmm, grogna-t-il pour signifier son accord.

Les orteils de Becky se recroquevillèrent de plaisir sous l'effet des vibrations supplémentaires.

Elle savait que ce serait bon. Elle avait toujours su que ce serait bon. Mais là… Là, c'était au-delà de « bon ». Peut-être que c'était aussi divin parce qu'ils s'étaient retenus pendant si longtemps, ou peut-être qu'ils bénéficiaient d'une étrange compatibilité à un niveau chimique, ou d'une sorte de synergie animale, parce que c'était…

— Oh, Frank, je vais jouir, souffla-t-elle.

Et tout son être se contracta en une boule de plaisir si intense que c'en était presque douloureux.

… c'était une pure transcendance !

— Frank !

Elle hurla son nom, agrippa ses cheveux et le plaqua contre elle. L'extase lui fit basculer la tête en arrière, lui parcourut l'échine vers chacune de ses extrémités puis rebondit dans l'autre sens.

Sa main libre s'était refermée sur les draps froissés et elle avait instinctivement relevé les genoux un peu plus haut.

Oh, oh, *oh*, cela s'annonçait puissant.

Un millier d'explosions détonnèrent en elle, un millier de couleurs tourbillonnèrent derrière ses paupières fermement closes, un millier de sons martelèrent ses tympans. Jamais auparavant elle n'avait perdu contact avec son esprit, mais celui-ci n'était plus là. Elle n'était plus rien. Plus rien qu'un enchevêtrement de terminaisons nerveuses en feu et de muscles palpitants…

— J'adore la manière dont tu annonces que tu vas jouir, gloussa-t-il avant de remonter jusqu'à son visage en embrassant chaque centimètre de son corps.

Était-il en train de parler ? Pourquoi se sentait-il obligé de parler ?

Personne ne parlait après un orgasme pareil.

— Ah, je n'aurais jamais cru connaître ce moment, murmura-t-il avant de glisser l'extrémité de son membre en elle.

Il avait dû trouver le moyen d'enfiler un préservatif, ce petit malin multitâche. Il l'embrassa, laissant sa langue explorer la bouche de Becky, puis s'enfonça encore un peu plus. Il la remplissait voluptueusement, délicieusement, insistant pour que son corps de femme cède devant son intrusion masculine.

Mais le plus étonnant, c'était que cela ne ressemblait pas du tout à une intrusion. Elle avait plutôt l'impression d'avoir trop longtemps porté en elle un grand vide douloureux et qu'enfin les choses étaient comme elles devaient l'être. Elle était pleine, entière, merveilleusement entière.

— On dirait que je t'ai rendue muette, chuchota Frank en lui embrassant l'épaule.

Il inséra les derniers centimètres, s'enfonça en elle jusqu'à la garde et la fit doucement osciller d'avant en arrière sur le matelas.

— Oh, Frank ! gémit-elle.

Elle le sentait en elle, au-dessus d'elle, tout autour d'elle. Elle se noyait en lui et c'était la plus exquise des sensations.

— Ah, donc tu retrouves tes facultés orales.

— Je te ferai une démonstration de mes facultés orales plus tard, promit-elle en refermant ses bras dans le dos de Frank.

Elle plaqua ses genoux contre ses hanches et ses talons contre les fesses en mouvement de Frank. Ses reins allaient et venaient en cadence, tels les pistons d'un moteur parfaitement huilé.

— Doux Jésus, gronda-t-il.

Elle sourit en le sentant palpiter en elle.

Alors cette idée lui plaît, hein ? D'un autre côté, quel homme aurait été contre ?

Elle chuchota des paroles sexy contre ses lèvres tandis qu'il la prenait avec force, décrivant précisément ce qu'elle lui ferait lorsqu'elle poserait la bouche sur lui. Puis elle se retrouva incapable de parler car son univers venait de nouveau d'exploser, après quoi elle s'abandonna au bonheur de le sentir venir à son tour.

Plus tard, après une courte sieste, elle tint sa promesse et lui fit perdre tout contrôle par l'usage de ses facultés orales. Il lui rendit ensuite la pareille et elle… eh bien, disons qu'elle lui fit savoir bruyamment tout le bien qu'elle en pensait.

16

Avec un gémissement grognon, Becky abattit une main sur son réveille-matin hurlant.

— C'est l'heure, murmura-t-elle.

Elle se frotta les yeux et s'étira tandis que Frank se redressait et s'asseyait au bord du lit.

Après avoir allumé sa lampe de chevet, elle se gratta la tête et sourit d'un air ensommeillé à la vue du large dos de Frank. Elle regarda les muscles rouler sous sa peau quand il se baissa pour récupérer sa chemise.

Oh, et quelles fesses ! Au moment où il enfila son jean, elle observa avec avidité son derrière ferme et rond disparaître sous le denim. Un sourire ravi sur le visage en repensant à tout ce qu'ils avaient partagé à peine quelques heures plus tôt, elle émit un sifflement appréciateur devant ce spectacle.

Il lui décocha un bref coup d'œil par-dessus son épaule puis se hâta de reboutonner sa braguette.

Aïe !

Becky s'assit dans le lit et siffla de nouveau. Et même s'il la gratifia de son sourire délicieusement oblique, il était impossible de se méprendre sur l'expression de son visage.

En un mot : « remords ».

Oh non. Elle s'était convaincue que ça n'arriverait pas et qu'une fois qu'elle aurait abattu toutes les barrières qu'il avait érigées pour se protéger au fil des années, il comprendrait que ce qu'il s'était enfin passé entre eux était inévitable. Que c'était réel et bon et, plus important encore, que c'était *tout à fait normal*.

Waouh. Elle se révélait soudain dans le rôle de l'optimiste béate et, pire, de l'irrécupérable imbécile.

Son cœur se mit à battre la chamade et un étrange bourdonnement lui envahit les tympans. Repoussant les draps, elle se dirigea vers sa commode, ouvrit un tiroir et en tira une culotte qu'elle enfila. Elle farfouilla ensuite à la recherche du soutien-gorge correspondant et se tortilla pour s'y glisser en se traitant de tous les noms d'oiseaux pour avoir cru qu'il y avait une chance que ça marche.

Par tous les saints, elle l'avait allumé.

Elle lui avait fait des propositions, s'était dénudée devant lui et lui avait intentionnellement fait son grand numéro de séduction en se disant qu'elle pourrait devenir sa nouvelle copine de couette, sa Marie Couchetoila flambant neuve.

Évidemment, un tango se danse à deux, comme on dit. Et les torts étaient partagés. Mais quel mâle viril aurait pu résister à une femme sur laquelle il admettait fantasmer depuis trois ans quand celle-ci se désapait et lui ouvrait ses cuisses ?

Aucun de sa connaissance.

Donc, ouais, il s'était laissé faire. Mais à la lumière du jour, une fois mis face à la réalité de ce qu'ils avaient fait, il était évident qu'une nuit de passion avec elle ne changeait rien. Il n'avait aucune envie de la laisser occuper régulièrement son cœur, son esprit ou son lit. C'était elle qui avait réclamé du sexe sans attaches et c'était exactement ce qu'il lui avait offert. Le meilleur sexe de sa vie, au passage.

Mais c'était tout. Fin de l'histoire.

Ils ne partiraient pas ensemble vers le soleil couchant. Et de toute évidence, elle n'allait pas non plus remplacer la Marie Couchetoila originale. Elle voyait à présent le ridicule d'avoir seulement envisagé cette possibilité.

Becky aurait volontiers éclaté de rire à s'en taper les cuisses si son cœur n'avait pas été sur le point de se briser en mille morceaux.

— Hé… Ça va ?

La voix de Frank était aussi douce et chaude que la main qu'il posa sur son épaule après qu'elle se fut glissée dans un jean.

Non, ça va pas. J'ai fait la maligne en parlant de sexe rien que pour le plaisir, mais c'était rien que des mots. Des grands mots.

— Ouais.

Elle sortit un tee-shirt AC/DC du tiroir du haut et le passa par-dessus sa tête parce que, primo, elle ne se sentait plus à l'aise nue devant lui (d'accord, après ce qu'ils venaient de vivre, c'était un cas classique de « je referme la grange après que les vaches se sont tirées » mais c'était plus fort qu'elle) et secundo parce que enfiler ainsi le tee-shirt lui permettait d'éviter son regard.

— Je vais très bien, dit-elle. Et toi ?

— Becky… ma biche…

Il la força doucement à se retourner et lui saisit le menton entre le pouce et l'index pour l'obliger à le regarder.

Ne pleure pas, espèce d'idiote ! Si tu pleures, il saura que ton blabla à propos du sexe pour le plaisir n'était qu'un gros mensonge.

Il secoua la tête et son expression suffit à pulvériser le cœur déjà brisé de Becky.

— J'aimerais que la situation soit différente... J'aimerais...

Il ne termina pas sa phrase, se contentant d'un soupir plein de regret.

— C'est rien, Frank, répondit-elle en s'écartant de lui sous prétexte de chercher ses bottes.

Évidemment, c'était tout sauf « rien ».

— Mais je veux que tu saches que je...

— C'était juste du sexe, Frank. On était d'accord là-dessus, non ? Et c'était génial, mieux que tout ce que j'avais pu imaginer. Mais tu n'as pas à t'expliquer.

— C'est là que tu te trompes. Je veux que tu saches comme...

— Hé, si ça te dérange pas, l'interrompit-elle vivement, je voudrais qu'on parte un peu plus tôt que prévu pour s'arrêter chez Starbucks avant d'aller à l'hôpital. Le café qu'ils servent en salle d'attente est encore pire que le nôtre et...

Elle n'avait absolument aucune envie d'entendre les mots qui allaient sortir de sa bouche. Il y avait des limites à ce que sa fierté pouvait encaisser.

— Je ne veux pas que tu viennes à l'hôpital, dit-il. Tu n'auras qu'à y aller, heu, après... (Une étrange émotion passa sur son visage et quelque chose dans sa voix grave se fêla avant qu'il poursuive)... mais pas avant.

Becky sentit son estomac se nouer et elle se demanda jusqu'où une femme pouvait pousser la stupidité.

Elle ferma brièvement les paupières tout en mettant ses bottes et ravala la boule de tristesse qui lui obstruait la gorge avant de rassembler tout son courage pour relever la tête et lui sourire.

— D'accord. Alors j'imagine que je vais simplement te souhaiter bonne chance, dit-elle.

— Becky, je…

La peine s'entendait dans sa voix.

— Tu ferais mieux de retourner dans ta chambre si tu veux avoir le temps de prendre une douche et de te changer avant de partir, le coupa-t-elle.

Elle se leva et se dirigea vers la porte en prenant soin de ne pas s'attarder sur la vision du lit défait et des souvenirs qui allaient avec. Elle tira le verrou de la porte et l'ouvrit en grand.

Frank n'était pas bête. Il savait reconnaître une invitation à décamper. Il s'arrêta néanmoins près d'elle avant de sortir dans le couloir. Le sourire de guingois qu'il lui offrit en la dévisageant n'était qu'une parodie de lui-même. Lorsqu'il lui caressa doucement la joue du bout du doigt, elle sentit, à sa grande horreur, des larmes brûlantes remonter à l'arrière de sa gorge. Et pas le genre qu'elle pourrait réprimer.

Il fallait qu'il parte. Immédiatement.

— Je te verrai en salle de réveil, lui dit-elle.

Elle ferma les yeux tandis qu'il se penchait pour déposer un doux baiser au coin de sa bouche.

— Tu es l'une des femmes les plus merveilleuses que j'aie jamais rencontrées, Rebecca Reichert, grommela-t-il d'une voix rauque. Quoi qu'il arrive, je veux que tu le saches.

Elle se jeta à son cou et le serra très fort entre ses bras, s'autorisant à s'imaginer une dernière fois qu'il était à elle pour toujours.

— Bonjour, je suis Michelle, ou Shell si vous préférez. La sœur de Frank. Il m'a raconté tellement de choses à votre sujet, lança la grande femme aux cheveux châtains en serrant la main à Dan Man.

Bill s'étrangla sur la gorgée de Maalox qu'il venait d'avaler.

Boss a une sœur ? Il n'arrivait pas à le croire. Il connaissait Frank depuis trois ans et n'avait jamais entendu parler d'une sœur...

— Eh bien, lui ne nous a rien dit sur vous, très chère, lança Ozzie d'une voix traînante avec un haussement de sourcils suggestif.

Avec son beau visage à l'américaine, sa chevelure de savant fou et son tee-shirt Star Trek, il évoquait un mélange étrange entre Casanova et le président geek du ciné-club de la fac.

Il se leva et serra vigoureusement la main tendue de Michelle avant de se pencher pour lui murmurer sur un ton de conspiration feinte :

— Et maintenant je sais pourquoi, dit-il. Il nous connaît trop bien pour nous agiter sous le nez une belle plante telle que vous.

— Vous devez être Ozzie, répondit Michelle en riant.

Elle fit ensuite le tour de la salle d'attente de l'hôpital Northwestern Memorial pour saluer tous les Black Knights qui attendaient que Boss sorte de son opération.

Elle se posta devant Bill et lui tendit une main aux longs doigts élégants.

— Et vous devez être Wild Bill. Je suis ravie de vous rencontrer.

— Enchanté, répondit-il d'une voix rauque et toussotante.

Il n'arrivait toujours pas à y croire.

Il était sur le point d'ouvrir la bouche pour demander s'il avait bien entendu, si elle était réellement la sœur de Boss, quand sa propre sœur passa la porte, les bras chargés de snacks achetés au distributeur.

Lorsque son regard se posa sur Michelle, Becky s'arrêta brusquement. Un sachet de Doritos tomba par terre.

— Becky, dit-il en se penchant pour ramasser les chips, je te présente…

— Je sais qui c'est, l'interrompit Becky sans quitter Michelle des yeux.

— Ah bon ? demanda-t-il, perplexe.

Elle hocha la tête, un sourire de façade sur le visage.

— Ouais. C'est évident, non ?

Il jeta un coup d'œil à Michelle. D'accord, Boss et elle avaient les mêmes yeux et une couleur de cheveux semblable, mais les similitudes s'arrêtaient là. Parce que Michelle était la Belle là où Boss était la Bête.

— Ouais, j'imagine… dit-il en se grattant l'oreille.

— Vous devez être l'incroyable Rebecca Reichert.

La tentative de Michelle pour serrer la main à Becky fut déjouée par la montagne d'en-cas.

Becky se dirigea vers la table basse en plastique installée devant le canapé où quatre des Black Knights se la coulaient douce. Elle y laissa tomber ses courses, s'appuya un instant sur le rebord comme si la tête lui tournait puis revint prendre la main de Michelle.

— Appelez-moi Becky, dit-elle sur un ton bourru.

Bill la dévisagea attentivement sans pouvoir déchiffrer son expression. Quelque chose clochait chez sa sœur…

Sans doute le stress de l'opération de Boss combiné à un peu trop de caféine, se dit-il avec un haussement d'épaules imaginaire.

— Maman ! Maman !

Un petit garçon d'à peu près trois ans déboula en courant dans la salle d'attente. Les semelles de ses chaussures s'illuminaient à chacun de ses pas et la casquette des Cubs de Chicago vissée sur son crâne lui décollait légèrement les oreilles.

— Je peux le manger ? Je peux ?

Il tenait à la main une minibarre chocolatée comme s'il s'agissait de la flamme olympique.

— Désolée, annonça une infirmière deux pas derrière lui. Il a vu le panier de bonbons posé sur mon bureau et je n'ai pas pu résister à sa petite frimousse.

Michelle se pencha pour prendre le garçonnet contre elle.

— Pas de souci, dit-elle. Alors, qu'est-ce qu'on dit à la dame, Franklin ? demanda-t-elle.

Bill se retourna vers sa sœur en entendant celle-ci hoqueter et s'étrangler. Elle se mit à tousser et il tendit le bras pour lui taper dans le dos.

— T'es pas en train de tomber malade, hein ?

— Non…

Tâchant de reprendre son souffle, elle lui fit signe que tout allait bien. Son regard était braqué sur le petit garçon dans les bras de Michelle.

— Merci, dit celui-ci à l'infirmière.

Puis il se retourna pour agripper les joues de sa mère entre ses doigts potelés.

— Maintenant je le mange ?

— *Est-ce que* je peux le manger ?

Bill vit la petite poitrine de Franklin se gonfler pour émettre un profond soupir d'exaspération.

— Est-ce que je peux le manger ? répéta-t-il.

— Oui, tu peux, répondit Michelle en souriant. Mais d'abord, je voudrais te présenter des amis.

Elle se tourna vers le groupe et leva les yeux au ciel quand le petit garçon surexcité se transforma soudain en petit animal timide qui blottit sa tête sous le menton de sa mère pour observer prudemment les inconnus rassemblés devant lui.

— Je vous présente Franklin, dit-elle. Dis bonjour, Franklin.

— B'jour, marmonna-t-il.

Il refusait de les regarder, sa barre chocolatée soudain devenue l'objet d'une intense fascination. Bill remarqua que l'enfant avait les mêmes yeux que sa mère. Et les mêmes yeux que Boss. Un trait de famille, visiblement.

Une petite infirmière boulotte en blouse rose apparut sur le seuil.

— M. Knight peut recevoir de la visite, annonça-t-elle.

— Ah, super !

Michelle remonta la bretelle de son sac à main sur son épaule, fit pivoter Franklin contre son flanc et emboîta le pas à l'infirmière vers le couloir. Les Black Knights la suivirent en file indienne, Becky fermant lentement la marche.

— Vous savez que cet idiot était persuadé qu'il allait mourir ? lança Michelle par-dessus son épaule tout en aidant Franklin à déchirer l'emballage de son chocolat.

— Hein ? Quoi ?

Christian avait prononcé à haute voix la question que tous se posaient.

— Mais oui. Il n'a subi une anesthésie générale qu'une fois dans sa vie, quand il était gamin, et ça a failli le tuer. Ça l'a tué, en fait. Il est mort sur la table d'opération, mais ils ont réussi à le ranimer. Mais ça, j'imagine que vous vous en doutiez.

Elle eut un petit rire avant de poursuivre.

— Bref, apparemment son métabolisme réagit bizarrement aux narcotiques et c'est très facile pour lui de faire une overdose. Depuis ce temps-là, il est terrifié à l'idée de se faire endormir de nouveau.

Hmmm, d'accord, ça expliquerait...

— Je... heu... j'avais oublié que j'étais censée retrouver Eve, annonça Becky à l'arrière du groupe.

— Qu'est-ce que t'as dit, sœurette ? demanda Bill.

Tous s'arrêtèrent et se retournèrent pour la regarder.

— Ouais, je... Je repasserai plus tard pour voir Frank. Mais, heu... transmettez-lui bien mon bonjour. Dites-lui que je suis contente que tout se soit bien passé.

Elle sourit, pâle comme la mort, avant de faire volte-face et de repartir en sens inverse, le dos droit et les poings serrés le long de ses flancs.

Qu'est-ce qu'il lui prenait tout d'un coup ? Est-ce qu'elle n'avait pas effectivement attrapé quelque chose ?

— Où tu vas ? demanda-t-il.

Il n'aimait pas beaucoup l'idée qu'Eve et elle se promènent seules en ville, surtout avec ce foutu pirate toujours en cavale. Bill se rassura néanmoins en se disant que les chances qu'un Somalien pose le pied sur le sol américain alors que la communauté internationale tout entière était à sa recherche étaient pour le moins minimes, voire nulles.

— Je vais prendre un verre au *Delilah* avec Eve, lança-t-elle par-dessus son épaule en matraquant le bouton d'appel de l'ascenseur.

Les portes s'ouvrirent avec un « ding » sonore et elle bondit à l'intérieur comme si les chiens de l'enfer étaient à ses trousses.

Bill secoua la tête et balaya du regard les visages perplexes des Black Knights.

— Qu'est-ce qu'il lui arrive ? demanda-t-il.

Il n'eut droit, pour toute réponse, qu'à des haussements d'épaules dubitatifs.

— Delilah ! *Uno más !* s'écria Becky.

Avec un sourire en coin, elle tendit un doigt hésitant en direction de la rousse voluptueuse au travail derrière le bar. Avec sa prononciation, le dernier mot ressemblait à « moche » et Eve réprima un gloussement.

Après une courte hésitation, la barmaid remplit de nouveaux leurs verres à shot. Sous l'éclairage tamisé du bar, l'alcool brun avait des reflets couleur d'agate.

Becky leva son verre et Eve se demanda à quoi elles allaient boire cette fois. Elles avaient déjà trinqué à leur santé, à leur bonheur, à la prospérité, à la paix dans le monde et tous les toasts habituels.

— À ton legging suber… suter… (Becky fit une grimace qui arracha un rire à Eve.)… *super* mignons.

— Tchin !

Eve fit tinter son verre contre celui de Becky puis le vida d'un trait en poussant un sifflement quand l'alcool brûlant se déversa dans son gosier.

Elle reposa lourdement le shooter sur le bar et se tourna vers son amie.

— Mes genoux sont toujours en vrac et je ne supporte pas la tête qu'ils ont. Alors pas question de me mettre en jupe. Et les jeans font trop mal, ce qui veut dire… (Elle fit tournoyer son index en l'air pour annoncer la suite)… soit un legging, soit les jambes nues. J'ai choisi les leggings.

Becky lui décocha un regard plein de compassion avant d'appuyer son coude sur le bar, la joue au creux de sa paume.

— Tu le crois qu'on a été prises en otage par des pirates ? J'ai l'impression que c'était un rêve.

— Un cauchemar, tu veux dire. Et puisqu'on en parle…

Becky leva brusquement la main.

— À qui le dis-tu ! J'en ai fait un horrible l'autre nuit. Et je suis sortie dans le couloir avec un pistolet chargé.

— J'aimerais bien avoir un pistolet, moi ! s'exclama Eve.

Peut-être qu'alors elle cesserait d'avoir peur en permanence. Voire qu'elle parviendrait à chasser les images de ces six jours terrifiants hors de son cerveau en manque de sommeil.

— Je voudrais aussi prendre des cours d'autodéfense, ajouta-t-elle.

— Ça se fête ! Delilah ! (Becky sourit maladroitement et leva de nouveau le doigt.) Uno moche !

Eve secoua la tête.

— Impossible, dit-elle. (En descendant de son tabouret, elle eut l'impression de sentir les quatre verres de cette espèce de tord-boyaux glouglouter dans son estomac.) Si je bois encore un shot, je vais dégueuler.

— Hihihi, hoqueta Becky. La très chic et très classe Eve Edens vient de dire « dégueuler ».

— C'est un vrai mot, non ?

Un peu vaseuse, Eve scruta les alentours, surprise de voir autant de cuir, de tatouages et de pilosité faciale…

Où diable suis-je tombée ?

Ah oui. Un bar à motards dans l'est de la ville.

Elle, Eve Edens, reine des beaux quartiers, était en train de se soûler au whisky bon marché dans le plus miteux des bars miteux, rempli de mecs flippants vraiment flippants, à écouter les plus pourries des chansons pourries de Def Leppard. Chaque fois qu'elle entendait le morceau en train de jouer à l'instant, elle ne pouvait s'empêcher de visualiser des pieds moites de transpiration.

Beurk !

Il fallait faire quelque chose. Immédiatement.

Elle tituba jusqu'au juke-box, tira de sa poche deux billets qu'elle lissa sur le rebord de la machine avant de les glisser dans la fente. Et même si le *Delilah Rouge* était miteux de chez miteux, elle eut le plaisir de constater qu'il proposait l'un de ces juke-box modernes qui se connectaient à Internet pour lui permettre de choisir le morceau dont son petit cœur en sucre avait envie.

Et de quoi avait-il envie, ce petit cœur en sucre ? Mais de Chaka Khan, bien sûr.

Pousse-toi de là, Bridget Jones !

Elle paya le supplément requis pour que sa chanson remonte en tête de liste. Puis elle virevolta à l'écart du juke-box en roulant les hanches et en agitant les bras en l'air au rythme des percussions qui jaillirent des énormes haut-parleurs suspendus à chaque coin du bar.

— *I'm every woman*, entonna-t-elle à tue-tête.

Elle fit signe à Becky de la rejoindre sur la piste de danse et… euh… elle baissa les yeux vers ses pieds et les pelures de cacahuètes qu'elle écrasait en marchant. Bon, peut-être que ce n'était pas vraiment une piste de danse, mais en tout cas l'espace était globalement dégagé et elle n'avait pas besoin d'autre chose pour s'abandonner au *groove*.

Becky secoua vigoureusement la tête et Eve décida rapidement que c'était inacceptable. Chaka exigeait une danse.

Elle rejoignit son amie et tenta de la faire descendre de son tabouret, ce qui s'avéra bien plus difficile qu'elle ne l'aurait cru. Becky était petite, mais elle avait une sacrée force.

— Autant aller danser ! lança la barmaid rousse à Becky. Parce que je ne te servirai pas d'autre verre avant au moins une heure.

Becky lui lança un regard accusateur sur le mode « espèce de grosse rabat-joie » et ouvrit la bouche pour rétorquer, mais Eve intervint :

— Allez ! T'entends pas ? Chaka est dans le juke-box !

— Écoute ta copine, conseilla la barmaid. Elle est bien plus maligne qu'elle n'en a l'air.

Bien dit. Sauf qu'une femme vraiment maligne aurait arrêté de boire trois verres plus tôt.

— Mais je veux pas danser, grommela Becky d'une voix irascible.

Elle agrippa le rebord du bar et s'y cramponna malgré les efforts d'Eve pour essayer de l'en décrocher.

— Il faut qu'on danse, insista Eve. C'est pour ça que Dieu nous a dotées de seins et de fesses à remuer !

— Mais à quoi tu tournes ? s'enquit Becky, dont l'une des paupières tombait plus bas que l'autre.

— Au whisky.

— Ah ouais…

Avec un rire teinté d'ivresse, Becky sauta à bas de son tabouret. Eve et elle se dirigèrent vers la « piste de danse ». Pendant quelques minutes, elles dansèrent, chantèrent et rirent des cris et des sifflets appréciateurs que leur lançaient les spectateurs, comme deux jeunes femmes parfaitement insouciantes. Becky dut repousser un dénommé Vautour qui tentait de danser tout contre Eve avec une telle ferveur qu'il faillit la renverser avec son gros ventre de buveur de bière.

Alors que le morceau était sur le point de se terminer et qu'elle fouillait dans sa poche à la recherche d'un peu d'argent pour relancer la chanson, Becky porta soudain les mains à ses yeux et ses épaules se mirent à trembler.

C'est parti !

D'accord, le moment était enfin venu d'aborder la vraie raison de leur présence dans ce rade d'un quartier louche de la ville en plein mardi après-midi.

Quand Becky avait appelé Eve un peu plus tôt, une tension étrange dans la voix, pour la supplier de l'y retrouver, elle s'y était rendue toutes affaires cessantes. Parce que Becky ne demandait de l'aide qu'en cas de vrai problème. Et même si jusque-là, elle n'avait été que grands sourires et demandes tapageuses pour qu'on les resserve, Eve savait que ce n'était qu'une question de temps avant que ce qui la déchirait de l'intérieur remonte à la surface.

Soit exactement ce qu'il était en train de se passer. Enfin.

Ouf. Un shot de plus et elle se serait retrouvée étalée au sol au milieu des débris de cacahuètes. Et s'il y avait un endroit où une fille n'avait pas envie de se retrouver inconsciente, c'était bien celui-là. Sauf à vouloir attraper une hépatite ou une gastro carabinée.

Elle passa un bras réconfortant dans le dos tremblant de Becky et la guida en douceur vers le fond du bar et le box niché dans le coin plongé dans l'ombre.

— Ça va aller, dit-elle.

— Je… je m'étais promis de… de ne pas… faire ça… ici, sanglota Becky entre deux hoquets.

— C'est rien, lui assura Eve.

Tandis qu'elles naviguaient en chancelant entre les tables, les chaises et les grands pots remplis de cacahuètes salées, Eve fit de son mieux pour que ni l'une ni l'autre ne s'effondre en chemin.

— On y est presque, souffla-t-elle.

Une seconde plus tard, elles arrivèrent à destination et Eve poussa Becky sur la banquette de vinyle rouge avant de laisser tomber son sac à main sur la table. Elle se glissa en face de son amie et se réjouit de pouvoir s'asseoir car ce fichu bar avait soudain eu l'idée géniale de se mettre à tanguer.

Elle n'aurait vraiment pas dû boire ce dernier verre. Ni les quatre précédents. Elle fut obligée de se cramponner à la table pour ne pas rouler dessous.

— J'arrive pas à croire… que je pleurniche au milieu du *Delilah Rouge*…

Becky renifla et fouilla les alentours du regard à la recherche de quelque chose pour se moucher. Ne trouvant rien, elle s'essuya le nez sur le dos de sa main. Eve songea qu'en amie fidèle elle aurait dû se lever pour aller demander une serviette en papier au bar. Mais en cet instant précis, le simple fait de garder la tête et le dos droits réclamait toute son attention.

— On s'en fiche, dit-elle. (Elle fronça les sourcils en s'apercevant qu'elle avait dit « on ch'en fisse » puis poursuivit péniblement en articulant :) Personne ne fait attention à nous, sauf peut-être ce mec.

D'un geste du pouce, elle désigna un homme assis dans le box à l'opposé du leur. Il portait une casquette de baseball qui dissimulait l'essentiel de son visage.

Quand Becky tourna son regard trouble dans sa direction, quelque chose dans son expression changea. Elle étrécit les yeux.

— Hé, vous…

Au moment où elle prononça ces mots, l'homme se leva, saisit son verre de bière et se dirigea tranquillement vers les toilettes des hommes.

— Hé ! cria Becky dans son dos.

Eve lui fit signe de se calmer.

— Chut ! Qu'est-ce que tu fais ? Laisse ce pauvre gars tranquille.

— Je crois que j'le connais, dit Becky en secouant la tête. C'est un ancien de la CIA qui traîne dans le coin depuis… Oh, et puis quelle importance ?

Elle laissa échapper un gémissement avant de plaquer son front sur la table devant elle.

Un ex de la CIA ? Le mec à la casquette ? Il ne ressemblait en rien aux agents du gouvernement qu'Eve avait pu croiser. Où étaient le costume sombre et les lunettes noires ? Bien sûr, elle avait récemment appris que l'apparence d'un homme pouvait être trompeuse : Billy aussi était une sorte d'agent gouvernemental alors qu'il ressemblait plutôt à un catcheur. Comme le voulait le dicton, l'habit ne faisait pas le moine.

Billy. Punaise, non. Elle refusait de penser à lui, sans quoi elle aussi allait se mettre à pleurer.

Elle tendit le bras par-dessus la table pour tapoter gentiment l'épaule de Becky.

— Allez, crache ta Valda. Pourquoi tu m'as fait venir ici ?

— On l'a fait cette nuit.

— Hein ?

— On l'a fait. Frank et moi.

— Oohhh.

Eve se sentait étrangement sobre d'un seul coup, ou étrangement sombre. C'était difficile à dire…

— Ouaip. « Oohhh », effectivement.

Eve avait du mal à imaginer. Cet homme était tellement costaud… et effrayant et… énorme.

— Alors, heu, comment c'était ?

Becky releva la tête. Elle avait les yeux rougis, et les coulures de son mascara lui donnaient l'air d'un raton laveur ivre.

— Génial… Affreux !

Avec un nouveau gémissement, elle laissa son front retomber sur la table.

— Attends, c'était génial ou c'était affreux ?

— Le sexe était génial, plus que génial même, marmonna Becky contre la surface de bois usée. C'était tranchan… transcendant, même.

Du sexe transcendant. Encore une chose qu'Eve n'arrivait pas à imaginer.

— Alors explique-moi ce qu'il y avait d'affreux.

— C'est ce qui s'est passé ce matin qui était affreux ! cria Becky. Quand j'ai rencontré la femme que je prenais pour une copine de couette. Mais je me suis gourée. Elle est bien plus que ça et je crois qu'il l'aime parce qu'ils ont un petit garçon ! Oh, mon Dieu !

Elle appuya son nez au creux de son coude pour étouffer le son de ses sanglots.

Quoi ?

— Attends, pause. On revient en arrière. Il est amoureux d'une autre femme ?

Becky hocha la tête contre son bras en reniflant bruyamment.

— Alors là je ne comprends pas ce qu'il fichait dans ton lit.

— Je l'ai allu... allumé, Eve, admit Becky d'une voix pleine de larmes.

Elle releva la tête et battit des paupières si rapidement qu'Eve comprit qu'elle avait du mal à accommoder.

— Il est venu dans ma chambre pour me parler de cette journaliste à la noix et je... je me suis foutue à poil.

— Quoi ?

Becky s'essuya de nouveau le nez du dos de la main.

— Ouais. J'ai tout simplement enlevé mon tee-shirt et mon short et je me suis tenue devant lui, nue comme un ver. Limite si je ne l'ai pas mis au défi de s'en aller.

— Tu t'es déshabillée devant lui ?

— C'est ce que je viens de te dire.

— Je sais, je sais. Mais c'est...

Eve secoua la tête ; elle avait du mal à croire qu'une femme, même Becky, puisse faire preuve d'une telle audace. Waouh.

— Heu... D'accord. Donc tu t'es déshabillée devant lui, tu l'as quasiment mis au défi de s'en aller et j'imagine... J'imagine qu'il est resté.

— Ouais.

Oui, quel homme ne serait pas resté ? Becky était adorable et, malgré la carrière qu'elle s'était choisie, infiniment féminine. Elle avait également un petit côté rebelle et deux ou trois tatouages, ce qui faisait d'elle l'incarnation quasi parfaite de la combinaison de rêve entre la fille sage et la *bad girl* que tous les hommes trouvaient irrésistible…

— Mais il aime quelqu'un d'autre. T'étais au courant ?

— Plus ou moins.

— Quoi ? Qu'est-ce que ça veut dire ?

— Ça veut dire que je savais qu'il voyait quelqu'un. Il a… Il…

De nouveau prise de hoquet, Becky fit une grimace de frustration devant l'incapacité de son corps à garder la maîtrise de lui-même.

— Ça fait quelques années qu'il la fréquente. Mais je me disais que c'était… que ça pouvait pas être très sérieux. J'ai pensé que c'était un genre de copine de couette et que, dans ce cas, pourquoi est-ce que ça pourrait pas être moi, plutôt ? Mais après, pendant qu'on attendait qu'il sorte de son opération de l'épaule, je l'ai rencontrée et elle… elle…

Becky blottit de nouveau son visage au creux de son bras qui étouffa le son de sa voix.

— Elle est vraiment belle, Eve. Et sympa. Et drôle. Et je t'ai dit qu'il doit être amoureux d'elle vu qu'ils ont un petit garçon ? Mais ça, je savais pas. Je te jure que je le savais pas, sinon j'aurais pas… Comment j'aurais pu savoir ? Il était censé donner leurs noms au commandement quand il était encore dans les forces spéciales. Mais il ne l'a pas fait !

Lorsqu'elle croisa de nouveau le regard d'Eve, elle paraissait accablée de chagrin.

— C'est quoi cette histoire de donner leurs noms… ?

— Peu importe, l'interrompit Becky. Ce qui compte, c'est qu'il a un fils. Et que ce petit gamin est son portrait craché. Craché !

Eve imagina un petit garçon avec des épaules de joueur de football américain et une foule de cicatrices.

— Enfin, reprit Becky, il ressemble à ce que Frank devait être quand il avait trois ou quatre ans. Un petit mec fonceur avec ces immenses yeux gris…

— Bonté divine, Becky.

— Je sais ! Et comme si ça suffisait pas, il s'avère que Frank pensait qu'il allait passer l'arme à gauche aujourd'hui, donc… Ouais, ça explique tout.

— *Quoi ?*

Était-ce son imagination ou bien ce mot revenait-il beaucoup dans la discussion aujourd'hui ?

— D'après Michelle… C'est son nom, au fait, *Michelle*, comme dans la chanson des Beatles, *Michelle, ma Belle*. Et elle l'est, Eve.

— Je comprends rien à ce que tu me racontes.

— Belle. Jolie. Elle est super-jolie.

— Becky, ça n'a franchement pas grand-chose à voir avec la situation, là.

Eve n'aurait pas su dire si c'était à cause de son taux d'ébriété ou de celui de Becky, mais elle avait rarement eu autant de mal à suivre une conversation.

— Pourquoi Frank pensait-il qu'il allait mourir aujourd'hui ? demanda-t-elle.

— Ah ouais. Heu… parce que ça lui est déjà arrivé avant.

— Qu'est-ce qu'il lui est déjà arrivé ?

— De mourir. T'écoutes pas ou quoi ?

— Si, si. Enfin j'essaie.

Et Dieu savait qu'elle faisait de son mieux, mais…

— Apparemment, il a des allergies bizarres ou un truc comme ça, et un jour il a fait une mauvaise réaction à l'anesthésie. Son cœur s'est arrêté pendant qu'il était sur le billard et ils ont dû le ranimer. Donc il s'est mis en tête qu'il ne survivrait peut-être pas à cette opération, et c'est pour ça qu'il... pour ça qu'il... Oh, bon sang !

Becky se couvrit le visage de ses mains en ravalant un sanglot.

Nom d'un chien ! Et dire qu'Eve considérait *sa* vie amoureuse comme un désastre...

— Je vais devoir démissionner, déclara Becky après quelques minutes. Je ne peux pas le voir tous les jours, savoir qu'il dort à quelques mètres de ma chambre et...

Sa voix se brisa, mais cette fois elle ne s'abandonna pas au chagrin. Elle refusait de laisser couler une larme de plus.

S'autoriser à peine dix minutes d'effondrement avant d'entreprendre de se reconstruire. C'était tout Becky. Elle donnait tout son sens à l'expression « dure à cuire ».

— Mais tu adores ce boulot.

— Je sais mais je... je ne pourrai pas, c'est tout.

Eve n'était pas certaine d'avoir envie de connaître la réponse à sa question suivante, mais elle la posa malgré tout :

— Est-ce que tu l'aimes ?

Quand Becky croisa son regard, elle eut immédiatement sa réponse.

— Je l'aime, admit-elle.

Elle soupira si lourdement qu'Eve eut l'impression de voir un chapiteau de cirque s'affaisser après le spectacle.

— Ça fait trois ans que je l'aime, poursuivit Becky. Mais ça n'a aucune importance. J'ai enfin fini par comprendre qu'il n'y a aucune chance pour que ça marche.

Eve ne pouvait qu'être d'accord. Elle ne connaissait pas bien Frank Knight, mais il lui semblait évident qu'il n'était pas le genre d'homme à quitter son fils et la femme qu'il aimait pour s'installer avec sa jeune patronne sexy. Ou bien était-ce lui, son patron ? Tout ça était très confus. Mais même sans savoir qui dirigeait quoi, Eve était surprise qu'il ait succombé à la manœuvre de séduction de Becky. Ça ne collait pas avec sa personnalité, surtout après ce que Becky avait raconté à son sujet.

Cela dit, les gens faisaient des choses étranges quand ils pensaient qu'ils allaient mourir…

— Faut que j'aille aux toilettes, annonça soudain Becky.

— Je viens av…

— Non.

Becky fit signe à Eve de rester assise.

— Je vais bien. Pas besoin d'un témoin pour me voir pisser, vomir et tenter de sauver ce qui reste de mon maquillage. Surtout que je ne sais pas dans quel ordre ces différentes activités auront lieu.

Eve hocha la tête et regarda son amie s'éloigner en titubant vers le long couloir obscur qui menait vers les toilettes et la sortie de secours.

Pauvre Becky, songea-t-elle, le cœur serré pour son amie.

Depuis son nouveau poste d'observation au bar, M. Casquette-de-baseball suivait attentivement la progression de Becky. Eve se redressa sur son siège pour tenter de discerner ses traits partiellement dissimulés.

CIA ? Vraiment ?

Bon sang, restait-il encore des gens qui soient ce qu'ils paraissaient être ?

Elle l'observa avec curiosité pendant quelques minutes avant de décider d'aller l'aborder pour se présenter. Elle n'avait jamais eu l'occasion de rencontrer un authentique agent de la CIA, ex ou non. Lorsqu'elle se releva maladroitement dans le box, le mouvement attira son attention. L'espace d'une seconde, une lueur d'intelligence calculatrice s'alluma dans son regard. Quoi que ce puisse être, Eve en fut comme paralysée. Surprise, elle porta instinctivement une main à sa gorge. Puis un sourire passa brièvement sur les lèvres de l'inconnu et elle se demanda si l'éclairage tamisé du bar lui avait joué un tour en conférant à son visage avenant une expression dure, redoutable.

Elle fit un pas dans sa direction, mais avant qu'elle ait eu le temps d'en faire un deuxième, quelque chose dans le couloir capta le regard de l'ex-agent. Il bondit à bas de son tabouret, laissant tomber sa bière au passage. Et en un clin d'œil, il chargea en direction du corridor obscur et des toilettes miteuses.

Pendant quelques secondes, Eve resta plantée là, contemplant d'un air stupéfait la bouteille de bière brisée et le liquide mousseux qui se répandait sur le plancher. Elle observa deux petites coques de cacahuète qui se prirent momentanément pour de minuscules voiliers bruns flottant joyeusement en travers des lattes de bois poussiéreuses. Puis son cerveau finit par enregistrer ce que lui montraient ses yeux et elle s'élança à la poursuite de M. Baseball sans se laisser arrêter par le tangage intempestif de la pièce ni par l'étrange lassitude qui rendait ses jambes plus pesantes qu'une paire d'enclumes.

Elle tourna au coin juste à temps pour voir M. Baseball enfoncer la porte de la sortie de secours. Les crissements de pneus d'une voiture démarrant en trombe dans la ruelle couvrirent momentanément la musique du juke-box venant du bar.

Mais qu'est-ce qui se passe ?

Elle poussa le battant de la porte des toilettes des femmes.

— Becky ?

Un malaise montait depuis le creux de son estomac, un malaise qui n'avait rien à voir avec le whisky.

— Becky ? Où t'es ?

Pas de réponse.

Elle examina l'intérieur des trois cabines. Toutes vides, à l'exception d'une pléthore de graffitis colorés.

Eve fit volte-face et ressortit à l'instant même où M. Baseball remontait le couloir au pas de course.

— Appelez à l'aide ! lui siffla-t-il en passant devant elle. Un Black avec une main bandée a enfermé votre copine dans le coffre de sa voiture. Une grosse berline BMW noire.

— Que… ?

L'ex-agent de la CIA ne s'arrêta pas pour lui fournir d'autres explications. Il fonça vers l'entrée et disparut vers la rue. Deux secondes plus tard, Eve entendit le vrombissement d'un gros moteur immédiatement suivi du crissement aigu de la gomme brûlée.

Elle se dirigea, vacillante, vers le box et son sac à main. En dégainant son téléphone, elle ne prit pas le temps de se demander pourquoi le numéro qu'elle composait n'était pas le 911 des urgences.

17

— Tu es amoureux d'elle, n'est-ce pas ?

— Quoi ?

Frank se tourna vers Shell en se demandant si les antalgiques déclenchaient chez lui des hallucinations auditives. Ça ne l'aurait pas franchement étonné. À vrai dire, plus rien ne pourrait plus jamais l'étonner après la baffe qu'il s'était prise en reprenant connaissance dans la salle de réveil quelques heures plus tôt.

Il avait survécu à l'opération ! Il n'arrivait toujours pas à y croire. Il s'était tellement persuadé qu'il ne se réveillerait pas que…

— Becky. La jeune femme qui travaille pour toi. Tu l'aimes, n'est-ce pas ?

Frank jeta un rapide coup d'œil vers la porte par laquelle Wild Bill et Rock venaient de s'éclipser quelques instants plus tôt pour aller chercher des cafés. Quant aux autres Black Knights, ils étaient rentrés au garage depuis un long moment.

Il posa ensuite les yeux sur le petit Franklin qui faisait sa sieste de l'après-midi, blotti sur un fauteuil.

— Qu'est-ce qui te fait dire ça ? demanda-t-il, prudent, en ajustant précautionneusement sa position sur l'étroit lit d'hôpital.

— Parce que le premier mot que tu as prononcé en te réveillant était son prénom. C'est l'infirmière qui nous l'a dit, expliqua-t-elle devant son regard perplexe.

Bordel ! Et la confidentialité entre médecins et patients, alors ? Ça ne s'appliquait pas aux infirmières ? Si c'était le cas, pourquoi ne prévenait-on pas les patients de ce petit détail qui n'en était pas un ? *Merde !*

— Et parce que j'ai vu la tête que tu faisais en découvrant qu'elle n'était pas venue, poursuivit Shell. Sans oublier que depuis que les gars t'ont dit qu'elle passerait plus tard, tu regardes l'horloge toutes les deux minutes.

D'accord. Il avait donc visiblement endossé le rôle du Captain Obvious[1].

— Je m'inquiète seulement pour elle, dit-il pour esquiver la question. Je n'arrive pas à chasser cette impression que le pirate qui s'est enfui n'en a pas fini avec nous.

Shell referma gentiment ses doigts sur son bras valide.

— Arrête tes bêtises, Frank. C'est une question simple. Est-ce que tu l'aimes ?

Pendant une fraction de seconde, il envisagea de mentir… *Non, je ne suis pas amoureux d'elle. Je me soucie d'elle comme de tous les autres gars mais…* Non. Il n'avait jamais menti à Shell auparavant et il n'allait pas commencer maintenant. Oh, non pas qu'il se soit fait une règle générale de ne jamais

1. Personnage imaginaire souvent cité sur Internet lorsque quelqu'un énonce une évidence ou un truisme. (*N.d.T.*)

mentir. Dans son métier, il proférait plus de mensonges que de vérités. À bien y réfléchir, sa vie tout entière n'était qu'un vaste mensonge donc, non, mentir n'était pas le problème. Le problème aurait été de mentir à sa sœur.

— Ouais… lâcha-t-il dans un grand soupir.

Le seul fait de soupirer était difficile avec le plâtre qui lui recouvrait la moitié du corps, et ce simple mouvement suffit à déclencher les protestations de son épaule récemment reconstruite.

— Ouais, je l'aime, reprit-il.

C'était la première fois qu'il l'admettait à voix haute. Et la première fois qu'il se l'admettait réellement à lui-même.

Et la vérité vous libérera ? Celui qui avait balancé cette connerie plus grosse que lui était un enfoiré de première parce que maintenant que la vérité était sortie – exposée à la vue de tous comme le string d'une pute durant une chaude soirée d'été – il se sentait plus mal que jamais. Parce que *Shell* allait se sentir mal pour lui avoir…

— Et quel est le problème ? demanda-t-elle.

Il la dévisagea, stupéfait.

— Tu sais très bien quel est le problème. Elle a à peine vingt-six ans !

Shell haussa les épaules.

— Et alors ? À ce que je sache, à vingt-six ans, on a largement dépassé la majorité sexuelle dans tous les États du pays.

Et Dieu soit loué ! Parce que même si ça n'avait pas été le cas, il n'aurait jamais pu résister à Becky la veille au soir. Pas après qu'elle eut envoyé valser ses vêtements pour se tenir à poil devant lui et…

Non, elle n'était pas à poil. C'était le genre d'expression qu'on aurait employé pour décrire une personne lambda débarrassée de ses vêtements. Quand Frank enlevait ses fringues, lui se retrouvait effectivement à poil, avec son cul poilu, ses genoux noueux et ses testicules ridés pendant entre ses cuisses à la vue de tous. Mais Becky… Becky, elle, avait été nue. Merveilleusement, splendidement, artistiquement nue.

Bon sang… Qu'est-ce qui m'est passé par la tête ? se demanda-t-il. Et qu'allait en penser Shell ?

— T'as complètement oublié ma promesse ? s'emporta-t-il.

Il tressaillit en voyant Franklin s'agiter dans son sommeil. Le petit garçon déplia lentement son poing et porta son pouce à sa bouche de chérubin avant de se rendormir avec un petit soupir.

Shell se leva pour poser une fine couverture d'hôpital autour des petites épaules solides du garçonnet.

— Je n'ai pas oublié un seul mot de tout ce que tu as pu me dire, chuchota-t-elle. Mais je ne vois pas du tout de quoi tu parles.

— Je t'ai promis de ne jamais devenir comme lui et je tiendrai ma promesse, crois-moi ! Je refuse de finir comme lui !

— Pour l'amour de… ? Frank, tu veux bien m'expliquer de quoi tu parles ?

— Je t'ai promis de ne jamais devenir comme papa et je ne…

Elle leva une main pour l'interrompre.

— Attends. Attends une seconde. Quel est le rapport entre ton amour pour Becky et ta promesse de ne pas devenir comme notre père ?

— Elle est tellement plus jeune que moi et tellement…

— Les « petites dames » de papa ? (Shell avait mimé les guillemets d'un geste des doigts). Elles étaient jeunes ?

Frank fronça les sourcils puis hocha la tête. Bien sûr qu'elles étaient jeunes…

— Tu ne me l'avais jamais dit, ajouta Shell.

Vraiment ? Mais alors…

— Jeunes à quel point ? Non… (Elle leva de nouveau la main et fit non de la tête.) Laisse tomber. Je ne veux pas le savoir. Ce salaud m'a déjà assez dégoûté pour le restant de ma vie. Inutile de jeter de l'huile sur le feu.

— Mais alors qu'est-ce que tu voulais dire quand tu m'as demandé de te faire cette promesse ?

Elle lui lança un regard qui mettait clairement en doute son acuité mentale.

— Ce que je voulais, c'est que tu me jures qu'en grandissant, quand tu deviendrais un homme, tu trouverais quelqu'un à aimer. Quelqu'un à qui tu pourrais offrir ton cœur tout entier sans jamais regarder en arrière, sans jamais avoir de regrets. Quelqu'un que tu ne serais pas tenté de tromper. Je voulais simplement que tu sois un homme bien. Un bon mari. Et un bon père, le cas échéant.

— Ouais, j'avais bien compris tout ça. Mais je pensais que ça avait aussi un lien avec son penchant pour les femmes plus jeunes.

Elle lui donna une tape sur l'arrière du crâne.

— Aïe ! Qu'est-ce que j'ai fait pour mériter ça ? demanda Frank.

— T'as oublié de te servir de ta tête. Pourquoi est-ce que je te demanderais de ne pas sortir avec des femmes plus jeunes ? C'est absurde !

— Je n'avais que douze ans, Shell, maugréa-t-il en se frottant le crâne. Bon sang, tu pourrais te montrer plus sympa avec un mec qui vient de se faire opérer.

— Je ne suis pas sympa avec les crétins, qu'ils viennent ou non de se faire opérer.

Ils restèrent assis sans rien dire pendant un moment, l'esprit absorbé par les conséquences d'une promesse faite entre deux enfants, un frère et une sœur qui n'avaient pu compter que l'un sur l'autre après la disparition de leur père et la décision de leur mère de dissimuler sa honte au fond de bouteilles de vodka.

Ce fut finalement Shell qui rompit le silence.

— Donc, à part ton interprétation débile de la promesse que tu m'as faite, est-ce qu'il y a quoi que ce soit qui t'empêche de mettre un genou à terre pour supplier l'adorable Rebelle Reichert de t'aimer pour toujours et à jamais, amen ?

— Tu serais pas en train de me citer une chanson romantique de Randy Travis, là ?

— Possible.

— Ah, les femmes...

Il leva les yeux au ciel puis sourit quand elle le pinça au bras.

— Disons que je suis un peu « country » et toi un peu « rock'n'roll »[1]. Où est le problème ?

— Ouais, je préférerais encore que tu cites ce bon vieux Randy.

— Oh, n'essaie pas de me faire croire que tu n'aimais pas Donny et Marie. Je me souviens très bien d'un poster grandeur nature de Marie Osmond punaisé au plafond de ta chambre. Qu'est-ce qu'il faisait là-haut, Frank ?

Elle battit des paupières avec une telle ferveur qu'il se demanda si elle n'allait pas y perdre des cils.

— Arrête avec ça, saleté ! grommela-t-il.

---

1. Référence à une célèbre chanson du duo frère-sœur Donny et Marie Osmond dans les années 1970. (*N.d.T.*)

Avec un gloussement propre aux petites sœurs qui tiennent leur frère aîné à leur merci, elle demanda :

— Et donc ? Qu'est-ce qui t'en empêche ?

— Qu'est-ce qui m'empêche de quoi ?

— Ah ! Le problème avec vous les hommes… Non, attends, je reformule : l'un des problèmes avec vous les hommes, c'est que vous n'êtes pas fichus de suivre une conversation. Alors, qu'est-ce qui t'empêche de t'agenouiller devant Becky pour lui déclarer ton amour ?

— C'est pas que nous ne savons pas suivre une conversation, c'est que nous menons nos discussions de façon linéaire, répondit-il pour défendre l'honneur de tous les mâles de la planète. Quand elle dévie, il nous faut quelques instants pour nous réorienter.

— Tu vas répondre à ma question, oui ?

— Ce qui m'empêche de mettre le genou à terre ?

Shell acquiesça.

— Un manque de souplesse ? proposa-t-il.

Croisant les bras dans une pose d'agacement feint qu'elle avait perfectionnée durant l'enfance, elle inclina la tête sur le côté et le dévisagea tandis qu'il réfléchissait à la question.

Donc qu'est-ce qui m'en empêche ? Qu'est-ce qui pourrait m'arrêter maintenant que…

Et soudain la réponse le frappa tel un éclair jaillissant par surprise du ciel bleu. Il regarda sa sœur, bouche bée.

— Ben… Rien, en fait. Je…

Bordel. Plus rien ne lui barrait le passage. Rien pour l'empêcher de faire sienne la seule femme à avoir su toucher son cœur désabusé, la seule avec qui il pouvait envisager de convoler en justes noces, la seule dont il puisse imaginer voir le ventre s'arrondir en portant ses enfants, la seule auprès de laquelle il se voyait bien vieillir…

Bordel de bordel de bordel !

La vie pouvait encore le surprendre. Car soudain l'univers – par l'intermédiaire de sa sœur bien-aimée – venait de lui offrir la seule chose qu'il eût jamais désirée, la seule personne qu'il n'eût jamais osé rêver faire sienne.

Shell sourit devant l'expression de stupeur, d'espoir et de pure allégresse qu'elle lut sur son visage.

— Je commençais à penser qu'un moment de ce genre n'arriverait jamais.

Elle lui serra gentiment le bras et Frank, ému, l'attira contre lui pour l'étreindre. Au diable la douleur dans son épaule. Il la sentit à peine.

— Bon sang, Shell, chuchota-t-il à plusieurs reprises.

— Oh, Frank, je suis si contente pour toi, répondit-elle avec un baiser sonore contre son oreille.

Elle se recula pour le regarder, souriante, les yeux embués.

— Elle me plaît beaucoup, tu sais. D'accord, je viens tout juste de la rencontrer, mais elle a l'air d'avoir beaucoup de cran. Et elle en aura besoin pour te supporter, ajouta-t-elle en lui tirant la langue.

— Elle est géniale, Shell. Intelligente, talentueuse et *gentille*. Elle nourrit beaucoup trop son chat et c'est une sacrée fouineuse, mais elle a un cœur gros comme ça et plus de courage que tous les… quoi ?

Shell secouait la tête en riant.

— T'es vraiment amoureux, hein ?

— Ouais, soupira-t-il.

Il avait l'impression que l'orbite de la planète s'était soudain rapprochée du Soleil. Tout paraissait plus chaud, plus lumineux.

— Je suis vraiment amoureux, conclut-il.

— C'est quoi ces grands sourires ? demanda Bill.

Il venait de pousser la porte de la chambre d'un coup d'épaule, les bras chargés d'un carton plein de gobelets de café et de muffins aux myrtilles tout juste sortis du four.

La vision de Michelle lui fit de nouveau un choc.

Merde, et dire que pendant tout ce temps les autres Black Knights avaient cru que Boss filait discrètement vers Lincoln Park pour aller voir un clone de Pamela Anderson alors qu'en réalité il rendait visite à *sa sœur*. C'était tellement absurde qu'il ne put retenir un gloussement.

La raison derrière le petit sourire en coin qu'arborait Rock dès qu'il était question de la mystérieuse copine de Boss était désormais beaucoup plus claire. Rock était le seul d'entre eux à avoir fréquenté Boss avant la fondation de Black Knights Inc. et l'enfoiré avait toujours connu l'identité de Michelle.

Fusillant le cachottier du regard, Bill se promit de lui dire deux mots pour les avoir tous laissés se ridiculiser à ce point…

— C'est un truc entre frère et sœur, expliqua Michelle.

Il dut faire un effort pour se remémorer ce qu'il lui avait demandé. Ah, ouais. Il voulait savoir pourquoi ils souriaient.

— Ouais, je vois le genre, dit-il sur un ton faussement râleur.

Michelle le remercia d'un sourire chaleureux quand il lui tendit son café allongé aromatisé au chocolat blanc avec supplément de crème fouettée. Elle préférait visiblement le café bien sucré. Dieu la préserve si elle visitait un jour le garage. Bill retira le couvercle de son propre gobelet pour souffler sur le liquide brûlant.

— Sauf qu'avec Becky et moi les trucs entre frère et sœur se terminent généralement par des insultes, des coups et blessures mineures et autres promesses de vengeance sanglante.

— Oh, ça arrive aussi entre Frank et moi, lui dit-elle.

Bill se tourna pour observer Boss et le monstrueux plâtre bleu qui lui remontait depuis la taille jusqu'au niveau de la poitrine et enveloppait son épaule et toute la longueur de son bras, lequel était maintenu écarté de son corps selon un angle peu commode. Le chirurgien avait parlé de plâtre « caspi » ou « spica », un truc comme ça. Bill se fichait pas mal du nom. Le fait est que ce truc ressemblait à un instrument de torture médicale conçu par un cinglé.

— Alors, quand est-ce qu'ils te laisseront te tirer d'ici, Boss ? demanda-t-il.

Il piocha dans le sac un muffin qu'il posa entre les doigts tendus et affamés de Boss.

La première chose que le colosse avait réclamée en sortant de l'anesthésie était qu'on lui apporte à manger…

Enfin, ce n'était pas tout à fait vrai. D'après l'infirmière, il avait d'abord demandé après Becky. Ce qui troublait Bill au plus haut point. Il ne pouvait s'empêcher de s'interroger sur la relation entre sa sœur et Boss. Peut-être que les choses avaient changé depuis leur petite conversation entre hommes à l'atelier.

Il l'espérait.

Car même en admettant qu'elle flirte un peu avec Angel, il savait que Boss était le seul homme sur Terre capable de la rendre vraiment heureuse dans la mesure où c'était le seul homme au monde avec assez de couilles pour ne pas se laisser intimider par une femme avec le talent et... heu, disons les tripes de Becky.

Sans oublier que c'était aussi le seul dont elle était amoureuse...

Oh, elle essayait bien de le cacher. Et elle y était peut-être parvenue aux yeux des autres gars. Mais un grand frère savait décoder l'éclat qui s'allumait dans les yeux de sa sœur. Et elle avait cette lueur particulière dans le regard depuis le jour où il lui avait présenté Boss.

— Ils disent que je dois rester pour la nuit, répondit Boss tout en mâchant son muffin. Pour surveiller l'effet des antalgiques, un truc comme ça.

— C'est sûrement...

Une sonnerie de téléphone retentit ; les premières mesures de *Don't Fear the Reaper*[1] de Blue Oyster Cult.

— Ah, c'est le mien, annonça Boss.

Bill lâcha un petit rire. S'il devait un jour avoir un beau-frère, il pourrait vraiment tomber sur pire que Frank Knight.

— Où est mon pantalon ? demanda celui-ci.

— Ici.

Michelle ouvrit un petit placard et en tira le jean usé de Boss. Elle sortit son téléphone de la poche et

---

1. On pourrait traduire le titre de cette chanson par « Ne craignez pas la Faucheuse ». (*N.d.T.*)

le lui lança. Même sous médicaments, Boss avait des réflexes dignes d'un félin. Il attrapa le téléphone d'une main, valida l'appel et porta l'appareil à son oreille.

— Ça alors. Dagan Zoelner, je me demandais quand vous alliez nous passer un coup de fil... *Quoi ?*

Bill fronça les sourcils en voyant Boss étrécir les yeux et une expression meurtrière se dessiner sur son visage. Immédiatement, Bill passa la main dans son dos pour s'assurer que son Sig était bien en place à l'arrière de sa ceinture. Il avait déjà vu ce regard chez Boss auparavant et c'était généralement lorsqu'ils se trouvaient submergés par les forces ennemies.

— Putain de merde ! s'exclama Boss.

Puis, tout se déroula très vite. Franklin se réveilla et se mit à pleurer. Boss arracha sa perfusion et sortit de son lit tandis que Rock lui demandait « qu'est-ce qui se passe ? » tout en vérifiant déjà que ses deux chargeurs supplémentaires étaient pleins. Au même instant, le téléphone de Bill vibra au fond de sa poche.

Il sortit l'appareil, jeta un coup d'œil au nom qui s'affichait sur l'écran et haussa un sourcil. Qu'il veuille ou non l'admettre, il avait espéré ce coup de fil. Mais le moment était mal choisi.

— Quoi ? aboya-t-il avec impatience tout en regardant Boss écarter Michelle et tenter d'enfiler son pantalon d'une seule main.

La voix d'Eve lui parvint, étranglée, depuis l'écouteur.

— Billy ? Il a... Oh, mon Dieu... Il a enlevé Becky ! termina-t-elle dans un sanglot.

Sharif n'arrivait pas à croire à quel point ça avait été facile.

Il n'avait eu qu'à attendre de voir Becky émerger du complexe hautement sécurisé dans lequel elle vivait, suivre la lente progression du bus qu'elle empruntait à travers les rues engorgées de Chicago, se cacher dans les toilettes des hommes de ce bar louche tandis qu'elle se soûlait au whisky bon marché et guetter le moment où elle irait faire un tour au petit coin. Parce que les femmes finissaient toujours par aller faire un tour au petit coin.

L'assommer avec le taser n'avait été qu'une formalité ; elle ne l'avait même pas vu sortir de chez les hommes à pas de loup.

Avant qu'elle comprenne ce qu'il se passait, il avait bondi sur elle, lui avait plaqué les électrodes sur le cou et avait pressé la détente. Son erreur, toutefois, avait été de sous-estimer l'impact d'une décharge aussi forte sur une petite femme déjà ivre. Au lieu d'être simplement paralysée, elle était tombée sans connaissance.

Il n'en restait pas moins convaincu que c'était pour le mieux.

Il avait ainsi pu la soulever par-dessus son épaule pour la déposer dans le coffre de sa voiture de location. Un véhicule qu'il avait pu louer grâce au passeport volé que son père lui avait fièrement remis avant qu'il quitte la demeure de St. Ives.

Et l'état d'inconscience de la jeune femme avait également résolu le problème de son transfert depuis le coffre jusqu'à l'ignoble petite chambre que Sharif avait louée dans un motel miteux du sud de la ville. Il n'avait eu qu'à reculer sa voiture jusqu'à l'entrée, ouvrir le coffre, emmitoufler Becky dans l'édredon décoloré prélevé sur le lit et la porter à l'intérieur.

Personne n'avait prêté attention à lui.

C'était d'ailleurs l'une des trois raisons pour lesquelles il avait choisi ce motel : il était situé dans un quartier où entendre des cris de femme était tellement banal que personne ne s'y arrêtait. La deuxième raison tenait au lit en métal, absolument parfait pour ce qu'il avait en tête. Et la troisième raison traînait ses guêtres de l'autre côté de la rue, près de la station-service. Un groupe de voyous aux tenues ridicules qui pourraient certainement lui vendre le cocktail de drogues dont il aurait indéniablement besoin pour faire en sorte que le supplice dure, dure, dure…

Oh, Becky Reichert le supplierait de l'achever avant qu'il en ait terminé avec elle. Elle l'implorerait de la tuer !

— On va beaucoup s'amuser, toi et moi, lui promit-il en resserrant les derniers liens autour de son fin poignet.

Comme elle était sans connaissance, il avait pu l'attacher sans mal sur le matelas crasseux, les membres en croix aux quatre coins du lit.

Donc tout s'était passé pour le mieux, si ce n'était…

Il fronça les sourcils en regardant le tee-shirt et le jean épais qu'elle portait. Ce moment particulier, l'attente de la voir se réveiller afin qu'il puisse se délecter de la peur, de la douleur et de la colère visibles dans ses yeux sombres, aurait été beaucoup plus plaisant si elle avait été nue, s'il avait pu contempler ses seins pâles et ses cuisses souples.

Mais il ne voulait pas prendre le risque de la détacher. Et même s'il l'avait voulu, il n'aurait pas pu la déshabiller de sa seule main valide.

Balayant la pièce du regard, il s'aperçut qu'il avait oublié un accessoire essentiel. De quoi découper ses vêtements.

Mince ! Il n'était habituellement pas aussi étourdi, plutôt du genre à vérifier chaque détail avant de se lancer dans une quelconque mission. Mais il était toujours fiévreux et affaibli, et cela avait de toute évidence interféré avec son fonctionnement habituel.

Bon, ce qui est fait est fait. Il allait devoir trouver un moyen de corriger le tir.

Des ciseaux seraient sans doute l'idéal. Moins gratifiant qu'un couteau, sans doute, mais bien plus facile à manier d'une main.

Secouant la tête de frustration, il s'approcha de la fenêtre aux vitres sales et écarta le store poussiéreux pour observer la station-service misérable de l'autre côté de la rue. Quelles étaient les chances pour que les voyous aient une paire de ciseaux en rayon ?

Cinquante-cinquante, estima-t-il tout en les dévisageant, assis sur le trottoir.

Il avait besoin d'une dose de coke, de toute façon. Un peu de poudre d'ange pour maintenir son membre bien dur et son esprit vif afin de profiter de chaque minute des délicieuses souffrances de Becky Reichert. Et il profiterait de l'occasion pour passer à la station-service et trouver un truc, n'importe quoi, pour découper les habits de sa jolie petite otage.

Reportant son attention vers elle, il sourit.

Il allait vraiment beaucoup s'amuser.

— Comment ça, vous l'avez perdue ? !

Frank avait l'impression que son cœur lui était remonté dans le gosier et palpitait à l'arrière de sa gorge telle une méchante rage de dent. Son rugissement emplit l'intérieur étroit de la Hyundai Elantra de sa sœur. Comprenant que chercher à le maintenir dans son lit était aussi vain que de pisser dans un violon, elle avait fait ce qu'il y avait de plus intelligent à faire : elle lui avait lancé ses clés de voiture.

Les médecins avaient été un peu plus difficiles à convaincre. Ils avaient élevé la voix, menacé d'appeler les agents de sécurité pour le sangler sur son lit s'il ne retournait pas dans sa chambre.

Il n'en était pas certain, mais songeait que peut-être son expression meurtrière et sa description tonitruante de la façon dont la police retrouverait leurs corps démembrés au fond du lac Michigan s'ils essayaient avaient fini par faire taire leurs objections.

— Ils sont sortis de la quatre-voies pour remonter sur South Vincennes Avenue il y a environ six minutes, mais je les ai perdus dans les petites rues, répondit Zoelner.

Frank décida qu'il se soucierait plus tard de savoir pourquoi un ancien de la CIA traînait à Chicago et particulièrement au *Delilah Rouge*. Pour l'heure, il lui était hyper-reconnaissant d'avoir été sur place, même s'il avait perdu de vue le véhicule dans lequel Becky était retenue en otage.

— Continuez à les chercher ! aboya-t-il.

Il cracha ensuite un juron et donna un coup de poing dans le toit de la petite voiture lorsque Bill – qui se prenait pour Mario Andretti derrière le volant – heurta une méchante bosse, projetant contre le pare-brise son bras blessé toujours figé dans une position diaboliquement peu pratique par son plâtre spica bleu.

La douleur lui attaqua l'épaule et la base du cou avec toute l'agressivité d'un rat d'égout affamé.

— Je vais raccrocher et appeler Ozzie, annonça-t-il à Zoelner lorsqu'il réussit à desserrer les dents. On va voir s'il peut repérer le portable de Becky. En attendant, appelez-moi de suite si vous retrouvez le véhicule. On est à quinze minutes de la sortie sur Vincennes Avenue.

— Bien reçu.

Bon sang, ma biche, tiens bon. Sois dure. Sois forte. Sois maligne. Ne laisse pas…

— J'arrive pas à croire que cet enfoiré de pirate a eu les *cojones* de venir l'enlever juste sous notre nez !

Bill fit claquer sa paume sur le volant tout en déboîtant pour doubler une camionnette de câblo-opérateur trop lente à son goût, ce qui lui valut un geste obscène de la part du conducteur.

— Où était Interpol quand ce mec a passé la frontière ? Et qu'est-ce qu'il veut, putain ? Il doit bien se douter qu'il ne pourra pas réclamer une rançon ici aux États-Unis sans qu'on découvre…

— Réfléchis un peu, l'interrompit Rock depuis l'étroite banquette arrière. Il a dû passer la douane avec un faux passeport et je te parie tout ce que tu veux que ce n'est pas une rançon qu'il veut. Il n'a qu'une raison valable de venir jusqu'ici : se venger.

— Ouais, je sais. *Merde !* s'emporta Bill.

Il glissa une main sous son manteau et en sortit un petit flacon de Maalox. Il dévissa le bouchon avec les dents et avala la moitié de la bouteille pendant que Frank appelait un numéro mémorisé sur son téléphone.

Ouais, l'estomac de Bill n'était pas le seul à lui jouer des tours. Celui de Frank faisait des loopings comme s'il était sur une saloperie de grand huit.

Et malgré la température plutôt fraîche à Chicago, il suait à grosses gouttes. Son entrejambe lui donnait l'impression de macérer dans son jean.

Il aurait voulu pouvoir mettre ça sur le compte des médicaments, mais il était sûr que, même sans avoir rien pris, il aurait connu les mêmes symptômes. Parce que la femme qu'il aimait, la femme avec laquelle il voulait passer le reste de sa vie, était d'après Zoelner enfermée, ivre et inconsciente, dans le coffre d'un pirate dégueulasse et…

Il poussa un soupir de soulagement quand le gamin décrocha sur la ligne fixe du garage.

— Ozzie. J'ai besoin que tu localises le portable de Becky. Zoelner ne les a plus en visuel et on va devoir…

— Je suis déjà dessus, Boss, répondit Ozzie.

Frank entendait effectivement ses doigts pianoter sur les touches en arrière-plan.

— Mais ça va prendre entre cinq et dix minutes pour avoir des coordonnées précises, ajouta-t-il.

— Cinq minutes, pas plus.

Il raccrocha sans attendre la réponse d'Ozzie.

Trouve-la-moi en cinq minutes, gamin, pria-t-il, *parce que chaque seconde compte.*

18

Bon sang, mais quelle idée de boire !

Becky ne voulait pas ouvrir les yeux, ni voir les murs tournoyer, ni relever sa tête prise dans un étau (de peur qu'elle ne se détache de son corps), ni faire basculer ses jambes pesant deux tonnes hors du lit parce qu'elle doutait franchement qu'elles supportent son poids.

Pour faire simple, elle n'avait pas envie de bouger le moindre muscle.

Évidemment, elle allait devoir faire tout cela, et rapidement, parce que sa langue lui donnait l'impression d'être recouverte d'une chaussette en laine et qu'il fallait qu'elle aille boire un verre d'eau. Tout de suite. Sans quoi elle risquait de se flétrir sur place jusqu'à ressembler à un raisin sec.

— Beurk… ânonna-t-elle en gardant bien les yeux fermés. C'est la pire gueule de bois de l'histoire de l'humanité…

Sur une échelle de un à dix, cette gueule de bois montait facilement à onze.

Si tu te laisses aller, après faut assumer, sœurette. C'était le conseil plein de sagesse que Billy lui avait adressé pour son vingt et unième anniversaire, la première fois qu'elle avait tenté d'aller au-delà de la griserie des premiers verres. Elle avait eu du mal à ne pas lui faire la peau ce jour-là.

À présent, elle était presque tentée d'en finir avec elle-même. Histoire d'abréger ses souffrances. À vrai dire, si elle tardait à s'hydrater, son corps pourrait bien exaucer son vœu et la lâcher pour de bon.

— Houlà, je comprends même pas comment Dan peut vivre ça au quotidien, dit-elle à voix haute.

Elle fit immédiatement la grimace ; le son de sa propre voix avait incité les petits démons qui martelaient l'intérieur de son crâne à échanger leurs marteaux pour des pioches.

De l'eau ! réclama de nouveau son corps.

Elle ne pouvait plus ignorer la soif douloureuse qui lui donnait l'impression d'avoir avalé tout le sable de la plage de North Avenue.

— D'accord, d'accord, grommela-t-elle en se redressant en position assise.

Sauf que… heu… elle n'en fit rien. Elle ne pouvait pas.

Elle ouvrit les paupières et la première chose qui apparut dans le flou de son champ de vision fut une immense tache d'inondation sur le plafond en stuc crasseux au-dessus d'elle. *Où est-ce que… ?*

Et puis tout lui revint d'un seul coup, un raz-de-marée de souvenirs submergeant son esprit encore vaseux.

Elle était au *Delilah Rouge* et venait de sortir des toilettes des femmes quand une odeur familière lui était parvenue au milieu des effluves de bière éventée, de whisky et de sciure. C'était une eau de toilette masculine, une senteur forte et inhabituelle qui, pour une raison inconnue, lui avait donné la chair de poule et…

Il lui avait fallu une demi-seconde pour se rappeler où elle avait senti ce parfum auparavant, et c'était de toute évidence une demi-seconde de trop car elle s'était transformée aussitôt en supernova. Telle une étoile mourante, chaque particule de son être s'était retrouvée compressée dans un noyau d'intense souffrance avant d'exploser la seconde d'après. *Blam !*

Et puis… rideau. Plus rien.

Et voilà qu'elle se réveillait dans cette chambre miteuse. Un motel, à en juger par le lit double, le climatiseur sous la fenêtre et les meubles en contreplaqué bon marché. Sans parler de l'odeur âcre du vieux tabac accompagné des effluves de transpiration et… beurk, oui, un parfum de sexe flottait encore dans l'air, en même temps que des relents d'urine.

Et, bien sûr, cerise sur le gâteau de cette situation déjà bien pourrie, elle était troussée comme une dinde pour le dîner de Thanksgiving.

Sharif, espèce de connard !

Elle le lui aurait hurlé au visage s'il avait été dans la pièce. Mais il était remarquablement absent.

Oh, elle n'allait pas s'en plaindre. Certainement pas.

Même s'il avait trouvé le moyen, disons, de se faire renverser par un bus ou abattre par les membres d'un gang de Southside, elle aurait eu bien du mal à verser ne serait-ce qu'une petite larme. Bien sûr, ça aurait été beaucoup trop simple. Et ces derniers temps, son destin ne faisait pas vraiment dans la simplicité. Loin de là.

Donc, ouais, il était sans doute parti chercher une bricole quelconque et elle aurait dû avoir peur. Elle savait qu'elle aurait dû. Deux secondes après l'avoir rencontré, elle avait su que quelque chose clochait sérieusement chez ce type. Il manquait un truc dans ses yeux noirs indéchiffrables. Une étincelle d'humanité, peut-être ? Cet éclat lumineux que – au-delà des questions de race, de couleur, de croyances ou de religion – chaque être humain possède au plus profond de son âme ?

Quoi que ce puisse être, Sharif en était privé. Elle ne s'était pas fait d'illusions au moment de la prise d'otages ; c'était un psychopathe susceptible de lui ôter la vie sans le moindre remords. Et elle était à présent convaincue que non seulement il était capable de lui ôter la vie, mais qu'il allait *prendre plaisir* à le faire. Un type ne ligotait pas une femme bras et jambes en croix sur un lit sans avoir en tête un plan bien spécifique et particulièrement obscène.

Ce qui la ramenait au fait qu'elle aurait dû être terrifiée. Trembler dans ses bottes. Prête à...

Une minute !

Trembler dans ses... *bottes !*

— Oh, Sharif, quel crétin merveilleusement incompétent tu fais ! souffla-t-elle avec un petit rire étouffé.

Cet idiot l'avait attachée au niveau des chevilles mais sans lui retirer ses lourdes bottes de moto.

Quel imbécile. Cela dit, elle ne put qu'adresser une petite prière de remerciement vers les cieux pour avoir doté Sharif d'un QI discutable.

En tortillant sa jambe droite, elle parvint à dégager très progressivement son pied de la botte. Au moment où son talon se libéra enfin, elle était aussi haletante et fatiguée qu'un chien sous le soleil estival, et son crâne lui donnait l'impression d'être fendu en deux. Mais le temps jouait contre elle. Elle coinça donc immédiatement son orteil contre le haut de sa botte gauche pour dégager son autre pied. Puis elle se débarrassa de ses chaussettes et replongea son pied nu dans sa botte gauche en tâtonnant à la recherche de ce qui pourrait bien lui sauver la vie.

Frank, gros malin que tu es, tu aimes peut-être une autre femme, mais la prochaine fois que je te verrai tu auras droit à un gros poutou sur les lèvres.

Elle était restée comme deux ronds de flan quand, deux ans plus tôt, il lui avait remis un poignard d'aspect redoutable avec tout le faste auquel elle était habituée quand un mec lui offrait un bouquet de roses rouges.

— On ne sait jamais quand on va en avoir besoin, avait-il déclaré après avoir insisté pour qu'elle le range dans sa botte.

À l'époque, comme elle était généralement entourée d'agents surentraînés, elle ne s'était pas imaginé quels événements terribles pourraient l'amener à avoir besoin d'un couteau de combat tactique USMC Bulldog muni d'une lame d'acier inoxydable martensitique à haute teneur en chrome, type 440C et rectifiée en creux.

Bon, maintenant elle avait la réponse. Il s'agissait d'un scénario où elle se faisait kidnapper et ligoter par un pirate somalien à l'accent de la haute.

Tirant le couteau de son fourreau caché, elle coinça le manche en palissandre de Madagascar entre ses orteils puis se plia en deux pour ramener ses jambes au-dessus de sa tête. Dieu merci elle avait eu la bonne idée de continuer ses cours de Pilates, sans quoi cette petite manœuvre n'aurait pas été possible. Cela dit, si ce genre de contorsions devait devenir une habitude, il faudrait qu'elle se dégote des jeans moins serrés…

Les orteils crispés autour de l'arme, elle entreprit de trancher la corde qui lui immobilisait la main droite.

Tes orteils de singe. C'était comme ça que Billy les appelait. Étant donné sa petite taille, on aurait pu imaginer que Becky serait dotée de petits orteils trapus. Mais les siens étaient longs et fins. Et elle rendait grâce au Seigneur pour cette bénédiction. Car, en plus de l'incompétence de Sharif et de l'insistance de Frank pour qu'elle soit toujours armée, ses orteils allaient peut-être lui permettre de sortir vivante de cette situation et…

Bingo !

La corde peu épaisse avait cédé sous le tranchant effilé de sa lame. Immédiatement, Becky saisit le couteau et se mit au travail sur le lien qui retenait son poignet gauche contusionné. La corde se rompit presque immédiatement.

Miraculeusement libérée, Becky se précipita jusqu'à la fenêtre et écarta prudemment l'un des rideaux poussiéreux et taché de fumée. Elle eut un mouvement de recul horrifié en découvrant le faciès de Sharif à travers la vitre sale.

Il était là. Juste derrière la porte, la clé de la chambre à la main.

Le temps parut ralentir et s'étirer.

Becky tituba en direction de la salle de bains. Elle avait l'impression de se déplacer lentement, comme si elle était immergée dans l'eau.

Une expérience de sortie du corps. C'était ce qu'elle était en train de vivre ; elle se voyait agir à distance.

Elle se vit ouvrir la porte de la salle de bains, braquer son regard vers le rideau de douche moisi, le carrelage taché, la cuvette des toilettes ébréchée. Se vit examiner d'un œil indifférent le robinet qui fuyait et les serviettes du motel autrefois blanches mais désormais jaunies empilées sous l'évier.

Et puis elle fut propulsée vers son corps telle la flèche d'un arc. Et son cœur se serra brutalement car la seule chose qu'elle avait espéré voir, la seule chose qui lui aurait offert une chance de s'échapper, faisait cruellement défaut.

La salle de bains n'avait pas de fenêtre.

Elle ravala un hurlement de frustration. Même si elle le méritait après cette journée infernale où la situation semblait ne jamais devoir cesser d'empirer, elle n'avait pas le temps d'éclater en sanglots. Elle n'avait pas le temps parce que la poignée de la porte pivota en grinçant.

Oh, mon Dieu, oh, mon Dieu, oh, mon Dieu, oh...

Sharif entra dans la chambre et se figea en découvrant le lit vide. Puis se peignit sur ses traits une expression de colère si affreuse que Becky sut que cette image reviendrait la hanter pendant les années à venir. Si elle vivait jusque-là.

Elle était bien déterminée à vivre.

Le temps, qui s'écoulait jusque-là à la vitesse d'un escargot, accéléra brutalement. Les instants qui suivirent parurent s'enchaîner en un clin d'œil.

Repérant Becky debout sur le seuil de la salle de bains, Sharif lâcha immédiatement son sac de courses en plastique pour saisir le pistolet noir mat passé à sa ceinture.

Becky saisit entre deux doigts le manche en palissandre de son couteau, retint son souffle et laissa filer sa lame « Bulldog », exactement comme Frank le lui avait enseigné.

— Ozzie l'a retrouvée, annonça Frank en raccrochant d'une pression du pouce.

Wild Bill tourna au coin d'une rue dans un grand crissement de pneus, projetant le bras blessé de Boss contre la portière passager. Frank dut respirer à fond pour ne pas s'évanouir.

— Le portable de Becky se trouve au coin de la 109e et de South Wentworth, siffla-t-il entre ses mâchoires serrées.

— C'est à seulement cinq pâtés de maisons d'ici. Accrochez-vous.

S'accrocher, ouais. Facile à dire pour lui.

Frank ferma les paupières et laissa la douleur le traverser. Bill prit alors un nouveau virage sur deux roues seulement – l'Elantra de Shell ne serait plus jamais la même après ça – et son bras récemment remis à neuf alla de nouveau heurter la portière.

Bordel de putain de saloperie de merde !

Lorsqu'il osa rouvrir les yeux, une odeur de caoutchouc brûlé s'immisçait dans l'habitacle pour venir s'ajouter à l'étrange mélange de narcotiques, de douleur assommante et de peur au ventre qui l'assaillait déjà au point qu'un voile noir apparut aux limites de son champ de vision.

Il était parcouru de frissons, comme si sa peau était couverte de bestioles, son corps tout entier oscillant entre la glace et le feu. À l'instant même où il se sentit sur le point de sombrer malgré lui dans les brumes de l'inconscience, au moment où l'obscurité s'apprêtait à l'engloutir, les vibrations de son téléphone le tirèrent à l'écart du précipice.

— Oui ? aboya-t-il.

Il écouta attentivement tandis que Zoelner l'informait avoir retrouvé la BMW noire. Frank répéta à haute voix les paroles de l'ex-agent de la CIA.

— Elle est garée devant la chambre six du *Lazy Suzanne Motorway Hotel*. Au coin de Wentworth et de la 108ᵉ.

— Un pâté de maisons plus près que prévu. C'est encore mieux, maugréa Bill.

Il grilla un feu rouge et manqua de peu de se faire emboutir par une vieille guimbarde qui avait sans doute été une Chevrolet El Camino dans une autre vie.

Les derniers immeubles délabrés défilèrent à toute vitesse de chaque côté de la rue, succession rapide de perrons défoncés, de toits affaissés et de cours poussiéreuses. Frank nota la présence d'une station-service et des inévitables membres de gang au coin de la rue juste avant que Bill n'entre en trombe sur le parking du *Lazy Suzanne*. Les trois hommes bondirent hors de la voiture à l'instant même où Zoelner émergeait d'un 4 × 4 gris métallisé. Tous dégainèrent leurs armes, prêts à agir.

Bill, Rock et Zoelner traversèrent le parking en courant, ramassés sur eux-mêmes, scrutant soigneusement les alentours à la recherche de menaces potentielles.

Frank, lui, se contenta de courir.

— Espèce de salope ! s'exclama Sharif.

Le couteau s'était planté dans la partie charnue de son épaule. Il lâcha son arme qui retomba sur l'épaisse moquette orange avec un bruit mat.

Becky saisit sa chance.

Elle fonça vers l'arme alors même que Sharif chargeait droit sur elle tel un taureau en furie. Elle esquiva de justesse les bras qui cherchaient à l'agripper et plongea au sol comme un joueur de baseball professionnel prêt à tout pour marquer un point. Au terme d'une glissade bras tendu, elle parvint à saisir le Glock puis roula sur elle-même et se redressa d'un bond. Pointant le pistolet vers la tête de Sharif, elle posa le doigt sur la queue de détente.

— Bouge ne serait-ce qu'un muscle et je te vide le chargeur dessus ! lança-t-elle en guise d'avertissement.

Haletante, elle fit de son mieux pour apaiser les battements affolés de son cœur en même temps que le tremblement de ses mains.

Elle n'avait jamais rencontré le diable, n'avait jamais vraiment cru à l'idée de possession démoniaque. Mais la haine absolue qui se lisait sur le visage de Sharif lui donna l'impression de contempler l'un des proches cousins de Satan. Un seul mot pouvait décrire la sombre lueur au fond des yeux durs de Sharif : « maléfique ».

Elle tenta de ravaler la boule d'effroi qui avait élu résidence dans sa gorge.

— Ne m'oblige pas à le faire ! implora-t-elle en le voyant saisir le manche du couteau de combat qui dépassait de son épaule.

Je t'en prie, ne m'oblige pas à tirer.

Toutes les leçons de tir que Spectre lui avait données, tous ses conseils sur la nécessité de ne pas s'identifier à la cible, tout cela lui avait paru très juste en théorie. Mais à présent qu'elle se retrouvait là, les yeux dans les yeux avec un homme, si malfaisant soit-il, il était difficile d'écarter le fait qu'il était doté d'un cœur qui pompait le sang dans ses veines, de poumons qui aspiraient l'oxygène, de synapses en activité constante. Difficile d'oublier qu'il était en vie et que Becky avait le pouvoir de la lui ôter, d'en souffler la flamme d'une simple série de contractions musculaires de l'index.

Avec un hurlement accompagné de postillons blancs dignes d'un chien enragé, Sharif arracha le poignard de son bras et se précipita sur elle.

Que Dieu me pardonne, songea Becky.

Un kilo et demi de pression et un battement de cœur plus tard, tout était fini.

— Non ! rugit Frank.

Son cœur parut exploser dans sa poitrine une fraction de seconde après avoir entendu l'aboiement métallique du calibre 45 déchirer le silence, accompagné d'un flash très bref derrière la fenêtre crasseuse de la chambre six du motel.

Il fit deux grandes enjambées, planta son cinquante fillette au centre du battant et se servit de son élan et de chacun de ses cent dix kilos pour se transformer en bélier humain. Le panneau fut arraché de ses gonds et atterrit avec fracas à l'intérieur de la chambre plongée dans la pénombre, suivi par un Frank titubant.

Il capta toute la scène en un instant.

Il vit Becky, aussi haletante que si elle venait de terminer une course, debout, les pieds nus bien écartés, sa main gauche en soutien de sa paume droite, la tête légèrement inclinée afin d'aligner son œil avec la mire du Glock. Il vit Sharif étendu dans une flaque de sang écarlate et poisseux, le sommet de son crâne réduit en bouillie, sa jambe gauche parcourue de convulsions comme un serpent décapité.

— Frank… souffla Becky.

Elle le gratifia à peine d'un regard, le canon de son arme toujours pointé sur Sharif. Que pensait-elle ? Que le salopard risquait de se relever pour l'agresser de nouveau alors qu'il lui manquait la moitié du crâne et que l'essentiel de sa matière grise s'écoulait lentement le long du mur derrière lui ?

— Tu devrais être à l'hôpital, dit-elle.

S'il n'avait pas été au bord de l'explosion, prêt à chialer comme un foutu bébé, il aurait pu en rire.

Elle était vivante, merveilleusement et magnifiquement vivante, et lui balançait des reproches de sa voix rauque à la Demi Moore…

Bon Dieu de bon Dieu !

À ce moment, Frank fit deux choses. Il lâcha son arme et tomba à genoux, à peine capable de maîtriser les sanglots qui enflaient dans sa poitrine. Une seule pensée tournoyait dans sa tête.

Quelle nana ! Mon incroyable dure à cuire de nana !

— Becky !

Wild Bill surgit sur le seuil et s'arrêta brusquement en découvrant la scène sanglante.

— Oh, Dieu merci t'es en vie, sœurette. Dieu merci, répéta-t-il en passant lentement devant la silhouette agenouillée de Frank pour approcher Becky par le flanc et retirer délicatement le calibre 45 de ses mains tremblantes.

Après avoir glissé l'arme dans la ceinture de son jean, il prit sa sœur par les épaules et la força à se détourner de l'horrible spectacle de Sharif et de sa jambe prise de soubresauts. Et même alors, elle ne cessa de jeter des coups d'œil en arrière, ses beaux yeux encore écarquillés sous l'effet du choc.

Ouais, Frank était plus ou moins un expert en matière de balistique et d'impacts. Lesquels n'étaient jamais très beaux à voir. Quant aux tirs à la tête, c'était les plus moches de tous. Dans les films, on vous montrait toujours un joli petit trou bien net entre les deux yeux aveugles et vitreux de la malchanceuse victime. Mais Hollywood omettait en général le bazar que laissait la balle en ressortant.

Le crâne était semblable à un melon. Frappez-le avec un objet dur et il aura tendance à éclater dans un mélange atroce de sang, d'os et de cervelle. Et si l'on y ajoutait les merveilleuses petites impulsions électriques qui continuaient à actionner les muscles comme les fils d'une marionnette, ouais, ça pouvait vite tourner au cauchemar.

La clameur lointaine des sirènes était exactement le son dont Frank avait besoin pour sortir de sa torpeur. Secouant lourdement la tête, il respira un bon coup et parvint à remettre en route à la fois sa tête et ses jambes. Il se releva et ferma brusquement les yeux quand un soudain vertige manqua le faire s'étaler la tête la première.

Une main solide sur son épaule l'aida à garder l'équilibre.

Après quelques secondes durant lesquelles il hésita entre vomir et s'évanouir, il finit par se tourner vers Zoelner.

— Qu'est-ce que vous foutez à jouer les espions dans Chicago ? demanda-t-il alors même que des étoiles défilaient joyeusement dans son champ de vision.

Rock, qui montait la garde, passa la tête dans l'embrasure de la porte.

— Les flics arrivent à toute berzingue. Arrivée estimée dans deux minutes.

Frank hocha la tête avant de reporter son attention sur l'ex-agent de la CIA.

— Johnny Vitiglioni, le mafieux de Las Vegas, a mis vos têtes à prix pour venger la mort de ses hommes tués par Spectre, expliqua Zoelner. Je me suis dit que la moindre des choses était de surveiller un peu vos arrières. Disons que c'est une petite compensation pour vous avoir impliqués dans cette affaire à la con.

— Bordel. Quand c'est pas les pirates, c'est la mafia !

En plus de tout ce qu'il s'était déjà passé aujourd'hui, Frank allait devoir s'occuper de Johnny Vitiglioni. À vrai dire, ça attendrait. Car pour le moment, il y avait plus urgent.

Becky. Elle était d'une pâleur mortelle et contemplait le cadavre de Sharif avec une expression d'horreur abjecte. La jambe du mort avait cessé de s'agiter comme si elle était farcie de pois sauteurs du Mexique, mais la flaque dégoulinante autour de son crâne défoncé ne cessait de s'étendre.

Il était évident qu'à présent que l'adrénaline se dissipait, Becky était en train de prendre conscience de l'énormité de son acte. Elle avait tué un homme.

Le cœur de Frank se serra à la vue de ses yeux grands comme des soucoupes et des tremblements de sa lèvre inférieure. Ça lui donnait envie de rassembler les bouts de cervelle de Sharif pour les lui remettre dans le crâne et ranimer ce salopard à coups de décharges électriques juste pour pouvoir le tuer une deuxième fois.

— Emmène-la, Bill, ordonna-t-il tout en tirant son téléphone de sa poche.

Il allait devoir appeler le commissaire Washington et le supplier de lui accorder une nouvelle faveur. Lawrence P. Washington était un ancien sergent des Marines ayant rejoint les rangs de la police de Chicago. Un type solide comme un roc, d'aussi bonne humeur qu'un chat tombé dans l'eau, et le seul homme en ville à avoir une vague – très vague, même – idée de ce qui se cachait vraiment derrière

Black Knights Inc. Ce qui le plaçait dans la position peu enviable de devoir couvrir les traces des Black Knights quand leurs activités les confrontaient à la pègre de Chicago.

— Non, je… heu… (Becky déglutit plusieurs fois avant de pouvoir parler)… je vais rester. La police va vouloir des explications, souffla-t-elle en posant un regard tremblant sur Sharif.

Frank n'avait qu'une envie : la prendre dans ses bras, lui appuyer la tête contre son épaule et lui faire oublier tout ça. Remonter le temps de façon à arriver au motel trente secondes plus tôt. S'il avait pu, s'il avait disposé de cette demi-minute supplémentaire, c'est lui et non Becky qui aurait mis fin à l'existence malveillante de Sharif Garane.

Sharif *Garane*. Ouais, Interpol était finalement parvenu à l'identifier, essentiellement grâce au portrait-robot fourni par Becky. Et pourtant ils n'avaient pas été foutus de le capturer avant qu'il frappe de nouveau.

— La police va effectivement avoir besoin d'explications, répondit-il. Mais pas de ta part. Tu n'as jamais été ici.

Becky braqua ses grands yeux sur lui.

— Mais je… je…

Incapable de poursuivre, elle désigna Sharif du doigt.

— Écoute-moi, Rebecca. Ça fait des semaines que ton visage apparaît dans les journaux du soir. Si les médias entendent parler de cet incident, ils fondront sur nous comme des mouches à merde sur une brouette pleine de fumier.

» Et tu sais aussi bien que moi qu'on ne peut pas se le permettre, pas si tôt après la mort de Patti et cette histoire de piraterie. Si des gens découvrent que tu étais sur les lieux, ils commenceront sûrement à se demander pourquoi les Black Knights Inc. et toi êtes toujours pile là où ça chauffe. Et s'ils commencent à se poser des questions, alors ils se mettront à enquêter. Bon Dieu…

Il se passa une main dans les cheveux, l'esprit envahi par une quantité de scénarios catastrophe pleins de paparazzis.

— T'imagines ce que ferait Samantha Tate ? Tu la trouvais déjà casse-couilles ? Si elle a vent de cette histoire, tu seras obligée de réclamer une injonction d'éloignement à un juge pour la tenir à l'écart.

— D'accord, mais Frank, je…

— Becky, dépêche-toi de filer !

Elle tressaillit, mais il n'avait pas le temps de la consoler comme il aurait voulu le faire, de la prendre dans ses bras et de lui dire qu'il l'aimait. Les sirènes se rapprochaient et il aurait déjà dû être en train de parler au commissaire Washington.

19

Installée sur sa chaise longue préférée, une couverture sur les épaules et une tasse de chocolat chaud serrée entre ses mains tremblantes, Becky profitait du début de soirée dans la cour. De grandes flammes sortaient du brasero mais, curieusement, elle n'en percevait pas la chaleur.

Peut-être parce que ses cheveux étaient encore humides après le nettoyage en règle qu'elle s'était imposé sous la douche. Douche durant laquelle une seule pensée n'avait cessé de l'obséder : *j'ai tué un homme*.

— Bon boulot, sœurette, lui dit Bill en s'asseyant à sa gauche et en lui frottant le bras.

Ouais, il avait dû comprendre en la voyant claquer des dents qu'elle avait du mal à se réchauffer. Peut-être que tuer quelqu'un vous glaçait jusqu'au plus profond de l'âme.

— J'ai fait ce que Spectre m'a appris, marmonna-t-elle en regardant un petit marshmallow se dissoudre lentement dans son chocolat chaud. Lenteur, fluidité, stabilité, maîtrise, fermeté.

Les cinq règles du tireur d'élite. Elle les avait visiblement bien apprises puisqu'elle avait tiré en plein dans le mille, ou dans le « T fatal », comme l'appelait Spectre.

— T'as carrément l'étoffe d'un agent, commenta Ozzie, assis en face d'elle.

Il attisa le feu jusqu'à ce que les flammes se mettent à gronder et que les bûches de pin odorantes luisent d'un éclat orange renouvelé.

Elle avala sa salive et passa en revue l'expression bienveillante des visages de tous les Black Knights autour d'elle en se demandant pourquoi d'un seul coup l'idée de devenir un agent de terrain ne l'enthousiasmait plus autant que la veille.

Elle avait fait ce qu'il fallait. Sharif l'aurait tuée si elle ne l'avait pas abattu en premier. C'était de la légitime défense. Elle avait défendu sa vie. Mais elle n'arrivait pas à chasser ces images de son esprit, tel un atroce diaporama. La balle jaillissant du canon, la tête qui explose, les éclaboussures de chair et de fluides corporels, le corps qui s'effondre, la jambe qui convulse…

Sainte Marie mère de Dieu. Elle avait beau avoir lu des dizaines de rapports de mission des Black Knights, rien ne l'avait préparée au carnage que causait l'impact d'une balle de calibre 45 sur un crâne humain.

Elle frissonna et Billy la frictionna un peu plus fort. Elle aurait de la chance s'il lui restait encore un peu de peau sur le bras une fois qu'il aurait terminé…

— Qu'est-ce qui est arrivé à Eve ? demanda-t-elle en se rappelant soudain son amie qui s'était retrouvée toute seule au *Delilah Rouge*.

— Quand Billy m'a appelé pour me dire qu'il te ramenait à la maison, je suis allé la chercher au bar.

Je l'ai ramenée chez elle, expliqua Angel, assis dans la chaise longue à côté de la sienne.

— Elle va bien ?

— Elle était secouée et encore très soûle. Mais lorsqu'elle a su que tu n'avais rien, que Sharif n'avait pas réussi à te faire du mal, elle a paru aller mieux. Quand je suis parti, elle était blottie sur son canapé, enveloppée dans une couverture, avec une bouteille d'eau et deux aspirines.

— Merci beaucoup, dit-elle en serrant brièvement la main d'Angel entre ses doigts.

— À ton service.

Becky sourit tristement et but une nouvelle gorgée de chocolat en songeant : *espérons que je n'aurai plus jamais besoin d'un tel service*.

Pourquoi n'arrivait-elle pas à se réchauffer ?

— Becky ? murmura Angel.

Elle releva les yeux vers son beau visage.

— J'ai entendu dire un jour qu'avec une balle bien placée, un homme pouvait changer le monde. Je pense que ça marche aussi pour une femme.

Elle frissonna à l'idée de sa *balle bien placée*.

— Tu as sauvé des vies aujourd'hui en lui ôtant la sienne. Souviens-t'en la prochaine fois que tu douteras de toi, de la légitimité de ton geste.

Elle sentit les larmes lui piquer la gorge et lui monter aux yeux. Elle lui prit de nouveau la main et la serra très fort.

Le téléphone de Rock s'anima brusquement en entonnant une petite mélodie et toutes les têtes se tournèrent dans sa direction, ce qui fournit à Becky l'occasion de chasser les larmes qui s'apprêtaient à lui couler sur les joues.

— Tu te paies ma tête, Manus ? Il... il dit qu'il s'appelle Serpent ? brailla Rock dans son téléphone. Ouais. Ouais, d'accord. Fais-le entrer.

— Qui c'est, ce Serpent ? demanda Becky.

Mais Rock balaya la question d'un revers de main tandis que le portail noir s'ouvrait et qu'un homme de grande taille beau comme une star de cinéma s'avançait dans la cour. Il arborait une tignasse de cheveux d'un blond doré et une chemise hawaïenne super-moche.

Rock se leva en souriant pour serrer la main au mystérieux nouveau venu.

— *Mon Dieu*[1], dit-il, ça fait plaisir de te revoir, *mon ami*[2].

— Je suis venu pour Shell, annonça l'homme avec une petite crispation de la mâchoire.

Hein ? Qui était ce type pour que Rock le laisse entrer aussi tranquillement dans le complexe ? Et qui diable était Shell ?

Mais quelque chose lui fit rapidement oublier ces questions. Entendant des voix masculines résonner au coin du couloir, elle ferma les yeux. Elle avait réussi à ne pas penser à ce qui allait se passer, à garder ça dans un coin de son esprit. Mais l'heure n'était plus à l'esquive.

Les choses étaient, comme le voulait l'expression, sur le point de partir en sucette.

Parce qu'elle avait fauté une fois de plus. Malgré toutes ses tentatives pour éviter les ennuis, ceux-ci étaient venus à sa rencontre. Des ennuis qui, une fois de plus, menaçaient de braquer les projecteurs sur

---

1. En français dans le texte. (*N.d.T.*)
2. En français dans le texte. (*N.d.T.*)

les Black Knights, un groupe d'hommes dont la vie dépendait de leur anonymat.

Et durant l'heure qui s'était écoulée, au lieu d'être allongé dans un lit d'hôpital en profitant d'un gentil petit cocktail d'antalgiques en intraveineuse, Frank s'était démené pour rattraper les conneries de Becky et s'assurer que la couverture des Black Knights demeurait intacte.

Sans compter qu'elle l'avait séduit la nuit où il se sentait le plus vulnérable – alors qu'il était persuadé qu'il allait mourir sur le billard. Une fois de plus, les événements donnaient raison à Frank : Rebecca Reichert était son pire cauchemar.

Lui présenter des excuses. C'était la première chose qui devrait sortir de la bouche de Becky. Des excuses. Ni explications ni tentatives pour se défendre mais un très simple et très sincère « je suis désolée ».

Frank, je suis désolée, Frank, je suis désolée, Frank, je suis désolée.

Répétant la formule en boucle dans sa tête, elle posa sa tasse sur la petite table en fer forgé près de sa chaise et se leva. D'un pas lent, elle se dirigea vers le portail afin de pouvoir s'adresser à Frank face à face, comme il le méritait. Elle refusait de se cacher derrière Billy, Angel ou les autres.

Frank, je suis désolée, Frank, je suis désolée.

Comparés à tous les problèmes et toute la peine qu'elle lui avait causés durant les vingt-quatre dernières heures, ces trois petits mots semblaient bien insuffisants, voire complètement dérisoires.

Elle entendait à présent les lourdes bottes de Frank claquer sur le bitume.

Se tordant les mains de nervosité, elle se servit des techniques de respiration que Spectre lui avait apprises. Trois brèves inspirations suivies d'une longue expiration. C'était censé détendre les nerfs avant d'appuyer sur la détente et d'abattre la cible. Elle n'avait pas le doigt sur la détente et encore moins de cible, mais elle avait besoin d'apaiser ses nerfs en pelote. Plus que jamais, même…

Alors qu'elle s'apprêtait à faire une deuxième tentative – la première n'ayant réussi qu'à lui faire tourner un peu la tête – Frank apparut au coin du portail.

— Zoelner est à l'entrée, annonça-t-il. Veille à ce qu'il se sente comme chez lui, Ozzie.

Ce dernier n'eut pas besoin de croiser le regard de Frank pour se relever d'un bond et obéir. Il passa au pas de course devant Becky qui se tenait, mal à l'aise, près du portail.

— Christian, il faudrait que tu appelles le général Fuller pour lui expliquer ce qui s'est passé, poursuivit Frank. Rock, je voudrais que tu…

Il s'interrompit brusquement, ses yeux las braqués vers le nouvel arrivant. Il secoua la tête et un sourire fatigué se dessina sur ses lèvres.

— Ça alors ! Serpent ! s'exclama-t-il. T'as mal choisi ton moment pour réapparaître, mais ça fait plaisir de te revoir.

— Tu risques de changer d'avis quand je t'aurai dit pourquoi je suis ici.

Le sourire de Frank s'évanouit.

— Ah ?

— Je suis venu pour Shell, annonça de nouveau le mystérieux Serpent.

Becky vit Frank prendre une profonde inspiration puis expirer lentement

— Je vois.

Il se passa une main dans les cheveux, un geste qu'il semblait avoir fait une bonne centaine de fois ces dernières heures.

— Bon, je m'occuperai de ça plus tard. N'y vois pas de grossièreté de ma part, mais il y a quelque chose que je dois faire de suite.

Il se tourna alors vers Becky dont le cœur se mit à battre la chamade.

Car il avait beau être blanc comme un linge, cela ne changeait rien à l'expression de son visage. Celle qui la clouait littéralement sur place. Bon sang, c'était encore pire que ce à quoi elle s'était attendue. Il donnait l'impression de vouloir la tuer…

— Frank, je…

C'est tout ce qu'elle put dire avant qu'il la saisisse au creux de son bras valide pour la plaquer contre le mur du fond de l'atelier et écraser ses lèvres sur les siennes.

… ou l'embrasser ?

Eve avait raison. Difficile de savoir à laquelle des deux options il pensait quand il affichait cet air si particulier.

Pendant une seconde, elle demeura comme paralysée, louchant et clignant les yeux pour tenter de voir son visage. Puis, quand la langue brûlante de Frank plongea entre ses lèvres, quand elle sentit contre elle le poids de son corps massif, toutes ses pensées s'échappèrent par ses oreilles soudain bourdonnantes. Elle referma ses bras autour du cou de Frank et lui rendit son baiser avec toute la passion dont elle était capable.

Quand il finit par s'écarter – trop tôt au goût de Becky – l'éclat de ses yeux gris évoquait une tempête hivernale.

— Viens avec moi, gronda-t-il. Tout de suite !

Bill sourit en regardant Boss emmener Becky à l'écart de la cour. Et quand il se retourna, il eut la surprise de voir la même expression sur les traits d'Angel.

— C'est quoi ce sourire ? demanda-t-il. Le *big boss* vient de se tirer avec ta copine.

Non que Bill trouvât à y redire. Il était plus que temps que Boss et Becky laissent s'exprimer l'amour qui avait germé entre eux depuis des années. Et rien ne lui aurait fait plus plaisir que de voir sa petite sœur heureuse.

Cela dit, il estimait qu'il aurait parfaitement pu vivre le reste de son existence sans avoir besoin d'assister au spectacle de Becky plaquée contre un mur pour un baiser torride. Mais même ainsi, s'il fallait vraiment qu'un type roule des patins à sa sœur contre un mur de brique, elle aurait pu tomber sur bien pire que Frank Knight.

Angel Agassi, par exemple.

— Nous n'avons jamais été plus que des amis, affirma Angel.

Il but une gorgée du chocolat chaud délaissé par Becky en observant d'un air absent Rock qui escortait leur visiteur jusqu'à la porte à l'arrière du garage. Les autres Black Knights ne tardèrent pas à suivre, sans doute curieux d'en apprendre plus sur cet homme-mystère. Bill aussi était curieux à son sujet. Mais la réponse d'Angel l'intéressait plus encore.

Jamais plus que des amis ? *Ouais, et mon cul, c'est du poulet*, songea-t-il.

— Alors c'était quoi ce concours permanent avec Boss pour savoir qui avait la plus grosse ?

— Une erreur, admit Angel avec un haussement d'épaules. Je pensais protéger Becky. Je n'avais pas compris que la femme avec qui Boss passait son temps à Lincoln Park était *sa sœur*, dit-il avec un petit sourire.

Les sentiments de Bill à l'égard de l'énigmatique Israélien commençaient à s'adoucir. Après tout, ce mec avait risqué sa vie pour sauver Becky. Et il avait apparemment accepté de mettre en danger son boulot, au risque de se retrouver seul dans les rues sans merci de Chicago, rien que pour protéger la vertu de la jeune femme.

Peut-être Bill et les autres Black Knights s'étaient-ils montrés exagérément durs avec lui. Oh, personne ne lui avait mis son poing dans la tronche ni laissé l'empreinte de sa botte sur son cul, mais on ne pouvait pas non plus dire qu'ils l'avaient accueilli à bras ouverts.

— Alors il me semble que je te dois des remerciements, admit-il en lui tendant la main. Pour ça et pour avoir accompagné Eve tout à l'heure.

Le geste parut faire plaisir à Angel qui lui offrit une poignée de main virile en retour.

— Je t'en prie.

— Et puisqu'on parle d'Eve, songea Bill à voix haute sur un ton où perçait une certaine agitation, je devrais sans doute l'appeler pour m'assurer qu'elle va bien.

— Elle m'a dit qu'elle prévoyait d'éteindre son téléphone. Qu'il lui fallait une bonne vingtaine d'heures de sommeil. Je doute que tu parviennes à la joindre.

Angel inclina la tête sur le côté. Ses yeux sombres semblaient déchiffrer beaucoup trop de choses sur le visage soigneusement composé de Bill.

— Eve Edens, hein ? Je ne peux pas m'empêcher de sentir qu'il y a comme un passif entre vous.

Bill se passa une main sur le visage en soupirant puis s'assit sur une chaise longue.

— C'est une longue histoire. Très longue et très classique. Fille riche, garçon pauvre, père désapprobateur. Tu vois le genre.

Angel balaya la cour déserte du regard puis haussa les épaules.

— Ça tombe bien, dit-il, je crois qu'on a tout notre temps.

Avant que Bill prenne conscience de ce qu'il faisait, avant même de se rendre compte qu'il avait envie de tout déballer, il ouvrit la bouche et les mots se bousculèrent sur ses lèvres, se déversant comme le crottin des chevaux qui tiraient leurs calèches à travers les rues de Chicago.

— Becky… Becky… répétait Frank entre deux baisers tout en la faisant reculer vers sa chambre.

Il se délectait de l'idée qu'aucun obstacle ne se dressait plus entre eux. Enfin, à l'exception de leurs vêtements, évidemment. Mais, même d'une seule main, il se débrouillait plutôt bien pour les en débarrasser.

Becky n'était pas en reste. Elle lui avait déjà retiré sa blouse d'hôpital et s'attaquait à présent aux boutons de sa braguette.

Amoureux. Il n'arrivait pas à le croire, mais il était amoureux. Et ça faisait un bien fou. Parce que, même s'il n'en avait jamais eu conscience jusque-là, l'amour, c'était la vie. Il était vivant ! Il était amoureux, il était vivant et s'il avait été plus heureux, il aurait sans doute explosé. *Ka-boum !* Il s'imaginait transformé en un nuage coloré de confettis en forme de cœur et de colombes.

Il parvint à faire passer la chemise de Becky au-dessus de sa tête et à défaire le fermoir de son soutien-gorge, et – *grâce soit rendue à cette femme* – elle retira son jean et sa culotte pour se tenir devant lui et…

Bon sang, qu'elle était belle !

Et elle était à lui. Toute à lui.

Il ne put s'en empêcher : il baissa la tête pour embrasser l'un de ses délicieux mamelons et sourit en le sentant durcir au contact de sa langue. Il sentit les doigts de Becky courir dans ses cheveux et l'entendit prononcer son nom. Quand elle le poussa en arrière sur le lit et s'assit à califourchon sur ses hanches, il oublia complètement la seule et unique chose qu'il avait prévu de lui dire en passant le seuil.

Puis soudain, elle disparut.

Elle ne pouvait pas.

Elle en avait très, très envie. Mais elle ne pouvait pas. Pas après avoir rencontré Michelle. Pas après avoir croisé le regard du petit Franklin.

Quel était ce sentiment qui lui serrait le cœur ? La culpabilité. Indéniablement.

C'était tellement cliché que ça en devenait presque comique. Qui aurait pu ne pas s'en vouloir après avoir séduit un homme qui aimait une autre femme, une femme qui était la mère de son enfant ?

Purée, elle était devenue *la maîtresse*. Un cliché géant en chair et en os.

Elle aurait voulu repousser indéfiniment les moments qui allaient suivre. Parce que la discussion « toute la vérité, rien que la vérité » qu'elle devait avoir avec Frank s'annonçait forcément très déplaisante…

Arrête de jouer les lâches ! l'admonesta sa conscience.

Aiguillonnée par cette voix intérieure stridente, elle se força à croiser le regard interrogateur de Frank assis sur le lit.

Son charmant sourire en coin empêcha Becky de prononcer les mots qu'elle avait au bord des lèvres. Elle ne put se retenir de tendre la main pour caresser du doigt la fine cicatrice blanche au bord de ses lèvres.

— Comment tu t'es fait ça ? murmura-t-elle.

— Je le dois à mon père.

— Quoi ?

— C'est une longue histoire…

Il se pencha pour l'embrasser, mais elle recula.

— Une histoire qui commence par les infidélités de mon père et se termine par la promesse d'enfant ridicule que je pensais avoir faite à Michelle.

Il fronça les sourcils en voyant la réaction de Becky.

Cette fois, on y était. Le nom de cette femme, prononcé de manière décontractée, presque négligemment.

Le cœur de Becky se flétrit jusqu'à devenir aussi dur qu'un caillou, ses palpitations comme autant d'élancements cruels dans sa poitrine. Sa gorge se serra. Impossible de repousser plus longtemps le moment des explications.

— Qu'est-ce qu'on fabrique, Frank ? Comment peux-tu l'aimer et me faire l'amour en même temps ?

— Je ne vois pas ce que l'un a à voir avec l'autre.

Les hommes. *Insupportables connards !*

— Tu ne comprends pas à quel point ça craint d'être amoureux de Michelle et de batifoler quand même avec moi ?

Malgré sa volonté de rester calme, elle avait prononcé ces derniers mots sur un ton scandalisé, sa voix montant dans les aigus. Elle se baissa pour attraper son jean et l'enfila avec des gestes brusques avant de chercher son soutien-gorge du regard.

Où est passé ce machin à la con ?

Ah oui, suspendu à la lampe de chevet de Frank.

Encore un cliché.

Bon sang, elle les accumulait aujourd'hui.

Frank la regardait se rhabiller, l'air maussade.

— Premièrement, dit-il, toi et moi ne batifolons pas. Nous faisons l'amour. Deuxièmement, j'aime Shell, mais je ne suis pas *amoureux* d'elle. Je crois même qu'il y a des lois contre ça.

— Qu'est-ce que tu veux dire ?

— Je veux dire qu'on ne chante pas du *Lemon Incest* dans ma famille, répondit-il.

Il fit mine à son tour de remettre son jean. Les boutons de la braguette donnaient du fil à retordre à sa main valide.

Becky haussa un sourcil. Frank semblait avoir perdu l'esprit. Mais lui leva les yeux au ciel devant sa perplexité.

— Voyons si je peux expliquer ça différemment. Toi, tu es amoureuse de Bill ?

Il avait vraiment perdu la tête. Aucun doute là-dessus.

— Non, bien sûr que non. C'est mon frère !

— Eh ben voilà.

— Mais qu'est-ce que tu racontes, Frank ? demanda-t-elle, les mains sur les hanches. T'es en train de me dire que…

L'image de Michelle, grande, svelte, avec sa chevelure d'un brun foncé, s'imposa à son cerveau lessivé.

— Michelle est ta sœur, souffla-t-elle.

Les pièces du puzzle s'emboîtèrent soudain et elle secoua la tête, incapable de dire ce qui lui restait à faire : rire, pleurer ou les deux à la fois.

— Évidemment que oui.

Évidemment que rien du tout.

— T'es en train de me dire que depuis trois ans tu files discrètement le soir pour aller voir ta sœur ?

— Eh bien, je ne parlerais pas de « filer discrètement » mais sinon, ouais... Attends ? Tu croyais que... Ah ! (Il fit claquer la paume de sa main sur sa cuisse.) C'est pour ça que t'as sursauté comme si quelqu'un t'avait mordu les fesses et que tu t'es rhabillée en quatrième vitesse ? Tu pensais que je trompais Shell avec toi ?

— Pourquoi elle apparaît pas dans la base de données JSOC de l'époque où tu faisais partie des forces spéciales ? s'enquit Becky.

— Qu'est-ce que tu fous à pirater le JSOC ?

— Réponds à ma question, merde !

— La réponse n'est pas simple, bordel ! C'est une longue histoire, une histoire classée secret défense. Mais disons que j'avais un copain chez les Delta dont la famille a été prise pour cible parce qu'un de ses ennemis avait réussi à pirater le JSOC et à obtenir ces informations. Désormais, je ne dis rien à personne si ce n'est pas absolument nécessaire.

Becky secoua la tête.

— D'accord, mais t'aurais au moins pu nous parler d'elle. C'est pas comme si les Black Knights représentaient un danger pour elle.

— Et c'est là que tu te goures, répondit-il sur un ton sans appel. Shell a un passif en matière de relation avec des agents. Des trucs pas gais. Je te raconterai les détails, promis. D'ailleurs, avec l'arrivée de Serpent, je vais devoir m'occuper de tout ça rapidement.

Je suis venu pour Shell... Soudain, les propos de l'homme-mystère avaient un sens.

— Mais pour le moment, reprit Frank avec un regard brûlant, la seule chose que j'aie à dire, c'est que t'es beaucoup trop habillée pour ce qui va suivre...

Becky Reichert battit le record de vitesse de déshabillage et, avant que Frank comprenne ce qu'il se passait, elle était de nouveau nue – *merci mon Dieu* – et le contemplait avec un tel mélange de détermination, de désir et de joie pure qu'il ne put que l'attirer à lui en se rallongeant sur le lit.

— Bon sang que t'es belle ! souffla-t-il quand elle s'agenouilla au-dessus de lui, les longs rideaux d'or de ses cheveux oscillant entre eux.

Et, non, ce n'était pas ce qu'il avait eu l'intention de lui dire en passant le seuil de la chambre, mais cela parut fonctionner car elle le couvrit littéralement de baisers et se hâta de défaire les boutons de sa braguette.

Quand son érection se libéra, elle s'empala sur lui et il fut soudain incapable de formuler la moindre phrase cohérente.

Toute son attention était monopolisée par les merveilleuses sensations qu'elle lui offrait en le chevauchant avec autant de fougue que de tendresse. Elle l'accueillait si profondément en elle qu'il n'était plus très sûr de savoir où son propre corps se terminait et où commençait celui de Becky.

— Je t'aime, murmura-t-elle en se penchant pour l'embrasser de ses lèvres gourmandes.

C'étaient les mots qu'il avait voulu lui dire dès qu'il l'avait vue, mais à présent il avait surtout envie de l'entendre les répéter. Il écarta les mèches blondes de son visage pour pouvoir plonger son regard dans le sien.

— Redis-le.

— Je t'aime, souffla-t-elle.

Des paroles immédiatement suivies d'un gémissement de plaisir tandis qu'elle ondulait des hanches et s'écrasait contre lui. C'est à ce moment-là que cela se produisit.

Il explosa. Il se désintégra en un nuage de confettis en forme de cœurs et de colombes. Il se doutait depuis des années que Becky l'aimait, mais l'entendre prononcer ces mots était plus beau que tout ce qu'il aurait pu imaginer.

Bon Dieu, il n'allait pas pouvoir tenir trente secondes de plus.

— Il faut que je…

Il tenta de passer sa main entre leurs deux corps et, après quelques tâtonnements, pressa son pouce au sommet du sexe de Becky.

— Oh, Frank, je vais jouir !

C'était exactement ce qu'il avait besoin d'entendre car :

— Je suis juste derrière toi, ma biche.

Les bras serrés autour de son cou, Becky cria son nom au moment de s'abandonner au plaisir et, fidèle à sa parole, il la suivit immédiatement.

— J'arrive toujours pas à croire que tu pensais que je jouais les hommes volages avec ma propre sœur, gloussa Frank.

En retour, Becky mordilla le mamelon brun et plat qui avait le malheur de se trouver un peu trop près de sa bouche. Mais son cœur était empli d'un amour tel qu'elle craignait de le voir éclater.

— C'est quoi cette expression « homme volage » ? s'amusa-t-elle. C'est super-vieux jeu.

— Que veux-tu, je suis vieux jeu.

Elle se redressa en s'appuyant sur son torse poilu et plongea son regard dans ses beaux yeux orageux. En elle bourgeonnait un espoir nouveau à présent qu'elle savait qu'aucune femme ne s'interposait plus entre eux.

— Frank Knight, dit-elle, tu es l'homme le moins vieux jeu que je connaisse.

— On parie ?

— Qu'est-ce que tu veux dire ?

— Que ce n'est pas bien pour un couple dans notre, heu, situation de vivre sous le même toit et de s'adonner au sexe sans protection sans l'accord officiel d'un juge. Donc, qu'est-ce que tu dirais qu'on officialise tout ça ?

Elle eut un mouvement de recul très sec, comme si on lui avait donné un coup de poing au menton. Le bourgeon d'espoir dans sa poitrine se gonfla, au bord de l'éclosion.

— Serais-tu en train de me demander ce que je crois ?

— Je sais pas... (Encore ce merveilleux sourire oblique.) À ton avis, je te demande de m'épouser ?

M'épouser.

Seigneur, ce n'étaient que deux mots. Deux petits mots. Mais ils faisaient vibrer son cœur. D'un autre côté, ces deux mots n'avaient pas été précédés de trois autres, très attendus.

Eh ouais, elle n'avait pas oublié.

Avec les larmes aux yeux et une promesse d'éternité brûlante dans sa poitrine – elle n'avait clairement plus froid – elle se pencha vers lui. Et s'arrêta lorsque ses lèvres ne furent qu'à un souffle des siennes.

— T'as oublié un truc, lui murmura-t-elle.

Elle passa une main dans ses cheveux et s'émerveilla de leur texture, et de la perspective de pouvoir répéter ce geste tout simple à volonté pour le restant de ses jours.

— Je veux bien mettre un genou à terre si tu veux, mais j'aurai pas l'air très fin avec ce plâtre.

Elle leva la jambe et s'installa à califourchon sur ses hanches nues et musclées en prenant soin de ne pas bousculer son plâtre.

— C'est pas de ça que je parle, dit-elle. Je fais référence à la déclaration de certains sentiments qui a généralement lieu avant une demande en mariage.

— Ah, ça…

— Oui, *ça*, reprit-elle en lui mordillant le cou.

— Je t'aime, dit-il.

Comme ça. Simple et clair.

Évidemment qu'il l'exprimait de cette façon. C'était Frank Knight, après tout. Ni faux-fuyants, ni tergiversations. À quoi d'autre s'était-elle attendue ?

Les larmes qui s'étaient accumulées jusque-là se mirent à couler et elle enfouit son nez au creux du cou de Frank avec un sanglot.

— Eh ben, c'est pas trop tôt, souffla-t-elle quand elle fut de nouveau capable de parler.

— Ouais, ouais. Et sinon, t'as l'intention de répondre à ma question ou bien… ?

— Oui, chuchota-t-elle à travers ses larmes.

Elle se redressa pour contempler le visage le plus brutal et le plus beau qu'elle ait jamais vu.

— Oui, je veux t'épouser. À une condition.

Il sourit tout en levant les yeux au ciel.

— J'imagine que si j'avais voulu me trouver une gentille petite femme docile, j'aurais mieux fait de ne pas m'intéresser à une fille tatouée à la langue bien pendue qui roule en Harley et conçoit elle-même des bécanes.

Becky essuya les larmes sur ses joues en reniflant.

— Je suis sérieuse, affirma-t-elle.

— Moi aussi, répondit-il, la mine renfrognée.

Becky lui décocha un coup de poing dans son épaule valide, ce qui fit jaillir un éclat de rire de son torse massif. Avisant la façon dont elle plissait les yeux, il leva cependant la main dans un geste de reddition.

— D'accord, d'accord... Dis-moi quelle est ta condition. Je t'écoute.

— Je ne veux pas être traitée comme une civile trop curieuse. Je veux faire partie de l'équipe.

Il la dévisagea une minute, sans rien dire. Puis il ferma les yeux et grimaça comme si on lui enfonçait des aiguilles chauffées au rouge sous les ongles.

— Ça va me tuer de te savoir sur le terrain, finit-il par dire. Mais si c'est ce dont tu as besoin pour être heureuse, alors tu pourras devenir un agent... Ah !

Il appuya un doigt sur les lèvres de Becky qui s'apprêtait à l'interrompre.

— Mais avant que je te laisse partir sur une quelconque mission, je vais te tester dans tous les domaines, des armes à la reconnaissance en passant par les premiers soins. Et si tu n'es pas à la hauteur, ton joli petit cul restera à la maison.

— Je peux parler maintenant ? demanda-t-elle malgré le doigt posé en travers de sa bouche.

Elle était emplie d'un tel sentiment de joie, de paix et de bonheur qu'elle aurait voulu crier son triomphe sur tous les toits.

— Ça dépend…

Elle haussa un sourcil.

— Est-ce que tu vas essayer de discuter ? demanda-t-il.

— Tu as dit toi-même que tu ne cherchais pas une épouse docile, répondit Becky.

Ses lèvres frottaient contre ce doigt qu'il n'avait toujours pas retiré, gros malin arrogant et magnifique qu'il était.

En le voyant froncer les sourcils avec l'air de se préparer mentalement à la dispute à venir, elle se radoucit.

— Mais cette fois, non, je ne vais pas discuter.

Ce fut au tour de Frank de hausser le sourcil.

— Je ne vais pas discuter parce que je ne veux pas devenir un agent de terrain, dit-elle. (Il se figea.) Je veux simplement savoir ce qui se passe pour toi et les gars quand vous êtes en opération. Je n'ai pas envie d'être la belle-fille mal-aimée. Avec ou sans lien du sang, les Black Knights et toi êtes ma famille. Et je mérite d'être au courant des bonnes choses, des mauvaises et même des trucs vraiment moches. On est une équipe. Tous ensemble. Il est temps que tu t'en rendes compte.

Frank leva la main pour essuyer une larme qui s'était attardée sur la joue de Becky. Son regard était si chaleureux, si plein d'amour, qu'elle faillit bien se remettre à pleurer.

— Tu ne veux plus être un agent ? Mais tu as bossé tellement dur. Qu'est-ce qui t'a fait changer d'avis ? C'est pas que j'aie envie de te voir sur le terrain, crois-moi, mais je voudrais être sûr que ça n'a rien à voir avec ce qui s'est passé aujourd'hui. Parce que je veux que tu saches que tu as fait exactement ce qu'il fallait dans cette chambre de motel.

— Je sais.

Elle nicha sa tête au creux de son cou et s'enivra de son parfum de savon, de cuir et de virilité pleine de vie.

— Je sais que j'ai agi comme il fallait. Mais je ne veux pas en faire une habitude.

— Toutes les opés ne nécessitent pas…

— Je me moque de participer aux opés, Frank.

Elle frotta son nez contre sa gorge et un frisson de désir lui fouetta le sang lorsque ses lèvres effleurèrent sa peau chaude de mâle.

— En fait, ça n'a jamais beaucoup compté pour moi. Ce que je voulais, c'était faire partie du groupe. (Elle se redressa au-dessus de lui.) Est-ce que tu me laisseras en faire partie ?

— Eh bien, ça dépend.

Il sourit en la voyant lever les yeux au ciel.

— J'imagine que si j'avais voulu un gentil petit mari docile, j'aurais mieux fait de chercher quelqu'un d'autre qu'un ancien Navy SEAL devenu agent secret. Donc vas-y, quelles sont tes conditions ?

— Que tu m'épouses, dit-il avant de s'emparer de ses lèvres pour un baiser si torride que les oreilles de Becky prirent feu.

— J'ai comme l'impression qu'on tourne en rond, Frank, commenta-t-elle après avoir repris son souffle.

— Bon, tu vas m'épouser ou pas, Rebecca Marie Reichert ? demanda-t-il.

Et il avait l'air à la fois si charmant et si féroce qu'elle ne put s'empêcher de se pencher pour mordiller sa lèvre inférieure charnue.

— Oui, souffla-t-elle tout contre lui. Et toi, tu me laisseras assister aux réunions ? Faire officiellement partie de l'équipe ?

— Oui, assura-t-il.

Puis il écrasa de nouveau ses lèvres sur les siennes et agrippa les fesses de Becky pour l'attirer à lui. « Oui ». Un petit mot qui se classait en troisième position des plus belles choses qu'il lui avait dites ce jour-là. Juste derrière « je t'aime » et « épouse-moi ».

Note de l'auteur

Ceux d'entre vous qui connaissent la très dynamique ville de Chicago auront remarqué que j'ai modifié certains lieux et noms et que j'ai enjolivé les détails de certains autres. J'ai agi ainsi pour m'adapter au récit et souligner d'autant mieux la variété des possibles et des défis de cette ville pleine de vie que je considère comme mon chez-moi.

AVENTURES & PASSIONS

3 décembre

Jade Lee
Déshonneur et liberté
Inédit

Du jour au lendemain, lady Helaine Talbott se retrouve déshonorée et ruinée. Décidée à faire face aux caprices du destin, elle change de nom et ouvre un atelier de couture. Séduit par la jeune fille, lord Redhill, le frère d'une de ses meilleures clientes, lui propose de devenir sa maîtresse. Jusqu'au jour où il découvre sa véritable identité…

✦

Lisa Kleypas
Nulle autre que vous
Inédit

Indigné par la vie dissolue de son fils, le comte de Rochester l'a déshérité. Pour amadouer son père mourant, Andrew décide de lui faire croire qu'il s'est amendé. Comment ? En courtisant une femme convenable. Sitôt la fortune de son père empochée, il mettra fin à cette mascarade. Le problème, c'est qu'il ne connaît pas de femme respectable, excepté peut-être Caroline Hargreaves.

✦

Julia Quinn, Eloisa James, Connie Brockway
Trois mariages et cinq prétendants
Inédit

Hugh Dunne, comte de Briarly, a besoin d'une épouse. Alors, sa sœur lui dresse la liste des plus belles célibataires de la saison. Comme Hugh refuse de se déplacer, elle les invite toutes à une partie de campagne. Laquelle d'entre elles fera chavirer le cœur de Hugh ? La magnifique Gwendolyne ? La réservée Katherine ? Ou bien une toute autre jeune femme?

Johanna Lindsey
Apparence trompeuse

Depuis qu'il a quitté New York pour l'Ouest, Damien va de surprise en surprise. C'est dans un salon que siège le tribunal, et le juge ne vaut guère mieux que les brigands. Pour du tapage nocturne, Damien écope d'une amende de cent dollars ! Et parce qu'il voyage avec Casey, le juge les forces à se marier, les accusant de vivre dans le péché. En quelques secondes, ils sont mariés !

✦

Eloisa James
Les soeurs Essex - 2 - Embrasse-moi, Annabelle

De son enfance désargentée, Annabelle Essex n'a que des mauvais souvenirs, et elle est prête à épouser n'importe quel aristocrate pourvu qu'il soit riche. Quand elle croise le comte d'Ardmore, elle est conquise. Il est très séduisant cet Highlander et, il embrasse divinement. Cependant, il n'a pas le sou. Aussi, elle lui refuse sa main. Mais le destin joue parfois des tours pendables.

✦

Kris Kennedy
Le guerrier irlandais

Irlande, 1295. Retenue prisonnière par le terrible lord Rardove, Senna de Valery remarque, un jour, la présence d'un mystérieux captif, Finian O'Melaghlin, noble irlandais. Pourquoi ne s'évaderaient-ils pas ensemble ? Poursuivis par lord Rardove et ses hommes, les deux fugitifs se lancent dans un périple à travers la lande sauvage, bravant le danger et la fièvre de la passion qui les dévore.

BEST FRIEND

3 décembre

Peggy Webb
Un amour de dauphin
Inédit

Paul, ex-chirurgien cardiaque réputé, n'a rien pu faire pour sauver son fils. Aujourd'hui, Il nourrit les dauphins dans un centre de recherches océaniques et noie son chagrin dans l'alcool. Il n'est plus qu'une épave lorsque Susan, une jeune veuve, fait son apparition au centre, avec son petit garçon muet et paralysé. Elle est persuadée que les dauphins pourront aider Jeffy à retrouver la parole.
Paul n'y croit pas une seconde.
Il constate pourtant l'effet bénéfique de ces séances sur Jeffy grâce à Fergie, un magnifique dauphin qui se prend d'affection pour l'enfant. Il ne peut rester indifférent à cette évidence. Pas plus qu'il ne peut rester indifférent au charme de la maman…

✦

Shirley Jump
Une histoire de cœur
Inédit

Après avoir appris l'animal thérapie avec son adorable bichon frisé, Miss Sadie, Olivia quitte tout sur un coup de tête pour se rendre en Floride. Sa mère, qu'elle ne connaissait pas, lui a légué sa maison. Pour Olivia qui a collectionné les échecs, quoi de mieux que de refaire sa vie au bord de l'océan ? Las. Elle tombe sur une ruine occupée par un seul habitant, un golden retriever étique et blessé qui s'enfuit à son approche. Elle le suit dans le jardin mitoyen et se heurte à 1m 90 de muscles : son voisin Luke. Très désagréable.
On le serait à moins. Luke à moitié aveugle après un accident, en veut à la terre entière.

Passion intense

3 décembre

Shannon McKenna

Les frères McCloud - 6 - L'ultime passion

Inédit

Les opérations secrètes, voilà la spécialité du mystérieux, sombre et séduisant Val Janos. Mais alors qu'il est sur le point de quitter le monde du crime, son patron prend par vengeance en otage son père adoptif pour retrouver sa liberté et sauver le vieil homme qui a recueilli Val alors qu'il était orphelin dans les rues de Budapest, Val doitalors rendre un dernier service à son boss : capturer la belle et insaisissable Tamara…

✦

Bella Andre

Les Sullivan - 4 - Toi, et toi seule

Inédit

Bibliothécaire à San Francisco, Sophie Sullivan n'a jamais pu oublier Jake McCann, son amour d'enfance. Seulement voilà, malgré les années qui ont passé, lui ne voit en elle que la gentille petite Sophie. Autant dire que la femme qu'elle est devenue se rebelle. Il la prend pour une fillette ? Soit ! Sophie s'apprête à lui dévoiler les trésors de volupté qu'il semble ignorer…

CRÉPUSCULE

3 décembre

Thea Harrison
La chronique des Anciens - 5 - La chute du seigneur
Inédit

Dragos, le seigneur des wyrs, a récemment perdu deux de ses sept Sentinelles, qu'il lui faut impérativement remplacer car sa sécurité est mise en danger. Afin de former une nouvelle ligue, et alors que sa compagne Pia s'apprête à rencontrer le peuple des Elfes pour pacifier les relations entre leurs communautés, Dragos lance les Jeux de Sentinelle…

Et toujours la reine du roman sentimental :

Barbara Cartland

« Les romans de Barbara Cartland nous transportent dans un monde passé, mais si proche de nous en ce qui concerne les sentiments. L'amour y est un protagoniste à part entière : un amour parfois contrarié, qui souvent arrive de façon imprévue.
Grâce à son style, Barbara Cartland nous apprend que les rêves peuvent toujours se réaliser et qu'il ne faut jamais désespérer. »

Angela Fracchiolla, lectrice, Italie

Le 3 décembre
Livrez-moi votre cœur

10912

Composition
FACOMPO

Achevé d'imprimer en Italie
par GRAFICA VENETA
Le 20 octobre 2014

Dépôt légal : octobre 2014
EAN 9782290074046
L21EPSN001087N001

ÉDITIONS J'AI LU
87, quai Panhard-et-Levassor, 75013 Paris

Diffusion France et étranger : Flammarion